甜菜

◎ 倪洪涛 吴则东 编著

品种及其评价

TIANCAI PINZHONG JIQI PINGJIA

化学工业出版社

·北京·

内 容 提 要

本书系统地整理、总结了我国自行培育及国外引进的甜菜品种种类，对其审定信息、特性特征、产量表现、栽培技术要点与适宜种植的区域等给予了详细的说明，同时回顾了我国甜菜育种的工作，并与国外种子生产进行比较，从而为我国的甜菜育种、种子生产，新品种推广提供参考。

本书适合作为甜菜育种、种子生产及相关科技工作者的参考书。

图书在版编目（CIP）数据

甜菜品种及其评价/倪洪涛，吴则东编著．—北京：化学工业出版社，2011.1
ISBN 978-7-122-10367-3

Ⅰ. 甜…　Ⅱ.①倪…②吴…　Ⅲ. 甜菜-品种　Ⅳ. S566.302

中国版本图书馆 CIP 数据核字（2011）第 003959 号

责任编辑：赵玉清　　　　　　　　　文字编辑：刘　畅
责任校对：徐贞珍　　　　　　　　　装帧设计：韩　飞

出版发行：化学工业出版社（北京市东城区青年湖南街 13 号　邮政编码 100011）
印　　刷：北京云浩印刷有限责任公司
装　　订：三河市宇新装订厂
710mm×1000mm　1/16　印张 13¾　字数 262 千字　　2011 年 1 月北京第 1 版第 1 次印刷

购书咨询：010-64518888（传真：010-64519686）　　售后服务：010-64518899
网　　址：http://www.cip.com.cn
凡购买本书，如有缺损质量问题，本社销售中心负责调换。

定　　价：39.80 元　　　　　　　　　　　　　　　　　版权所有　违者必究

前　言

甜菜大约在 1500 年前从阿拉伯国家传入中国，在我国已有 100 多年的栽培历史。甜菜的栽培种有 4 个变种：糖用甜菜、叶用甜菜、根用甜菜和饲用甜菜。甜菜糖既可食用，还可做饲料及医药和工业原料。甜菜制糖工业要取得较好的经济效益，在很大程度上取决于甜菜的块根产量和含糖率，而这一切与甜菜品种的种性和种子质量的优劣都有直接的关系。因此，当今世界甜菜主要生产国家都极为重视甜菜种子工作。

20 世纪 50 年代前，生产上使用的大部分是美国、前苏联、德国、日本、丹麦和波兰等国家的品种。1959 年我国育成第一个甜菜品种双丰一号，结束了我国甜菜品种依靠进口的历史，填补了我国没有自己选育甜菜品种的空白；1969 年我国育成第一个多倍体品种双丰 303 号；1975 年我国培育出第一对雄不育系工农 19A；1987 年我国育成第一个多粒二倍体雄性不育杂交种甜研 201；1989 年我国育成第一个甜菜单粒型品种双丰单粒一号；1994 年我国育成第一个单粒雄性不育杂交种双吉单粒一号。其中推广面积大、适应性广、经济效益显著的品种主要有范育一号、吉甜一号、吉甜 301、双丰一号、双丰 303、甜研 201、甜研 301、工农一号、工农 301 等品种。到 2010 年，我国已培育出多种类型、适应不同区域的甜菜品种 200 多个。其中有普通二倍体品种和多倍体品种；有普通品种和杂交种；有普通杂交种和雄性不育杂交种；有单粒种和多粒种；一般品种和抗（耐）病品种；有丰产型品种、高糖型和标准型品种等类型。到 20 世纪 90 年代，国内甜菜品种已占我国甜菜种植面积的 80％以上。但是近些年来，我国甜菜育种技术相对比较落后，致使国外品种大量进入中国，国产品种所占的比例越来越小。因此，随着市场经济的发展，甜菜品种的研究必须重新制定新时期的育种目标，采取新的育种手段培育更高水平的优良品种。

为展现我国甜菜育种的新成果，适应经济发展的新需要，更快缩小与国外优良品种的差距，我们本着实事求是的原则，编写了这本《甜菜品种及其评价》一书。本书收录了自 1991 年 1 月审定并在我国各甜菜产区推广应用的国内育成品种糖用甜菜品种 100 多个，其中多粒型二倍体品种 26 个，多粒型二倍体雄性不育杂交种 16 个，多粒型多倍体品种 2 个，多粒型多倍体雄性不育杂交种 9 个，单粒型二倍体品种 18 个，单粒型多倍体品种 16 个；国内育成其他品种 10 个；国外不同类型的甜菜品种 59 个。

　　本书由黑龙江大学农业资源环境学院的倪洪涛老师和黑龙江大学农作物研究院的吴则东老师共同编写。其中，第一章第一节中多粒型品种部分及第四章由吴则东老师编写，其余由倪洪涛编写。在此书的编写过程中得到有关科研单位、糖厂、高校的甜菜育种工作者的大力协作，在此书面世时，谨向你们表示诚挚的感谢。值得提出的是，由于许多品种育成的时间跨度大，有的品种育成单位现在已经不存在，很难联系到育种家本人，有些项目收集不全，有些品种编号育种家本人也难以找寻，使书中一些疏漏在所难免，敬请广大读者谅解并欢迎提出宝贵意见。

编　者
2010 年 11 月

目　录

第一章 糖用甜菜品种的类型及其评价

甜菜作为糖料作物在我国大面积引种始于 1906 年，我国的甜菜主产区在东北、西北和华北。糖用甜菜品种类型依据种胚的多少分为多粒种和单粒种，而多粒型品种又可以分为普通多粒二倍体品种、多粒二倍体雄性不育杂交种、普通多粒多倍体品种和多粒多倍体雄性不育杂交种；单粒型品种又可以分为单粒二倍体品种和单粒多倍体品种。在我国 1949 年前后 20 多年里主要以引种繁殖、系统更新选种与常规杂交育种为主，选育的品种基本上都是普通多粒二倍体品种，20 世纪 70 年代末至今，以杂交优势利用育种为主，先后经历普通多倍体品种选育、多粒多倍体雄性不育杂交种选育，近些年来先后开展了单粒型甜菜雄性不育系及保持系和单胚型品种的选育。

目前我国单粒种和多粒种并存，多粒种仍然占有一定的优势，但是从世界大趋势来看，单粒种必将取代多粒种，因为单粒种是雄性不育系制种，杂交率高、种性纯、杂种优势明显、丰产性好，并且原种可控制，防止假种子泛滥，同时单粒种便于机械化精量点播和纸筒育苗移栽，间苗省工，可提高农民和糖厂的经济效益。

第一节 国内育成甜菜品种

进入 20 世纪 90 年代以后，我国自育的甜菜品种呈现出多样化的趋势，即多粒种占主导，同时单粒种不断发展扩大，并有最终取代多粒种的趋势。下面将分别介绍我国自上个世纪 90 年代至今近 20 年来育成的多粒种及单粒种。

一、多粒型品种

1. 多粒二倍体品种

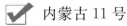 内蒙古 11 号

【审定（登记）编号】：

【审定（登记）年份】：1991 年

【审定（登记）单位】：内蒙古自治区甜菜品种审定委员会

【选（引）育单位（人）】：内蒙古农科院甜菜研究所

【亲本来源及育成经过】

内蒙古 11 号是以三个不同来源的品系 CP-1（来源于 CLR×PZHP₁Cere）、P₇₀₀₄（来源于 K·B·S-P）、C1R₈₁₀₃₋₁₁（来源于内蒙古农科院甜菜研究所自育的内蒙古 5 号），母根数按 1：1：1 的比例栽植在同一隔离区内，混合授粉杂交而成的二倍体杂交种。CP-1 是经过自交系选育而成的一个品系，P₇₉₀₄ 是采取系统选育而成的丰产品系，C1R₈₁₀₃₋₁₁ 是从内蒙古 5 号中选育出的抗病品系。于 1984 年配制杂交种，1985 年、1986 年进行所内鉴定并扩大繁殖种子，1987 年、1988 年参加并通过了内蒙古自治区甜菜品种区域试验，1991 年通过了自治区生产示范。

【特征特性】

内蒙古 11 号是抗病的标准偏高糖型二倍体杂交种。前期生长迅速，中后期繁茂，叶丛直立型，植株高大，叶柄长，叶色浓绿，功能叶片寿命长，块根圆锥形且整齐。由于苗期生长迅速，有利于保苗，适宜性强。

【产量表现】

内蒙古 11 号于 1987～1988 年参加了内蒙古自治区甜菜品种区域试验，两年均达到自治区甜菜新品种标准。两年平均结果，内蒙古 11 号块根产量 34875kg/hm²，比对照种工农 4 号的产量提高 11.7％，含糖率 14.7％，比对照种提高 0.6 度，产糖量 5220kg/hm²，比对照种提高 16.8％。1991 年在内蒙古托克托县古城乡东湾村进行大面积生产示范，对照种为工农 4 号，内蒙古 11 号块根产量为 57000kg/hm²，含糖率为 17.0％，比对照增加 1.5 度，产糖量 8955kg/hm²，比对照种增加 8.9％，长势、抗褐斑病性明显好于对照种。

【栽培技术要点】

本品种对土壤的要求不严，可适当密植，在我国北方种植，一般栽培条件下，种植密度为 82500～90000 株/公顷。

【适宜种植区域】

该品种适宜在内蒙古土默川地区种植。

 内蒙古十号

【审定（登记）编号】：(92) 内甜审字 01 号

【审定（登记）年份】：1992 年

【审定（登记）单位】：内蒙古自治区甜菜品种审定委员会

【选（引）育单位（人）】：内蒙古农业科学院甜菜研究所

【亲本来源及育成经过】

内蒙古十号是在传统系选方法加以完善改进的基础上，采用美国、波兰三个不同的品种选育出 US8222，AG8221，P7904 三个品系，然后经过杂交选育而成。具

体选育过程为：1982 年将选育出的上述三个不同品种的品系的母根，按 1∶1∶1 的比例栽植配制了杂交种。1983～1984 年在所内进行两年比较试验，表现良好。1985～1986 年在继续比较试验的同时，培育了母根和制种。1987～1988 年参加自治区区域试验。1991 年进行大面积生产示范，均表现突出，同年进行了南繁制种。

【特征特性】

生育前期生长迅速，中后期生长健壮繁茂，叶丛直立，叶片呈犁铧形，叶色较绿，功能叶片寿命长，根体圆锥形，整齐，抗褐斑病和黄化毒病，适应性强，对肥水要求不严，可适当密植。

【产量表现】

1983～1984 年所内比较试验结果表明，内蒙古十号含糖率 16.6%、根产量 55135.5kg/hm² 和产糖量 9124.5kg/hm²，分别比对照种内蒙古五号提高 1.00 度、11.2% 和 17.0%。1987～1988 年内蒙古十号参加自治区区试，结果表明产质量性状稳定，含糖率 14.9%、根产量 33225kg/hm² 和产糖量 4822.5kg/hm²，比对照种工农 4 号高 0.9 度、8.15% 和 16.0%。内蒙古十号 1991 年在土默川地区进行的大面积生产示范结果表明，含糖率 17.1%、根产量 53700kg/hm² 和产糖量 9180kg/hm²，分别比对照种工农 4 号提高 1.2 度、57.0% 和 68.0%。

【栽培技术要点】

播种前精细整地，施足底肥。适时早播，4 月上旬播种为宜。第一次疏苗时间为 5 月中旬，6 月上旬定苗，株行距 27cm×40cm，亩保苗 6000 株左右，10 月上旬收获。

【适宜种植区域】

该品种适宜内蒙古自治区中西部地区推广种植。

 内蒙古十二号

【审定（登记）编号】：

【审定（登记）年份】：1992 年 3 月

【审定（登记）单位】：内蒙古自治区甜菜品种审定委员会

【选（引）育单位（人）】：内蒙古农业科学院甜菜研究所

【亲本来源及育成经过】

从 1973 年起选用了含糖高、抗褐斑病较强的原始亲本：波兰的 Aj×cik，法国的 Reffer-22 和捷克的 D-cR。采用轮回选择的方法对这三个原始亲本分别进行了自交选育，并在早代对其进行了配合力的测定，于 1978 年育成了三个自系：73130-3-11，73124-5-10 和 73236，并培育出母根。1979 年将这三个品系的母根按 1∶1∶1 的比例栽植，混合授粉，混合采种子，配制成新的二倍体组合 85020。1985～

1986 年进行了小区比较鉴定试验，同时培育了母根和制种。

【特征特性】

内蒙古十二号属标准偏高糖型品种。适应性强，早期发苗快，叶丛生长势强，封垄早。植株高大，叶片直立，叶色较绿，功能叶寿命长。根形整齐，品质好。对褐斑病及黄化毒病具有较强的抗性。

【产量表现】

1985～1986 年在内蒙古农业科学院甜菜研究所进行了比较鉴定试验。内蒙古十二号根产量两年平均 41098.5kg/hm^2，比对照内蒙古五号提高 11.1％；含糖率 18.8％，比对照提高 0.55 度；产糖量 7780.5kg/hm^2，提高 15.8％。1987～1988 年自治区区域试验中，内蒙古十二号根产量两年平均 31665kg/hm^2，比对照种工农四号提高 1.3％，含糖率 14.9％，提高 0.8 度，产糖量 4794kg/hm^2，提高 7.35％。1991 年在土左旗塔布赛乡旗下营村进行了生产示范，内蒙古十二号含糖率达 11.4％，比当地对照工农四号提高 2.3 度，产量 3210kg/hm^2，比对照降低 2.7％，而产糖量比对照提高了 22.0％。

【栽培技术要点】

播种前精细整地，施足底肥。适时早播，4 月上旬播种为宜。第一次疏苗时间为 5 月中旬，6 月上旬定苗，株行距 27×40cm，公顷保苗 90000 株左右，10 月上旬收获。

【适宜种植区域】

该品种适宜内蒙古自治区中西部地区推广种植。

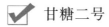 甘糖二号

【审定（登记）编号】：

【审定（登记）年份】：1994 年

【审定（登记）单位】：甘肃省品种审定委员会

【选（引）育单位（人）】：甘肃省甜菜糖业研究所

【亲本来源及育成经过】

甘糖二号的两个亲本品系是 504Z$_{S11}$-86P$_2$-88$_{抗}$ 和 8114Z$_{抗2}$-87P$_2$，是采用系统选育的方法选育的两个高糖抗病品系。甘糖二号的选育工作开始于 1983 年，经田间抗性鉴定并结合室内检糖，从 504 品系中选得抗病高糖单株。1984 年强制自交，得高糖株系 504Z$_{S11}$。1985 年田间鉴定，选择优良种根。1986 年混合栽植，单株分收 504Z$_{S11}$-86P$_2$ 株系，同年部分种子培育小种根。同时，混合栽植 8114 的抗病高糖株，单株分收得优良株 8114Z$_{抗2}$，1986 年田间鉴定结合室内检糖，选择抗病高糖种根。1987 年部分种根混合栽植单株分收，得优良株系 8114Z$_{抗2}$-87P$_2$，部分种

根与 504Z$_{S11}$-86P$_2$ 的小种根按 1：1 配制系间杂交组合，混收种子。1988 年，两品系继续鉴定选择，同时鉴定上年配制的组合，并继续配制组合。1989 年，对该组合继续鉴定。1990 年参加甘肃省区域试验。

【特征特性】

甘糖二号幼苗顶土力强，出苗快，长势强。其叶片形状以盾形为主，间有扇形和犁铧形，叶片皱褶，叶色深绿，叶缘波状，叶丛直立，繁茂期平均高度为82.7cm，叶柄较细，平均叶柄长为 40.9cm，平均叶面积为 588cm^2，功能叶片寿命长。根以楔形为主，间有圆锥形，青头小，根沟浅，含糖率高，工艺品质好，抗黄化毒病和白粉病。

【产量表现】

1988 和 1989 年，甘糖二号参加品种比较试验，对照品种为工农 2 号，平均根产量、含糖率和产糖量分别为 61500kg/hm^2、19.33％和 11935kg/hm^2，分别高于对照 19％、2.83 度和 39.5％。1990～1992 年，甘糖二号参加了甘肃省品种区域试验，平均块根产量为 58500kg/hm^2，比对照增产 5.3％，含糖率为 18.66％，比对照提高 0.63 度，产糖量为 10907kg/hm^2，比对照增加 8.8％。1992～1993 年，甘糖二号在甘肃省甜菜产区进行了大面积生产试验，其块根产量 53138kg/hm^2、含糖率 18.48％、产糖量 9809kg/hm^2，均高于对照。

【栽培技术要点】

最好选用冬水灌地，开春及时耙地镇压，并同时一次性施足农家肥及磷肥和适量的氮肥做基肥（或者选用甜菜专用肥），及时间苗、定苗；全生育期灌水 3～5 次为宜，并在灌第一次水时，适量追施氮肥（若基肥是甜菜专用肥，则根据说明追施）；在苗期及生长中期，要注意防治甜菜象甲及甘蓝夜蛾的危害；严禁在收获前20d 左右灌水，严禁掰叶。

【适宜种植区域】

该品种适宜在甘肃全省种植。

 吉甜 204

【审定（登记）编号】：吉审甜 1995001

【审定（登记）年份】：1995 年

【审定（登记）单位】：吉林省农作物品种审定委员会

【选（引）育单位（人）】：吉林省甜菜糖业研究所

【亲本来源及育成经过】

吉甜 204 亲本 SB-105、SB-106 均是从 CLR、Aj$_1$、公五-16 间的人工杂交组合后代中分离选择的优良单株，经连续 3 代自交单株选择、系统选育而育成的自交系。亲本 SB-101 是从合作二号、P-2-6 的人工杂交后代中分离选择的优良单株，经连续 2 代自交单株选择，系统选育而育成的自交系。1981 年 SB-105、SB-106 和 SB-101 以 2∶2∶1 的比例杂交制种，种子混收。

【特征特性】

吉甜 204 叶丛高度中等，叶丛斜立，叶宽、舌形，叶表面有波纹、深绿色有光泽，功能叶片寿命长，块根圆锥形，黄褐色，根头小、发芽势好，苗期生长势强，中后期长势繁茂，该品种丰产性稳定，含糖率较高，抗逆性与适应性较强，是一个标准偏高糖型甜菜品种。

【产量表现】

吉甜 204 经 1982、1983 和 1986 的 3 年小区试验，结果比对照品种范育 1 号块根产量、含糖率、产糖量分别提高 28.5％、0.92 度、36.5％。吉甜 204 于 1987～1989 年经省区域试验结果，比对照品种范育 1 号块根产量、含糖率、产糖量分别提高 10.37％、0.56 度和 14.1％。吉甜 204 于 1990～1991 年在吉林省内生产示范，结果比对照品种范育 1 号平均块根产量、含糖率、产糖量分别提高 16.4％、0.55 度、20.5％。

【栽培技术要点及适宜种植区域】

吉甜 204 在吉林省 4 月中下旬适时早播，在一般生产栽培条件下，种植密度 60000～63000 株/公顷为宜，每公顷施二铵 300kg。该品种适合在吉林省土壤气候条件下以及类似吉林省土壤气候的省区种植。

 吉甜 205

【审定（登记）编号】：吉审甜 1995002

【审定（登记）年份】：1995 年

【审定（登记）单位】：吉林省农作物品种审定委员会

【选（引）育单位（人）】：吉林省甜菜糖业研究所

【亲本来源及育成经过】

亲本 SB-102 是从 8-8 和公五-Z 的人工杂交后代中分离选择出的优良个体，经强制自交育成的自交系。亲本 SC-203 是从范育一号和公系五号的两个系人工杂交后代中分离选择的优良个体经强制自交系统选育育成的自交系。在提高两亲本的纯合程度，加强巩固相对遗传力的基础上，在选择时扩大自交系间的差异程度、增强抗（耐）病能力，稳定提高经济性状。1986 年 SB-102、SC-203 以 1∶1 比例杂交制种，种子混收。

【特征特性】

吉甜 205 植株高大，叶丛较直立，叶柄较长、粗细中等。叶片长铧犁形，叶色绿、叶缘波状、叶表面较平滑。功能叶片寿命长，块根楔形，呈褐色、根头小、苗期生长势强，中后期生长繁茂，适应性及抗（耐）病能力较强。该品种块根产量高、含糖性状稳定。

【产量表现】

吉甜 205 经 1987～1989 年三年小区试验，平均块根产量比范育一号增产 12.9％，含糖率提高 0.4 度，产糖量提高 14.4％。吉甜 205 在 1989～1992 年参加吉林省区域试验，三年平均比对照品种范育一号根产量、含糖率、产糖量分别提高 10.2％、0.5 度、13.5％。吉甜 205 于 1991～1992 年在吉林省生产示范，两年平均结果如下：根产量 42480kg/hm²、含糖率 17.1％、产糖量 7264.5kg/hm²，分别比对照品种范育一号提高 28.5％、0.5 度和 37.4％。

【栽培技术要点】

该品种适宜在 4 月中旬适时播种，种植密度 60000～63000 株/hm² 为宜，及时定苗，施磷酸二铵 270～300kg/hm²，配合使用微量元素效果更佳。

【适宜种植区域】

该品种适宜在吉林省甜菜产区及土壤气候类似的地区种植。

 中甜-吉甜 206

【审定（登记）编号】：吉审甜 1995003

【审定（登记）年份】：1995 年

【审定（登记）单位】：轻工业部品种审定委员会

【选（引）育单位（人）】：吉林省甜菜糖业研究所

【亲本来源及育成经过】

亲本 732-3 和 753-8 都是通过人工有性杂交的后代分离，从中选育出的优良单株（系），这两个单株系均采取多代田间轮回选择与室内检测分析相结合的方法，提高了产质量和抗病性。经过连续的单株和集团选择，提高了这两个亲本材料的基因纯合程度，增强了经济性状及生物学特征的遗传稳定性。1985 年以 732-3 和 753-8 按 1∶1 的比例互为父母本杂交制种，种子混收。

【特征特性】

吉甜 206 植株较高大，叶丛斜立，盾形叶片，叶肉较厚，叶柄细而长，根体楔形，青头小，根皮细腻且白，肉质紧密，根沟深浅中等，抗褐斑病、抗根腐病能力较强。含糖高，糖分积累快，属于高糖型甜菜新品种。

【产量表现】

吉甜 206 经过 1986～1988 年 3 年小区试验，平均根产量 28885kg/hm²，比范育一号提高 15.7％；含糖率 16.76％，比范育一号提高 1.12 度；产糖量 4860kg/

hm²，比范育一号提高21.3％。吉甜206于1989～1992年参加吉林省甜菜品种区域试验，3年平均结果：根产量33125kg/hm²、含糖率17.63％、产糖量5845kg/hm²，分别比对照品种范育一号提高6.0％、1.3度与14.4％。吉甜206于1992年和1993年连续两年在吉林省生产示范，平均结果：根产量38298kg/hm²、含糖率17.1％、产糖量6570kg/hm²，分别比对照品种吉甜201提高13.2％，1.6度与25.4％。

【栽培技术要点】

4月中下旬播种，及时疏定苗，加强田间管理。及时中耕，拔大草。公顷施磷酸二铵300kg做种肥或施用甜菜专用肥，种植密度在61500株/公顷左右。

【适宜种植区域】

该品种适宜在吉林省各甜菜产区及土壤气候条件与之相类似的产区种植。

 甜研七号

【审定（登记）编号】：黑审糖1995003

【审定（登记）年份】：1995年2月

【审定（登记）单位】：黑龙江省农作物品种审定委员会

【选（引）育单位（人）】：中国农业科学院甜菜研究所

【亲本来源及育成经过】

在广泛引种和所内观察鉴定的基础上，以GW65-06为基础材料，分别于1976年、1978年和1980年在低糖、重病的环境条件下培育H₀、H₁和H₂代的母根，以丰产性、高含糖率及抗褐斑病、耐根腐病性的定向选择为主。以根形、抗旱抽薹选择为辅，分别在1977年、1979年和1981年进行H₁，H₂和H₃代的采种，每年开花前严格淘汰不良种株。经过连续3个世代的高压选择，使GW65-06的高糖、丰产和抗病性等主要目标性状迅速聚合和稳定，1981年成系，代号为81G-6。

【特征特性】

甜研七号地上部整齐，胚轴颜色为混合型，叶色绿，叶片舌状且较大，叶柄较长、粗细适中；种株高度130～150cm，枝型以混合型为主，花粉饱满，结实密度中等，千粒重29～31g。甜研七号苗期长势适中，生育中、后期较旺，块根增长能力较强，含糖率较高，属于标准偏高糖型品种。抗褐斑病性较强，较耐根腐病，对丛根病具一定的耐病力。稳定性好，适应性较强。

【产量表现】

四年省外16个点鉴定试验表明，总平均根产量较对照增产14.9％，含糖率较对照高1.15度，产糖量较对照提高30.2％。其中1994年大同的阳高和包头的土默特右旗2个试验点为中度丛根病发病地块，甜研七号的含糖率较对照品种（晋甜

2号和甜研303）分别提高1.84度和3.68度，产糖量分别提高213.0％和72.9％，说明该品种对丛根病有一定的耐病力。在全国区域试验中，跨8省区15个点3年试验的平均结果是，根产量为34693.5kg/hm^2，较对照高2.3％，含糖率较对照高1.32度，产糖量为5662.5kg/hm^2，较对照增加12.9％，主要性状增产趋势与省区域试验结果一致。

【栽培技术要点】

在精细整地的基础上，适时播种，及时疏苗、定苗，干旱地区应适时灌水。株行距应因地制宜，保苗6～8万株/公顷。一般肥力条件下施农家肥30000～37500kg/hm^{2}做基肥。磷酸二氢铵120～150kg/hm^{2}作种肥，定苗后至繁茂期之前追施尿素150kg/hm^2。甜研七号根体较长，丰产性能较强。适应于在耕层较深、底肥充足和密度较高的条件下种植。制种母根栽植，行株距60cm×60cm或66cm×50cm，密度27000～30000株/公顷。

【适宜种植区域】

该品种适宜在宁安、阿城、呼兰、肇东、安达、明水、依安、拜泉以及林甸等黑龙江大部分甜菜产区；吉林的西部和内蒙古的东部和北部地区；以及在山西的大同，甘肃的张掖和新疆的石河子等地。

 中甜-甘糖三号

【审定（登记）编号】：

【审定（登记）年份】： 1995年4月

【审定（登记）单位】： 轻工总会甜菜品种审定委员会

【选（引）育单位（人）】： 甘肃省甜菜糖业研究所

【亲本来源及育成经过】

甘糖三号的亲本品系是S$_{10}$-84多杂-86P$_2$（引自内蒙古制糖工业研究所，简称S$_{10}$）和8114Z抗$_2$-86P$_2$（原始亲本为工农二号，简称8114）。这两个品系的选育都采用系统选育的方法。该品种的选育工作始于1982年，采用田间鉴定与室内检糖结合的方法从S$_{10}$中选择抗病高糖株。1984年以S$_{10}$抗病高糖株为母本，与多年抗病父本品系杂交，收获S$_{10}$株种子，然后从多杂后代中，采用单株选择的方法，获得优良株系S$_{10}$-84多杂-86P$_2$；同时，亦利用单株选择的方法，从8114品系中选得抗病高糖株系8114Z抗$_2$-86P$_2$。1987年对两品系进行集团选择，同时利用两品系的小种根按1：1配制组合，混收种子。

【特征特性】

中甜-甘糖三号的幼苗顶土能力强，出苗快，生长势强，功能叶片寿命长；叶色深绿，叶面褶皱，叶片形状以舌形为主，间有扇形和犁铧形。叶丛直立，平均叶丛高为 72cm，平均叶柄长为 39cm。根以楔形为主，根沟浅，青头小，尾根较短，工艺品质好。

【产量表现】

1988～1989 年品系比较试验结果（对照品种工农二号），平均块根产量 62385kg/hm² ，比对照品种增加 25.3%，含糖率 17.36%，比对照提高 1.89 度，产糖量 10830kg/hm² ，比对照增加 40%。1990～1992 年进行区域试验（对照品种工农二号），平均块根产量 63255kg/hm² ，比对照品种增加 10.4%，含糖率 18.16%，比对照提高 0.65 度，产糖量 11280kg/hm² ，比对照增加 13.1%。1993 年在甘肃甜菜产区参加多点试验，以甘糖一号为对照，平均块根产量 60765kg/hm² ，比对照品种增加 4.9%，含糖率 19.9%，比对照提高 −0.35 度，产糖量 12045kg/hm² ，比对照增加 3.5%。

【栽培技术要点】

中甜-甘甜三号播种期以 3 月下旬至 4 月上旬播种为宜，公顷播种量为 22.5～30.0kg，公顷基本株数 92595 株左右，播种深度 3cm。播前最好用杀虫性农药拌种，以求一次性保全苗。播种要求土地平整，墒情好，肥力均匀。播前要一次性施足农家肥，多施磷肥，控制氮肥用量。灌水 4～5 次为宜，第一次灌水时，适量追施氮肥，在生长中期（7 月上、中旬）注意防治虫害，严禁在收获前半个月灌水，严禁掰叶。

【适宜种植区域】

该品种适宜在甘肃甜菜产区种植。

 中甜-双丰 17 号（张甜 201）

【审定（登记）编号】：

【审定（登记）年份】： 1996 年 6 月

【审定（登记）单位】： 中国轻工总会甜菜品种审定委员会

【选（引）育单位（人）】： 中国轻工总会甜菜糖业研究所

【亲本来源及育成经过】

1989～1991 年，轻工业部甜菜糖业研究所在甘肃省张掖发病地块成功地选育出 9 份抗（耐）丛根病材料。其中二倍体品系抗 1 表现抗丛根病性最强、产量最高、但含糖中等，抗褐斑病性较差。1991 年以抗 1 为母本，选用抗褐斑病性较强，含糖较高的双丰 8 号作父本，父母本以 1：3 比例配制杂交组合（代号为 91028），种子混收。1992～1994 年在育成地甘肃省张掖，分别在丛根病地和非病地对中甜-双丰 17 号（张甜 201）的抗病性和产质量进行鉴定，1994～1995 年参加国家"八五"攻关抗（耐）丛根病品种全国区域试验（均在中度病地），1995 年同时进行大面积生产试验。

【特征特性】

苗期幼苗生长旺盛，中后期生长势强，叶丛直立，叶片窄，叶柄长，叶色深绿，叶缘波状，株高 50～60cm，功能叶片寿命长，抗褐斑病。根为圆锥形，根头小，根体较长，皮质光滑且具有较强的抗（耐）丛根病性，在中度病地条件下仍可获得较高的根产量和含糖率。在非病地其根产量和含糖率都显著超过对照品种，具有广泛的适应性。

【产量表现】

中甜-双丰 17 号在 1992～1994 年的小区试验中，中度丛根病地根产量为 35752.5kg/hm²，比对照品种甘糖一号增产 120.0％～377.7％，达显著差异水平；含糖率为 15.18％，超过对照 3.80～4.68 度，达极显著水平；产糖量达到 5442kg/hm²，超过对照 197.1％～546.5％，差异极显著。抗丛根病性和褐斑病性明显优于对照。在非病地，其根产量与对照持平，为 64618.5kg/hm²；含糖率超过对照 1.73～3.13 度，达极显著水平，达到了 18.33％；产糖量为 11851.5kg/hm²，超过对照 6.9％～31.7％，达显著水平。该品种于 1995 年在甘肃省张掖地区进行了大面积生产示范试验，其中在中度病区，块根产量为 58050kg/hm²，比对照品种甘糖一号增产 315.4％，含糖率为 15.3 度，比对照提高 4.4 度，产糖量为 8881.5kg/hm²，比对照增加 342.7％。在非病区，块根产量为 95737.5kg/hm²，比对照增产 19.7％，含糖率为 16.0 度，比对照提高 1.8 度，产糖量为 15318kg/hm²，比对照增加 34.7％。

【栽培技术要点】

该品种可适时早播，适当增加种植密度，有利于提高含糖，适宜密度为 75000～82500 株/公顷。重施磷肥，控施氮肥，在灌区要适当控制灌水次数，有利于提高糖分，减少病害侵染。制种时父母本的栽植比例为 1∶3，种子混收。

【适宜种植区域】

该品种适宜在新疆、甘肃、宁夏、内蒙古等省区种植。

 甜研 203

【审定（登记）编号】：审字（87）

【审定（登记）年份】：1997 年

【审定（登记）单位】：中国轻工总会甜菜品种审定委员会

【选（引）育单位（人）】：中国农业科学院甜菜研究所

【亲本来源及育成经过】

KH 是 1977 年以 15 个优良系号的 35 个优良母根进行多系自然杂交，F₂ 代之后进行 4 次小集团选择，1985 年成系，主要经济性状表现良好。Ⅵ8541 是 1976 年以稳定的杂交系号 1303 为原始亲本，培育选择优良母根为亲本，1977 年单株自交采种为 C_1 代，经 4 代连续单株选育，1985 年群体采种成系。F8561 是 1972 年以范育一号为原始亲本，以优良母根为亲本，1973 年单株自交采种为 C_1 代，经连续 6 代单株选育，1985 年成系。甜研 203 是由上述 3 个抗病有粉系 KH、Ⅵ8541 和 F8561 为亲本，于 1992 年按 2：2：1 比例混合栽植自由授粉配制而成，3 个亲本花期同步。

【特征特性】

甜研 203 胚轴颜色为混合型，子叶面积适中，叶呈舌状、绿色，叶柄长度和宽度适中，叶丛斜立，叶片数 35±1.5 片；根圆锥形，根沟中等，表皮较光滑，块根肉白、质细，维管束 7～8 环；苗期长势强，抗褐斑病性强，较耐根腐病，在中度感病区丛根病罹病率为 26%～51%。一年生生育期为 150～160d，属抗病偏高糖型品种。二年生株高 120～130cm，枝型为混合型，花粉量多，结实密度 25～28 粒/10cm，组合的种子千粒重 29～31g。

【产量表现】

甜研 203 于 1993～1994 年进行小区鉴定，对照为甜研 302，其结果表明，两年平均根产量 32510kg/hm²，较对照增产 19.1%；含糖率 13.87%，提高含糖 1.83 度；产糖量 4510kg/hm²，增加产糖量 37.7%。1994～1995 年参加 8 个点次的"八五"攻关抗（耐）丛根病品种区域试验，结果表明，甜研 203 在中度以上丛根病感病地区种植，平均根产量为 24340kg/hm²，超过对照 2 倍以上；含糖率为 13.2%，比对照提高 4 度以上，产糖量 3300kg/hm²。1996 年分别在新疆玛纳斯、石河子和甘肃黄羊镇进行生产示范试验，平均根产量为 27810kg/hm²，比对照增产 37%；平均含糖率为 15.88%，较对照提高 3.29 度；平均产糖量为 4120kg/hm²，较对照提高 72.7%。

【栽培技术要点】

该品种适合在中上等肥力、地势平坦、有灌溉条件的地块种植，要求每公顷施有机肥 22500～30000kg/hm²。在精细整地的基础上，适时早播，播前应以杀虫剂、杀菌剂处理种子，预防苗期病虫害。以 75～105kg/hm² 三料过磷酸钙或 150kg/hm² 磷酸二铵作种肥。适宜种植密度为 7.5～9.0 万株/公顷（行株距 40cm×30cm 或 50cm×25cm）；封垄前结合培土、灌水追施尿素 150～225kg/hm² 和三料过磷酸钙 150kg/hm²，及时中耕除草，制种田各亲本严格按 2：2：1 比例混合种植。

【适宜种植区域】

该品种适宜在新疆的玛纳斯，石河子地区和甘肃的黄羊镇地区种植。也适合内蒙古、宁夏等省（区）的部分褐斑病、丛根病较重的地区种植。

☑ 陇糖 2 号

【审定（登记）编号】：甘种审字第 243 号

【审定（登记）年份】：1998 年 12 月

【审定（登记）单位】：甘肃省农作物品种审定委员会

【选（引）育单位（人）】：甘肃省农科院经济作物研究

【亲本来源及育成经过】

陇糖 2 号是以从捷克引进的二倍体多粒品种 $CikyT_2$ 为原始亲本，采用单株选择和集团选择法分别选出 3 个不同类型的优良株系，然后混合杂交而成。

【特征特性】

陇糖 2 号属标准型二倍体多粒品种。叶丛直立，株高 70cm 左右，叶片肥大，整个生育期内生长繁茂；块根圆锥形，根皮白色，根沟较浅，根叶比较高，具有丰产、高糖、抗病、适应范围广等特点。

【产量表现】

1993 年参加品种比较试验，块根产量 49710.0kg/hm²，较对照品种工农 2 号增产 7.3%；含糖率为 18.6%，较对照提高 1.66 个百分点；糖产量为 9225.0kg/hm²，较对照增产 17.8%。1993～1995 年参加第 3 届省区试，在 16 点次的试验中，平均块根产量为 60991.0kg/hm²，比对照品种甘糖 1 号增产 8.9%，平均含糖率为 17.7%；平均糖产量为 10731.0kg/hm²，比对照增产 5.3%。在省区试的 16 个点次中，陇糖 2 号在武威、张掖、酒泉、民勤 4 个试点上表现尤为突出，4 个点的块根产量平均分别比对照增产 13.9%、12.7%、9.1% 和 21.6%；含糖率中等偏高，平均为 16.6%～18.8%；糖产量分别比对照甘糖 1 号增产 13.7%、11.2%、4.4% 和 9.8%。

【栽培技术要点】

陇糖 2 号适宜于高水肥条件种植。播前施农家肥 900～1125kg/hm²、过磷酸钙 750kg/hm²、尿素 300kg/hm²，也可用甜菜专用肥作基肥；4 月上、中旬适期播种，如采用地膜栽培，播种期可适当提前 5～7d，可先铺膜后穴播，也可先条播后铺膜；适宜密度为行距 40cm，株距 27cm，最佳密度为 93750 株/公顷，出苗后适当早间苗、定苗；灌第 1 水时追施尿素或硝酸铵 75kg/hm²，地表干后中耕除草，全生育期灌水 3～4 次。生长后期要适当控制灌水量和灌水时间，收获前 20d 不再灌水，10 月上、中旬及时收获。

【适宜种植区域】

适宜在甘肃全省种植。

 甜研八号

【审定（登记）编号】：黑审糖 1998003

【审定（登记）年份】：1998 年 2 月

【审定（登记）单位】：黑龙江省农作物品种审定委员会

【选（引）育单位（人）】：中国农业科学院甜菜研究所

【亲本来源及育成经过】

1977 年以 15 个选育系的 35 个优良母根为原始亲本，按接近 1：1 比例混植于同一隔离区内相互授粉，自然杂交后进行 4 代小集团选择，1988 年稳定成系为 KH。1978 年、1980 年、1983 年和 1985 年在良好的栽培条件下，分别培育 F_1、F_2、F_3 和 F_4 代母根，每代进行目标性状的高强度选择。1982 和 1983 年连续 F_3 代鉴定。1979 年、1981 年、1984 年和 1986 年分别进行 F_2、F_3、F_4 和 F_5 的由小到大的集团采种。1987～1990 年连续进行所内鉴定，表现优良。1987 年利用夏播母根，以 KH 为中心亲本与不同的自交系配制顶交测交组合，1988～1989 年进行组合鉴定，1989 年同时培育母根，1990 年根据两年组合鉴定结果，KH 与入选的 4 个自交系在同一隔离区内按 4：1（自交系等量）混合授粉，花期相遇，制成 KH-5 多系杂交群体。1991～1992 年鉴定同时培育母根并重复制种，分别于 1991 年和 1993 年参加全国和黑龙江省甜菜品种区域试验。

【特征特性】

甜研八号为高生产力型多粒多系杂交种，地上部整齐，苗期生长势强；胚轴颜色为混合型，叶色浓绿，叶片舌状、较肥大，叶柄短而粗；株高 50～55cm，株丛斜立；块根圆锥形，根头小，根沟较浅，根皮光滑，根肉白色、较细，维管束 7～8 环；一年生的生育期为 150～160d；种株高 120～140cm，枝型以混合型为主，花粉量多，结实密度中等，种子千粒重 28～32g。抗褐斑病性强，耐根腐病。

【产量表现】

1991～1992 年进行所内鉴定，平均根产量 34369.1kg/hm^2、含糖率 15.62％、产糖量 5424.5kg/hm^2，分别比对照提高 21.2％、2.15 度和 43.9％。1990～1992 三年 7 个点次的异地鉴定结果，平均根产量 39588.2kg/hm^2，比对照增产 15.1％，含糖率 15.7％，较对照高 1.33 度，产糖量 6254.5kg/hm^2，超过对照 24.6％。1993～1995 年在全省 10 个试验点的 3 年区域试验结果，平均根产量为 31256.5kg/hm^2，分别较统一对照和当地对照增产 7.3％和 13.0％；平均含糖率为 15.57％，分别比两个对照提高 0.55 度和 1.05 度；平均产糖量为 4932.3kg/hm^2，分别比两个对照增加 12.2％和 24.7％。1996～1997 年在全省 6 个试验网点进行的两年生产试验结果，平均根产量为 32627.5kg/hm^2，分别较统一对照和当地对照增产 24.2％和 31.4％；平均含糖率为 17.64％，分别比两个对照提高 0.47 度和 0.81 度；平均产糖量为 5757.4kg/hm^2，分别比两个对照增加 29.9％和 39.9％。

【栽培技术要点】

甜研八号适宜在碳酸盐黑土、淋溶黑钙土以及微碱性土壤种植，应施足基肥（厩肥 37500kg/hm²、磷酸二铵 225kg/hm²、尿素 150kg/hm²），以磷酸二铵作种肥，150～225kg/hm²，定苗后 10～15d 追施尿素 225kg/hm²；种植适宜密度为 6.5～8 万株/公顷，在灌区，根产量可达 45t/hm² 以上。制种田应 5 个系号严格按比例种植共同参与授粉，生育期遇干旱应及时灌水。

【适宜种植区域】

该品种主要适宜于黑龙江省的佳木斯、齐齐哈尔、哈尔滨和大庆，内蒙古的中部、东部，宁夏的银川，甘肃的黄羊镇和新疆的石河子、和静等地区种植。

 吉洮 202

【审定（登记）编号】：吉审甜 1999001

【审定（登记）年份】：1999 年 4 月

【审定（登记）单位】：吉林省农作物品种审定委员会

【选（引）育单位（人）】：吉林省洮南甜菜育种研究所

【亲本来源及育成经过】

亲本 HRS_2 和 HQD_2 分别来源于 GW65 和 KW-CR，采用相互全姊妹轮回选择方法育成。1985 年将 GW65 和 KW-CR 培育母根，同年进行品质指标、根重检测。1986 年将检测后的 GW65（群体 A）和 KW-CR（群体 B）母根切瓣，在每一群体内将入选母根一瓣自交，另一瓣与群体内的优良株成对杂交，制成全姊妹家系 $S_0 \times S_0$。1987 年将 $S_0 \times S_0$ 组合与自交 S_1 代种子春播，进行全姊妹家系的抗病、根产量和品质指标鉴定，确定最优的 $S_0 \times S_0$ 组合。1988 年将最优组合相应的自交 S_1 代母根在同一隔离区内栽植，使其自由授粉形成第一轮改良群体，另一方面将两群体的优系组成 A×B 单交种，由此完成第一轮选择。HRS_2 和 HQD_3 是第 2 轮改良群体。经过两轮选择 HRS_2 与原始群体比较根产量增加了 10%，含糖提高 0.2 度，原汁纯度提高 2.7%。HQD_2 与原始群体相比根产量提高 21.6%，含糖提高 0.5 度，原汁纯度提高 3.1%。1992 年将 HQD_2 与 HRS_2 以 3∶1 比例杂交制种，正反交种子混收。

【特征特性】

吉洮 202 株丛斜立，叶片呈舌形，叶色浓绿。根体呈圆锥形，根沟浅，根皮黄白色，根头小。二年生植株枝型以混合型为主，花粉量大，结实密度较高。吉洮 202 抗褐斑病，耐根腐病，根产量高，工艺品质好，属于标准偏丰产型高品质甜菜新品种。

【产量表现】

1993～1994 年小区品比试验，对照品种为吉甜 201。吉洮 202 平均根产量为

38130.0kg/hm²，比对照提高 16.2％；含糖 17.7 度，比对照提高 1.1 度；产糖量 6725.0kg/hm²，比对照提高 23.60％。1995～1997 年，吉洮 202 在吉林省 6 个试验点的 3 年区域试验，平均根产量为 32765.0kg/hm²，比对照增产 16.18％；含糖 17.82 度，比对照提高 0.41 度；产糖量为 5849.0kg/hm²，比对照提高 18.81％。吉洮 202 在省内的 3 个点进行了生产试验，两年平均根产量 36771.0kg/hm²，比对照提高 24.9％；含糖 18.67 度，比对照提高 1.09 度；产糖量 6870.3kg/hm²，比对照提高 33.56％。

【栽培技术要点】

吉洮 202 适宜在排水良好，熟土层较厚的耕地种植，公顷施农家肥 30000kg、磷酸二铵 200kg 和尿素 150kg 作基肥。有条件时，可在定苗后 10～15d 结合灌水进行 1 次追肥。种植密度为 6.5～7.5 万株/公顷，在灌溉条件较好的地区，根产量可达 45000kg/hm²。制种田栽植密度为 3.3～4.1 万株/公顷，亲本 HQD₂ 和 HRS₂ 按 3∶1 比例栽植，正反交种子混收。

【适宜种植区域】

适宜在吉林西部、内蒙古东部及其他气候类似地区种植。

 中甜 204

【审定（登记）编号】：国审糖 20000002

【审定（登记）年份】：2000 年

【审定（登记）单位】：全国农作物品种审定委员会

【选（引）育单位（人）】：中国农业科学院甜菜研究所

【亲本来源及育成经过】

以捷克的 Dobrovic-A 为原始亲本，选择优良母根为亲体，1971 年单株自交采种为 C₁ 代，连续 6 代单株选择，根产量、含糖率和抗褐斑病性性状均得到提高。1983 年稳定成系为 "D8361"，其表现出根产量较高、工艺品质好、含糖率中等、抗褐斑病性强。"VI8541" 是以杂交系号 1303 为原始亲本，选择优良母根为亲体，1977 年单株自交采种为 C1 代，连续 4 代单株选择，1985 年成系。该系号含糖率高，抗褐斑病、耐根腐病和丛根病，根产量中等。1989 年以 "D8361" 和 "VI8541" 为亲本，按 3∶1 比例混合栽植，自由授粉制种，配制成 8911 组合。

【特征特性】

该品种苗期生长势较强，胚轴颜色为混合型，叶色绿，叶片犁铧形，叶柄长度、粗细中等，叶丛斜立；根圆锥形，根头小、根沟浅、根皮光滑、根肉白色较细；种株高度 100～140cm，枝型以混合型为主，结实密度中等，种子千粒重 20～30g。该品种含糖率高，工艺品质好，适应性强，稳产性好，抗褐斑病性强，耐丛根病和根腐病。

【产量表现】

1990～1993 年在所内连续 4 年小区鉴定，平均根产量 35764kg/hm²、含糖率 14.2％、产糖量 5167.9kg/hm²，分别比对照品种提高 32.5％，1.7 度和 50.9％。1990～1993 年 3 年 3 点次的异地鉴定，平均根产量 38835kg/hm²、含糖率 17.1％、产糖量 6556.5kg/hm²，分别比对照品种提高 78.6％，2.5 度和 121.9％。1994～1996 年全国区域试验，在全国三大甜菜产区 35 个试验点次平均根产量 35200kg/hm²，比当地对照品种提高 9.1％；含糖率 16.9％，比当地对照品种提高 1.6 度；产糖量 5912.1kg/hm²，比当地对照品种提高 24.1％。1996～1998 年进行的生产试验中，在三大甜菜产区共计 17 个试验点次平均根产量 44205kg/hm²，比当地对照品种提高 13.9％；含糖率 16.8％，比当地对照品种提高 2.2 度；产糖量 7446.2kg/hm²，比当地对照品种提高 38.1％。

【栽培技术要点】

精细整地，适当深耕，施足基肥，要有机肥和化肥配合施入。一般基肥 37500kg/hm²、尿素 150kg/hm²，磷酸二铵 225kg/hm²；种肥为磷酸二铵，用量 150～225kg/hm²；定苗后 10～15d 追施尿素 225kg/hm²。适时早播、合理密植，比较适宜的密度为 6.5～8.5 万株/公顷；要及时间苗、定苗和加强田间管理，适时收获。制种时，要培育健壮母根，两个亲本 P$_1$、P$_2$ 按 3∶1 比例混合栽植，混合收获。

【适宜种植区域】

该品种主要适宜于黑龙江的哈尔滨、北安地区，吉林省西部，辽宁省铁岭地区，内蒙古的中部，山西省大同地区，宁夏的银川，新疆的石河子、和静等地区种植。

 包育 201

【审定（登记）编号】：蒙审甜 20001

【审定（登记）年份】：2000 年

【审定（登记）单位】：内蒙古自治区农作物品种审定委员会

【选（引）育单位（人）】：内蒙古包头华资实业股份有限公司甜菜研究所

【亲本来源及育成经过】

包育 201 的母本是二倍体品系 91204，是以引进材料吉甜公五-Z 作为原材料，在中轻度丛根病试验地里按育种目标进行系统选育，1992 年成系。父本 91203-2 是以甜研 1103 为原材料，自交、单株系选、抗病选择而成的二倍体品系。1991 年 91204 和 91203-2 按 3∶1 配制杂交组合，种子混收。

【特征特性】

包育 201 属于标准型二倍体品种，该品种叶丛高度中等，斜立，叶片较小，叶色绿色，功能叶片寿命长，根头小，根体为楔形。此品种产量稳定，含糖率较高，抗褐斑病性强，对丛根病、黄化毒病有一定的耐病性。

【产量表现】

1992 年在土右旗进行小区鉴定，以甜研 302 作对照，试验结果表明。包育 201 的根产量为 40120kg/hm²、含糖率为 17.86％、产糖量为 7170kg/hm²，分别比对照增产 13.37％，提高 1.42 度、增加产糖量 23.2％。1994 年在土右旗、达拉特旗、乌拉特前旗，包育 201 在 3 个点的平均块根产量为 47720kg/hm²，含糖率为 16.08％，产糖量为 7670kg/hm²，分别比对照甜研 303 提高根产量、含糖率、产糖量分别为 3.47％，1.87 度、17.1％。在 1996～1997 年的内蒙古自治区甜菜品种区域试验中，对照品种为吉甜 301，包育 201 平均根产量为 36230kg/hm²，比对照提高 10.7％，含糖率平均为 16.55％，比对照提高 0.73 度，产糖量为 6000kg/hm²，比对照提高 15.8％。1998 年包育 201 在通辽糖厂原料区进行生产试验，包育 201 根产量为 48000kg/hm²，比对照增产 12.5％，含糖率为 16.0％，比对照提高 0.6 度，产糖量为 7680kg/hm²，比对照增产 16.9％。

【栽培技术要点】

该品种喜水肥，在适宜种植地区，应早播，早疏苗，早定苗，一次性施足底肥。公顷留苗密度为 75000～82500 株。

【适宜种植区域】

本品种适宜在内蒙古自治区东部自然区种植。

 中甜-包育 202

【审定（登记）编号】：审字（97）

【审定（登记）年份】：2000 年

【审定（登记）单位】：全国甜菜品种审定委员会

【选（引）育单位（人）】：包头华资实业股份有限公司甜菜研究所 \ 内蒙古农业大学甜菜生理研究所

【亲本来源及育成经过】

中甜-包育 202 的亲本是 BS79-1 和 90203B。90203B 是以阿育 1 号为原始材料，经过逐年套袋自交和抗病选择综合性状优良的单株，并且利用生理选种的方法，90203B 表现为高糖、抗褐斑病和黄化毒病的特点。1993 年 BS79-1 和 90203B 按 1：1 配制杂交组合，种子混收。

【特征特性】

中甜-包育 202 属于标准偏高糖型普通二倍体品种，种子发芽势强，苗期生长势旺盛，生长中期叶丛斜立，高度中等，叶柄细长，叶片舌形，叶色浓绿，抗褐斑病和黄化毒病，块根圆锥形，根肉白色。二年生种株高度中等，株型紧凑。

【产量表现】

1994～1995年在所内进行小区鉴定，以协作2号为对照。中甜-包育202的平均根产量为40900kg/hm²，比对照增加7.63%；平均含糖率16.21%，比对照提高1.00度；平均产糖量增加14.88%。1994～1995年，在内蒙古巴盟地区进行异地鉴定，以协作2号为对照，两年平均结果为：根产量59330kg/hm²，比对照增加4.55%；含糖率15.76%，比对照提高1.01度；产糖量9360kg/hm²，比对照增加11.69%。在甜菜品种区域试验中，中甜-包育202在3年区试达标点的平均根产量40650kg/hm²，比对照增加19.67%；含糖率15.28%，比对照提高1.61度；产糖量6340kg/hm²，比对照增加36.93%。中甜-包育202于1999年在山西阳高、甘肃武威、内蒙古萨拉齐分别进行了生产试验，3个地区平均根产量比对照增加9.3%，含糖比对照提高1.01度，产糖量比对照增加16.3%。

【栽培技术要点】

该品种喜水肥，在适宜种植地区，应在4月上中旬播种，一次性施足底肥，生育期间不提倡追肥。每公顷留苗密度为8.25万株左右。

【适宜种植区域】

本品种适宜在山西省、甘肃省、内蒙古自治区种植。

 中甜 205

【审定（登记）编号】：国审糖2001001

【审定（登记）年份】：2001年8月

【审定（登记）单位】：全国农作物品种审定委员会

【选（引）育单位（人）】：黑龙江大学甜菜遗传育种重点实验室\中国农业科学院甜菜研究所

【亲本来源及育成经过】

亲本DP02于1977年以15个选育系的优良母根为原始亲本，按接近1：1比例混植于同一隔离区内相互授粉自然杂交，然后按目标性状进行4代高强度小集团选择和一轮轮回选择，1989年成系。该系号表现丰产偏高糖、抗褐斑病、耐根腐病。DP09以L62为母本，以GW49-29，BRP，American31405-25为父本配制多父本自然杂交组合，F₂代进行母系选择，F₃代开始连续4代混合选择，1989年成系，该系号属标准型，亦较抗褐斑病，耐根腐病。1990年以DP02和DP09为亲本，按2：1比例混合栽植自由授粉制种，配制成"9017"组合。

【特征特性】

该品种苗期生长势较强，胚轴颜色为混合型，叶色绿，叶片舌形，叶柄较粗、长度中等，叶丛斜立；根圆锥形，根头较小、根沟较浅、根皮较光滑，根肉白色、较细腻；种株高度 100～130cm，种株枝型以多枝型和混合型为主，结实密度中等，种子千粒重 22～28g。该品种丰产性较强，含糖率高，工艺品质较好，适应性广，抗褐斑病性强、耐根腐病。

【产量表现】

1991～1994 年小区试验，平均根产量 33801kg/hm²、含糖率 13.52%、产糖量 4580.5kg/hm²，分别比对照品种提高 24.6%，2.75 度和 55.3%。1991～1996 年 5 年 7 点次的异地鉴定结果，平均根产量 48157kg/hm²、含糖率 16.5%、产糖量 7874.1kg/hm²，分别比对照品种提高 10.7%，0.74 度和 15.6%。1997～1999 年全国区域试验，在全国三大甜菜产区 32 个试验点次平均根产量 39365kg/hm²，比当地对照品种提高 6.8%；含糖率 15.7%，比当地对照品种提高 1.2 度；产糖量 6227.9kg/hm²，比当地对照品种提高 17.6%。2000 年进行的生产试验，在三大甜菜产区共计 5 个试验点，平均根产量 51782kg/hm²，比当地对照品种提高 12.2%；含糖率 16.5%，比当地对照品种提高 0.3 度；产糖量 8371.2kg/hm²，比当地对照品种提高 14.3%。

【栽培技术要点】

精细整地，适当深耕，施足基肥一般基肥施入量为有机肥 37500kg/hm²，磷酸二铵 225kg/hm²，种肥为磷酸二铵，用量 150kg/hm²；定苗后 10～15d 追施尿素 150kg/hm²。适时早播，因地制宜，合理密植。比较适宜的密度为 6.0～8.5 万株/公顷；要及时间苗、定苗和加强田间管理，及时收获。制种时，要培育健壮母根，两个亲本按 2：1 比例混合栽植，加强肥水管理，混合收获。

【适宜种植区域】

该品种主要适宜于黑龙江的哈尔滨、嫩江、佳木斯地区、吉林西部、内蒙古的中部、山西大同地区、新疆的石河子、和静等地区种植。

 内甜抗 201（内 9902）

【审定（登记）编号】：蒙审甜 2002001
【审定（登记）年份】：2002 年
【审定（登记）单位】：内蒙古自治区农作物品种审定委员会
【选（引）育单位（人）】：内蒙古农业科学院甜菜研究所
【亲本来源及育成经过】

以自交系 HBB-1 为母本，抗丛根病自交系 AB19/20-19E 为父本杂交选育而成。HBB-1 属德国 K-CR 系统，在丛根病病区经单株和集团选择而成，植株形态表现一致，抗丛根病性强，经济性状较好。

【特征特性】

苗期及叶丛繁茂期植株生长旺盛，叶片大，叶色暗绿，叶丛斜立，叶柄较短，功能叶片寿命长。块根呈圆锥形，根体较长，根沟较浅，根肉白色，性状稳定，具有较强的抗丛根病及抗褐斑病性，产质量水平较高。对土壤肥力及环境条件要求不严，适应性广，在中度丛根病地块种植更加适宜。

【产量表现】

1999～2000 年两年的抗病区域试验，平均根产 41175kg/hm²，比对照甜研 303 增产 71.25%；含糖率 16.1%，比对照种提高 1.78 度。2001 年生产试验，平均根产 64155kg/hm²，比对照种提高 517.77%，含糖率 16.08%，比对照种增加 5.55 度。

【栽培技术要点】

每公顷播种量 22.5kg，每公顷保苗 75000～90000 株为宜。播种时每公顷施种肥磷酸二铵 150kg，定苗后每亩施追肥尿素 7.5kg，出苗后及时防虫，该品种适应性较强。选地势平坦，中等肥力以上的土地即可，在中度丛根病病地种植更加适宜。

【适宜种植区域】

适宜内蒙古自治区中、西部、西北丛根病感病地区种植。

 甜研 206

【审定（登记）编号】：黑审糖 2002003
【审定（登记）年份】：2002 年 3 月
【审定（登记）单位】：黑龙江省农作物品种审定委员会
【选（引）育单位（人）】：中国农业科学院甜菜研究所

【亲本来源及育成经过】

1995 年以二倍体有粉系 DP10，DP11，DP03，DP04，DP08，DP13，DP12 为亲本，按 5：5：4：2：2：2：1 的比例混合栽植，自由授粉，配制多系自然杂交组合 95802。

【特征特性】

该品种苗期生长势较强，胚轴颜色为混合型，叶色浓绿，叶片宽舌形，叶柄较粗、较长，叶丛斜立；根圆锥形，根头小、根沟较浅、根皮光滑，根肉白色、比较细腻；种株高度 100～140cm，枝型以混合型为主，结实密度中等，种子千粒重 21～25g；生育日数 140～160d。该品种丰产性较强，含糖率高，工艺品质好，适应性广，抗褐斑病性强，耐根腐病和丛根病。

【产量表现】

1996～1998 年连续 3 年小区鉴定，平均根产量 27810kg/hm²、含糖率 14.6%、

产糖量 4080.5kg/hm²，分别比对照品种提高 79.5%，0.9 度和 92.1%；1997～1998 年二年 4 点次的异地鉴定，结果平均根产量 39469kg/hm²、含糖率 13.5%、产糖量 5364.8kg/hm²，分别比对照品种提高 17.8%，0.6 度和 23.2%。2001 年，在黑龙江的红光、依安、拜泉、红兴隆、宁安 5 个试验点进行的生产试验，平均根产量 39430.2kg/hm²，比对照品种甜研 303 提高 10.9%；含糖率 17.47%，比对照提高 0.52 度；产糖量 6897.6kg/hm²，比对照提高 14.4%。

【栽培技术要点】

精细整地，适当深耕，施足基肥，要有机肥和化肥配合施入，一般基肥 37500kg/hm²、尿素 150kg/hm²，磷酸二铵 225kg/hm²，种肥为磷酸二铵，用量 150～225kg/hm²；适时早播、合理密植，比较适宜的密度为 6.0～7.5 万株/公顷；要及时间苗、定苗和加强田间管理，适时收获；制种时，各亲本按 5：5：4：2：2：2：1 比例混合播种培育母根，要加强育根田和制种田的肥水管理。

【适宜种植区域】

该品种主要适宜于黑龙江省的哈尔滨市郊、讷河、依安、拜泉、友谊、宁安等地区种植。

 中甜-张甜 202

【审定（登记）编号】：审字 104

【审定（登记）年份】：2003 年

【审定（登记）单位】：中国轻工总会甜菜品种审定委员会

【选（引）育单位（人）】：张掖市农业科学研究所

【亲本来源及育成经过】

1990～1993 年对具有一定抗（耐）病性的育种材料在高台、南华和农科所连作多年的甜菜丛根病重病地上连续选择，从中选出产量最高、立枯病发病最轻、丛根病病情指数和发病率最低、含糖率中等的抗病材料作为母本。选用抗褐斑病性较强、兼抗黄化毒病、含糖较高的优良品系 GT03 作父本，于 1994 年配制杂交组合，父母本种子分收，淘汰父本种子，经病田和非病田试验和生产试验、示范，完成了育种程序。

【产量表现】

1995～1997 年中甜-张甜 202 同时在病地和非病地试验，在病地上，3 年平均根产量为 49100kg/hm²，含糖率为 14.97%，产糖量为 7350kg/hm²，比对照甘糖 2 号增产 173.13%，含糖提高 4.03 度，产糖量增加 263.97%，差异达极显著水平。在非病地上，3 年平均根产量为 65930kg/hm²，含糖率为 17.5%，产糖量为 11510kg/hm²，比对照甘糖 2 号增产 22.5%，含糖提高 1.3 度，产糖量增加

32.5％，差异均达显著或极显著水平。中甜-张甜202于1996～1998年甜菜品种区域试验中，平均根产量为39960kg/hm²，含糖率为14.33％，产糖量为5830kg/hm²，较当地对照品种平均增产36.32％，含糖率提高0.62度，产糖量增加43.97％。中甜-张甜202于1998～2001年在甘肃省张掖市进行病地和非病地生产试验：产质量明显超过对照。在病地上，平均根产量为63450kg/hm²，含糖率15.09％，产糖量为9600kg/hm²，比对照甘糖2号增产524.4％，含糖提高3.64度，产糖量增加746.13％；在重病地上，平均根产量为58180kg/hm²，含糖率为14.50％，产糖量为8430kg/hm²，比对照增产492.74％，含糖提高4.8度，产糖量增加762.46％，差异均达极显著水平。在非病地上，平均根产量为84760kg/hm²，含糖率17.13％，产糖量为14520kg/hm²，比对照甘糖2号增产35.84％，含糖率提高1.81度，产糖量增加51.71％。

【适宜种植区域】

该品种适宜在甘肃、内蒙古、新疆等甜菜产区种植。

 中甜207

【审定（登记）编号】：国品鉴甜菜2003005

【审定（登记）年份】：2004年6月

【审定（登记）单位】：全国甜菜品种鉴定委员会

【选（引）育单位（人）】：中国农业科学院甜菜研究所

【亲本来源及育成经过】

中甜207是以2个二倍体多粒型有粉系DP14（P_1）和DP03（P_2）为亲本，按3：1比例混合栽植自由授粉制种，配制而成的杂交组合。DP14是以人工杂交组合1403为基础材料，进行1次全姊妹家系轮回选择法，以集合更多的优良基因，打破原来基因间连锁，增加优良基因重组的机会。然后又经2次单株选择、4次混合选择、成系；DP03是以杂交系号1303为原始亲本，选择优良母根自交，在褐斑病和根腐病发病较重地块连续进行4代单株选择，然后，又在发病较轻地块进行2次大群体高强度混合选择、成系。

【特征特性】

该品种苗期生长势较强，胚轴颜色为混合型，叶丛斜立，叶色绿，叶片舌形，叶柄较细，长度中等；根圆锥形，根头较小、根沟较浅、根皮光滑、根肉白色、肉质细腻。种子千粒重20～25g。该品种含糖率高，工艺品质好，较抗褐斑病，耐根腐病。

【产量表现】

1997～1998年两年所内小区试验，平均根产量、含糖率、产糖量分别比对照品种提高 37.9%、2.25 和 62.9%。1998～1999 年两年 3 点次的异地鉴定结果，平均根产量与对照品种持平，含糖率和产糖量分别比对照品种提高 1.31 度和 9.1%。在 2001～2002 年全国区域试验中，该品种在全国三大甜菜产区 29 个试验点次平均根产量 41583.1kg/hm^2，与当地对照品种持平；含糖率 17.10%，比当地对照品种提高 1.27 度；产糖量 7147.7kg/hm^2，比当地对照品种提高 9.9%；该品种表现较抗褐斑病，耐根腐病。该品种在 2003 年进行的生产试验中，在两大甜菜产区共计 6 个试验点平均根产量 48938.5kg/hm^2，比当地对照品种略低；含糖率 17.90%，比当地对照品种提高 1.00 度；产糖量 8799.5kg/hm^2，略高于当地对照品种。

【栽培技术要点】

精细整地，适当深耕，施足基肥，要有机肥和化肥配合施入，一般基肥（厩肥）37500kg/hm^2、尿素 150kg/hm^2、磷酸二铵 300kg/hm^2，或种肥为磷酸二铵，用量 150～225kg/hm^2；定苗后 10～15d 追施尿素 225kg/hm^2。适时早播、因地制宜，合理密植，比较适宜的密度为 6～8 万株/公顷；要及时间苗、定苗，加强田间管理，及时收获。制种时，要培育健壮母根，两个亲本（P$_1$、P$_2$）按 3∶1 比例混合栽植，混合收获，加强肥水管理。

【适宜种植区域】

该品种主要适宜于黑龙江的友谊、哈尔滨地区，吉林的长春、白城地区，内蒙古的兴安盟，甘肃黄羊镇，新疆的塔城、和静、昌吉等地区种植。

☑ 农大甜研 4 号（农华 9808）

【审定（登记）编号】：蒙审甜 2005003 号

【审定（登记）年份】：2005 年

【审定（登记）单位】：内蒙古自治区农作物品种审定委员会

【选（引）育单位（人）】：内蒙古农业大学甜菜生理研究所＼包头华资实业股份有限公司甜菜研究所

【亲本来源及育成经过】

经生理选育过程，选育出农丰甜抗 9801、农丰甜抗 9803 和农丰甜抗 9804 三个品系，2001 年对三个品系按不同比例配置栽种，集团混收，形成新组合农华 9808。

【特征特性】

叶丛适中，叶片肥厚，叶缘舌形，着生角度较倾斜，叶柄短粗，叶色深绿，叶绿素含量较高，直到生育后期仍显绿色，故功能叶片维持时期时间长，光合性能强。块根呈圆锥形，青头较小，根沟浅，生育前期长势较快。

【产量表现】

2003 年全区各试验点平均产量为 57319.05kg/hm²，与 ck₁ 和 ck₂ 比较，分别提高 33.19% 和 38.21%；含糖率平均为 15.29%，分别比对照 ck₁ 和 ck₂ 低 0.3 度和 0.12 度。产糖量 8764.05kg/hm²，分别比对照 ck₁ 和 ck₂ 提高 31% 和 37%。2004 年全区各试验点平均产量为 63649.5kg/hm²，与 ck₁ 比较，提高 24.04%；含糖率平均为 17.26 度，比对照提高 0.89 度；产糖量 10879.5kg/hm²，比对照提高 31.02%。2004 年在普通组生产试验中，该品种的产量为 64989kg/hm²，比照增加 17.3%；含糖率为 17.2 度，比照增加 0.1 度；产糖量为 11091.3kg/hm²，比对照增加 17.0%。

【栽培技术要点】

适期早播、适度浅播；实行宽窄行条播，保证密度，每株营养面积控制在 1250～1300cm²；以磷为主、氮磷配合做种肥 [P：N＝(2.5～3.0)：1]；实行早疏苗、早间苗、早定苗；以氮为主、氮磷配合做追肥 [N：P＝(2.5～3.0)：1]，于甜菜长到 13～15 片叶时，结合头水进行穴施或机械开沟条施；生育后期防治褐斑病保护功能叶片。

【适宜种植区域】

该品种适宜在内蒙古自治区中、西部地区种植。

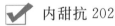 内甜抗 202

【审定（登记）编号】：蒙审甜 2006002 号

【审定（登记）年份】：2006 年

【审定（登记）单位】：内蒙古自治区农作物品种审定委员会

【选（引）育单位（人）】：内蒙古农牧业科学院甜菜研究所

【亲本来源及育成经过】

内甜抗 202 的母本材料抗丛根病自交系 IIBB-1，该材料属德国 K-CR 系统，在丛根病病区经单株和集团选择而成，植株形态表现一致，抗丛根病性强，经济性状较好，父本选用高糖型、抗丛根病自交系 AB8301，该材料属波兰 AB 系统，在丛根病病区经多年选择而成，也具有良好的抗丛根病性和较理想的经济性状。内甜抗 202 是以 HBB-1 为母本，AB8301 为父本，按父、母本 1：3 比例配制杂交组合。

【特征特性】

内甜抗 202 为多胚型二倍体杂交种，生长势强，具有较强的抗丛根病和褐斑病性。根型为圆锥形，根皮白色，根沟较浅，根体较长；叶丛斜立，叶色暗绿，叶片大，叶柄较短，功能叶片寿命长。生育期为 170d 左右，适宜在内蒙古及周边丛根

25

病区种植，在中度丛根病地更能表现出该品种的优良特征、特性。采种株型为混合型，结实密度较高，多胚种子，采种量较高。

【产量表现】

该品种在内蒙古自治区甜菜品种抗病区域试验中，平均块根产量 40954.5kg/hm²，比对照品种甜研 303 提高 81.07%；含糖率 16.38%，比对照品种提高 2.05度；产糖量 6729kg/hm²，比对照品种提高 109.4%。在内蒙古自治区甜菜品种普通组生产试验中，块根产量和产糖量分别比对照提高 48.71% 和 47.81%，含糖率比对照降低 0.10 度。在内蒙古自治区甜菜品种抗病组生产试验中，块根产量、含糖率、产糖量分别比对照提高 156%、1.39 度、181.25%。

【栽培技术要点】

内甜抗 202 对土壤肥力及环境条件要求不严，适应性较强。选地以平地为宜，在中度丛根病地种植更加适宜。在生产中应制定合理的轮作制度，对下一年种植甜菜的地块，应于当年秋季进行深翻、深松，并结合整地，深施有机肥。在北方，适宜播期为 4 月上、中旬，种植密度以 75000～90000 株/公顷为宜，播种时施磷酸二铵 150kg/hm²，定苗后追施尿素 112.5kg/hm²，及时进行田间管理和病虫害防治。

【适宜种植区域】

内蒙古以及华北地区。

 内甜抗 203

【审定（登记）编号】：蒙审甜 2006003 号

【审定（登记）年份】：2006 年

【审定（登记）单位】：内蒙古自治区农作物品种审定委员会

【选（引）育单位（人）】：内蒙古自治区农牧业科学院甜菜研究所

【亲本来源及育成经过】

母本材料选用内蒙古自治区农牧业科学院甜菜研究所抗丛根病自交系 HBB-3，该自交系属德国 KW-Z 系统，植株形态表现一致，抗丛根病性较强，经济性状较好。父本选用抗丛根病自交系 AB19/120-19E，该自交系属波兰 AB 系统，也具有良好的抗丛根病性和较理想的经济性状。

【特征特性】

内甜抗 203 在中度丛根病地种植，苗期及叶丛繁茂期植株生长旺盛，叶片大，叶色暗绿，叶丛斜立，叶柄较长，功能叶片寿命长。块根呈圆锥形，根体较长，根沟较浅，根肉白色，性状稳定，具有较强的抗丛根病及抗褐斑病性，产质量水平较高。对土壤肥力及环境条件要求不严，适应性广，在非病地及丛根病地种植均表现出良好的产质量水平，在中度丛根病地种植更能表现出该品种优良的特征特性。

【产量表现】

该品种在内蒙古自治区甜菜品种抗病区域试验中，平均根产量 44715.0kg/hm²，比对照种甜研 303 提高 97.7％；含糖率 15.67％，比对照种提高 1.34 度；产糖量 7006.8kg/hm²，比对照种提高 116.2％。在内蒙古自治区甜菜品种普通组生产试验中，根产量 69225.0kg/hm²，比对照提高 62.0％；含糖率 16.85％，比对照提高 0.08 度；产糖量 11664.4kg/hm²，比对照提高 62.8％；在内蒙古自治区甜菜品种抗病组生产试验中，根产量、含糖率、产糖量分别比对照提高 182.6％、1.10 度、203.8％。

【栽培技术要点】

以播种量 22.5kg/hm²，保苗 75000～90000 株/公顷为宜。播种时每公顷施种肥磷酸二铵 150kg，定苗后施追肥尿素 112.5kg，出苗后及时防虫，生育期管理措施得当，在中度丛根病地种植，也能实现单产 37500/hm² 以上，含糖 15％ 以上的丰产优质目标。该品种为多胚二倍体丰产、抗丛根病杂交种，适应性较强。选择地势平坦，肥力中等以上的土地即可，在非病地及中度丛根病病地种植均适宜。

【适宜种植区域】

该品种适宜在内蒙古以及华北地区种植。

 内甜 204

【审定（登记）编号】：蒙审甜 2007001 号

【审定（登记）年份】：2007 年

【审定（登记）单位】：内蒙古自治区农作物品种审定委员会

【选（引）育单位（人）】：内蒙古农业科学院甜菜研究所

【亲本来源及育成经过】

以自交系 HBB-1 为母本，抗丛根病自交系 N98122-1 为父本杂交而成。

【特征特性】

叶片大，叶丛直立，叶片犁铧形，叶柄较短，叶绿色。块根圆锥形，白色根皮，根肉白色，根沟浅。

【产量表现】

2004 年在内蒙古自治区区域试验中，产量 58575.3kg/hm²，比对照提高 59.67％；产糖量 9632.1kg/hm²，比对照提高 58.35％。2005 年在内蒙古自治区区域试验中，平均产量 72840kg/hm²，比对照甜研 309 提高 11.8％；含糖率 15.43％，比对照提高 0.09 度；平均产糖量 10794kg/hm²，比对照增产 18.1％。2005 年在内蒙古自治区生产试验中，产量 62415kg/hm²，比对照提高 16.3％；含糖率 16.13%，比对照减少 0.356 度；产糖量 10065kg/hm²，比对照增加 13.7%。

【栽培技术要点】

该品种种植密度 75000～90000 株/公顷。

【适宜种植区域】

该品种适宜在包头市、呼和浩特市、巴彦淖尔市种植。

2. 多粒型二倍体雄性不育系杂交种

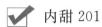 内甜 201

【审定（登记）编号】：种审证字第 0164 号

【审定（登记）年份】：1991 年 12 月

【审定（登记）单位】：内蒙古自治区农作物品种审定委员会

【选（引）育单位（人）】：内蒙古农业科学院甜菜研究所

【亲本来源及育成经过】

内甜 201 是以内蒙古农业科学院甜菜研究所育成的二倍体雄性不育系 14403A 为母本（保持系亲本为内蒙古五号），以二倍体自交系 AB8301 为父本，母父本以 4：1 杂交而成。

【特征特性】

内甜 201 品种出苗力强，苗期生长发育迅速，幼苗健壮；株型直立，叶柄细长，叶片大小适中，呈舌形，功能叶片寿命长，对褐斑病有较强的抗性；块根扎土较深，呈长圆锥形。

【产量表现】

1984～1985 年进行选育鉴定，对照品种为工农三号，两年平均结果，内甜 201 平均块根产量 39480.75kg/hm²，与对照品种持平；含糖率 19.27%，产糖量 7732.5kg/hm²，比对照品种分别提高 2.11 度和 12.1%。内甜 201 于 1987～1990 年参加了内蒙古自治区甜菜品种区域试验，平均块根产量比对照品种工农四号提高 9.41%；含糖率提高 1.75 度；产糖量提高 23.45%。1989 年在内蒙古自治区大面积生产示范，对照种工农四号，内甜 201 平均块根产量（30750kg/hm²）、含糖率（18.16%）和产糖量（5584.5kg/hm²）分别较对照提高 17.5%、0.21 度和 18.9%。1992 年在内蒙古巴盟临河市城关乡大面积生产示范，块根产量为 60000kg/hm²，较对照工农五号增产 30.3%；含糖率内甜 201 为 17.1%，较对照提高 2.2 度；产糖量为 10260kg/hm²，较对照增产 49.5%。

【栽培技术要点】

该品种适应性强，对土壤肥力要求不严，由于株型直立，有利于通风透光，可适当密植，在我国北方地区种植，密度为 82500～90000 株/公顷。

【适宜种植区域】

该品种适宜在内蒙古自治区种植推广。

 中甜-吉甜 202

【审定（登记）编号】：轻审字第 53 号

【审定（登记）年份】：1992 年 4 月

【审定（登记）单位】：轻工业部甜菜品种审定委员会

【选（引）育单位（人）】：吉林省甜菜糖业研究所

【亲本来源及育成经过】

吉甜 202 是以二倍体雄性不育系吉 75-22 为母本，以本所选育的 JT2-1 为父本，采取 3：1 配比杂交育成。1987 年在省内多点异地试验，经济性状表现很好。经国家攻关区试组资格审查获准，1988～1989 年参加国家攻关品种区城化试验，达标。

【特征特性】

吉甜 202 甜菜杂交种，出苗势好，较抗旱，前期生育旺盛，中后期长势较强。抗褐斑病和抗根腐病性较好，抗逆性也较强，株型直立，根体圆锥形，叶柄较长，叶片盾形，根产量较高，含糖与产糖量表现稳定。

【产量表现】

1987 年异地比较试验结果，吉甜 202 根产量为 26574kg/hm²，比当地主推品种提高 61.3%，含糖 14.8%，比对照高 1.1 度，产糖量为 3921kg/hm²，比对照高 73.9%。1985～1989 年吉甜 202 区域试验结果，平均根产量 40329kg/hm²，比当地主推对照品种提高 15.5%；含糖 16.0%，提高 1.63 度；产糖量 6586.5kg/hm²，提高 29.6%。吉甜 202 杂交种 1989～1991 的三年平均产量 39609kg/hm²，含糖率 16.7%，产糖量 6567kg/hm²，分别为比当地对照品种提高 31.3%、0.32 度和 33.2%。

【栽培技术要点】

该品种适宜在土质松软中等以上肥力水平的地块种植，可获得较高的产量。东北区每公顷 6 万株为宜。

【适宜种植区域】

吉甜 202 杂交种适于吉林省甜菜产区和东北、华北、西北的某些平原地区或旱灌条件下栽培。

 双丰 14 号

【审定（登记）编号】：黑审糖 1993001

【审定（登记）年份】：1993 年 2 月

【审定（登记）单位】：黑龙江省农作物品种审定委员会

【选（引）育单位（人）】：轻工业部甜菜糖业科学研究所

【亲本来源及育成经过】

　　1983 年以轻工业部甜菜糖业科学研究所自育的二倍体多粒品系双丰 5 号二倍体多粒种雄性不育系为母本，以倍体多粒品系双丰 10-6-25 和双丰 10-6-84 为父本配制的测交组合。经过连续九年的所内小区试验、黑龙江省甜菜品种区域试验和生产示范，该组合增产增糖效果显著，至 1992 年通过全部鉴定程序。

【特征特性】

　　该品种的一年生植株苗期生长旺盛，生育中后期生长快，植株繁茂，株高中等，叶丛斜立，叶片矩形、深绿色；块根为长圆锥形，淡白色，根沟浅，皮质细致，肉质紧密；种子发芽率高、发芽势强，出苗快而整齐。

【产量表现】

　　1984～1986 年进行三年小区试验，平均根产量比对照品种提高 14.0％，块根含糖提高 0.9 度，产糖量提高 18.9％。双丰 14 号品种于 1987～1989 年连续三年参加黑龙江省品种区域试验。三年试验结果平均与统一对照品种双丰 8 号相比，根产量 23931kg/hm^2、含糖率 16.35％和产糖量 3922.5kg/hm^2，分别比对照提高 9.8％、0.70 度和 15.3％；与当地主推品种相比，分别提高 8.2％、0.88 度和 15.5％。1990～1992 年进行了连续三年的生产试验。与统一对照品种双丰 8 号比，三年生产试验平均根产量 32362.5kg/hm^2、含糖率 15.77％和产糖量 5178kg/hm^2，分别比对照提高 11.3％、0.66 度和 17.1％；与当地主推品种比，分别提高 15.0％、0.92 度和 23.1％。

【栽培技术要点】

　　双丰 14 号品种是喜肥、耐湿、耐盐碱的杂交品种，适于在肥水充足的地区种植。播种期在黑龙江省为 4 月下旬～5 月上旬，种植密度一般在 60000～75000 株/公顷左右为宜，收获期在 10 月上中旬。亩施基肥不低于 2000kg，在肥力中等地种植时，需增加施肥量或扩大营养面积。由于苗期生长迅速，要求早疏苗、早定苗、早追肥，及时加强田间管理，以利用于充分发挥品种内在的生长潜力。二年生制种要求水肥充足，母父本以 3：1 栽植，种子混收用于生产。

【适宜种植区域】

　　该品种适宜在黑龙江省甜菜产区种植。

 合育 201

【审定（登记）编号】：200

【审定（登记）年份】：1994 年 1 月

【审定（登记）单位】：内蒙古自治区农作物品种审定委员会

【选（引）育单位（人）】：内蒙古呼和浩特市糖厂毕克齐甜菜育种试验站、内蒙古制糖工业研究所

【亲本来源及育成经过】

母本材料采用内蒙古甜菜制糖工业研究所选育的二倍体多粒型雄性不育系工农 m203（原亲本为内 5×双 3，属波兰 CLR 和德国 KW-E 系统），该不育系不育性状好，经济性状高，抗病性能和配合力均较强。父本材料选用我站选育的 GW267-18-1-5 二倍体自交材料（原亲本由美国引进），经我站自交选育表现植株形态一致、经济性状和抗病性能均较好。合育 201 是以二倍体 GW267-18-1-5 与二倍体雄性不育材料工农 m203 按父母本 1：5 的比例配置，自然杂交授粉，种子混收而育成。

【特征特性】

该品种长势好，叶柄较短，叶片稍长，呈舌形，叶缘有皱褶，叶色深绿，叶丛斜立；根圆锥形，根体较长，根沟较浅，根皮黄、白色，性状稳定，种粒大，发芽率高，苗期生长旺盛。易抓苗，产质量好且稳定，对土壤肥力及环境条件要求不严，适应性广。

【产量表现】

合育 201 于 1986～1988 年分别在毕克齐和太平庄进行了杂交组合比较试验，2 地 3 年试验平均结果为：合育 201 根产量平均 31215kg/hm²，比对照（内蒙古 5 号）提高 9.2%，含糖率 15.20%，比对照提高 1.3 度，产糖量 4786.5kg/hm²，超过对照 17.5%。合育 201 于 1989～1990 年在内蒙古土默川区参加了区域试验，两年平均结果为：合育 201 平均块根产量 32617.5kg/hm²，较对照（内蒙古 5 号）提高 12.9%；含糖率 16.35 度，较对照提高 0.25 度；产糖量 5325kg/hm²，较对照提高 14.5%，达到了标准型甜菜新品种要求。合育 201 于 1992 年在毕克齐镇民生村进行了生产示范，共计播种 30 亩，示范结果为：合育 201 平均块根产量 38910kg/hm²，较对照（内蒙古 5 号）增产 29.4%；含糖 16.72 度，较对照提高 1.44 度；产糖量 6510kg/hm²，较对照提高 41.8%。

【栽培技术要点】

该品种适宜在壤土地及丘陵、山区种植。该品种需种肥磷二铵 150kg/hm²，及早疏、间、定苗，密度 75000～90000 株/公顷，4 月中旬播种。采种需按父母本 1：5 的比例栽植，父母本最好间隔栽植，种子混收。

【适宜种植区域】

该品种适宜在内蒙古甜菜产区种植。

新甜七号

【审定（登记）编号】：新农审字第 9405 号

【审定（登记）年份】：1994 年 11 月

【审定（登记）单位】：新疆维吾尔自治区农作物品种审定委员会

【选（引）育单位（人）】：新疆石河子甜菜研究所

【亲本来源及育成经过】

1982 年以多粒雄性不育系石 M201A 为母本，二倍体自交系 Z-2 为父本，按父母本 1∶3 的比例配制杂交组合，种子成熟期从母本株上收获种子。

【特征特性】

新甜七号属丰产偏高糖品种，中期生长旺盛，生长整齐，株高中等，叶丛直立，叶片盾形，绿色，叶皱深，叶缘中波浪，块根楔形，根皮黄白色，根沟浅，较抗白粉病，褐斑病，也较耐丛根病。新甜七号为雄性不育杂交种，原料生产必须用杂交一代种子，制种时父母本栽植比例为 1∶3。

【产量表现】

1984～1985 年和 1997 年进行小区比较试验，块根产量三年平均 58324.5kg/hm²，较对照增产 3.5%，含糖 18.08%，提高 1.08 度；产糖 10510.5kg/hm²，增糖 9.72%。在 1988～1990 年三年六点十八次区域试验的结果表明，块根平均 69906.6kg/hm²，含糖 18.02%，较对照提高 1.48 度；产糖 12571.95kg/hm²，增糖 6.44%。1990 年在塔城和石河子试点进行生产试验，块根产量 52635kg/hm² 和 57804kg/hm²，较对照增产 7.87%～11.5%；含糖 18.0%～18.2%，较对照提高 0.7～1.0 度；产糖 9474～10521kg/hm²。

【栽培技术要点】

该品种具有产量高，工艺早熟的特点，可适时早收以利于调节农时和糖厂加工期。该品种种植要求土地平整肥沃，有灌溉条件的秋翻冬灌地，适宜密度 82500～90000 株/公顷。

【适宜种植区域】

该品种可作为石河子、塔城、伊犁糖区的主栽品种，其他糖区搭配种植。

吉洮 201

【审定（登记）编号】：吉审甜 1996002

【审定（登记）年份】：1996 年 5 月

【审定（登记）单位】：吉林省农作物品种审定委员会

【选（引）育单位（人）】：吉林省洮南甜菜育种研究所

【亲本来源及育成经过】

吉洮 201 是以雄性不育系 JTM-O1A 为母本，抗病系 848S$_5$-3315 为父本配制的甜菜二倍体雄性不育杂交种。1987 年以父母本 1：3 比例杂交制种，组合代号为848S$_5$-3315MSC。

【特征特性】

吉洮 201 品种出苗快，苗期生长势强；生育中后期生长繁茂，功能叶片寿命长，抗褐斑病性强。该品种叶丛较高，叶丛斜立，叶片呈舌形，叶面光滑，淡绿色，块根呈圆锥形，根沟稍浅，根皮为黄白色，根中含糖较高，属于抗病标准偏高糖型品种。

【产量表现】

1988～1990 年小区试验结果，吉洮 201 平均块根产量 25140kg/hm^2、含糖率10.94％和产糖量 2736kg/hm^2，分别比对照品种范育 1 号提高 15.0％、1.15 度和28.0％。1991～1993 年在吉林省西部洮南、镇来、前郭等 8 个点区域试验结果，吉洮 201 平均块根产量 30067.5kg/hm^2、含糖率 16.57％和产糖量 5004kg/hm^2，分别比对照品种范育 1 号提高 10.8％、1.36 度和 21.2％。1992～1993 年，与区试同时进行生产试验。在吉林省西部白城、洮南、通榆等 6 点次试验结果，吉洮 201平均块根产量 31633.5kg/hm^2、含糖率 15.73％和产糖量 4966.5kg/hm^2，分别比对照品种范育 1 号提高 19.0％、1.08 度和 26.5％。

【栽培技术要点】

吉洮 201 品种适宜种植在土壤疏松、高肥足水、排水良好的沙壤土中。在增施农家肥的基础上，以磷肥为种肥，适时早播，保证播种质量；加强田间管理，及时防治病虫害；生育后期严禁掰叶，忌施氮肥，适期晚收；合理种植密度一般为63000～67500 株/公顷。在良种繁育过程中，严格掌握父母本的栽植比例 1：3，采用较高的制种技术，适时早栽，提高抽薹率，促使花期相遇，提高杂交率，从而保持品种种性。

【适宜种植区域】

适宜于吉林省西部地区推广种植，以及其临近的中部地区及内蒙古东部甜菜产区栽培。

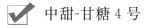 中甜-甘糖 4 号

【审定（登记）编号】：
【审定（登记）年份】：1997 年 8 月 28 日
【审定（登记）单位】：中国轻工总会甜菜品种审定委员会
【选（引）育单位（人）】：甘肃省甜菜糖业研究所

【亲本来源及育成经过】

中甜-甘糖 4 号是以多粒雄性不育系 9001A 为母本，抗（耐）丛根病品系 9305 为父本，按父、母本比例 1∶3 配制的雄性不育杂交种。

【特征特性】

中甜-甘糖 4 号幼苗顶土力强，出苗整齐，生长势强，功能叶片寿命长，叶色浓绿、叶片肥大，叶面皱褶，叶形以犁铧形为主。叶丛斜立，叶柄较粗、短。在丛根病中度发生地块，甜菜生育前期和中期，地上部丛根病发病症状极轻，后期有少量的黄化型及叶脉退绿症状。中甜-甘糖 4 号的根形以纺锤形为主，根沟浅，尾根短。

【产量表现】

1993～1994 年在丛根病重发地进行了品比试验，中甜-甘糖 4 号块根产量平均达 37732.0kg/hm²，比对照品种甘糖 1 号增产 234.8%，含糖率平均达 14.14%，比对照提高了 8.15 个百分点。中甜-甘糖 4 号于 1994 年参加抗（耐）甜菜丛根病品种区域试验，块根产量平均达 43213.0kg/hm²，比对照甘糖 1 号增产 931.7%，含糖率平均达 14.65%，比对照提高了 5.15 个百分点，丛根病病指为 30.8%。1996 年，中甜-甘糖 4 号在民勤、酒泉、新疆玛纳斯及石河子安排生产试验，其中平均根产量为 41190kg/hm²、含糖率为 14.66%、产糖量为 6090kg/hm²，分别比对照品种高 204.5%、3 度和 167%。

【栽培技术要点】

该品种的适宜播期为 3 月下旬至 4 月上旬，要求地势平整，土壤肥沃，墒情好。公顷播种量 22.5～30kg，播种深度为 3cm，公顷保苗株数 90000 株左右。播前应对种子进行处理，最好使用经加工的种子，以一次播种保全苗，并防治苗期病虫害。整地时要施足农家肥，多施磷肥，控制氮肥用量，生育期灌水 3～5 次，灌第一水时适量追施氮肥。严禁中、后期打叶，杜绝在收获前 20d 左右灌水。

【适宜种植区域】

新疆及甘肃的甜菜产区种植。

 中甜-甘糖五号

【审定（登记）编号】：

【审定（登记）年份】：1997 年 8 月

【审定（登记）单位】：中国轻工总会甜菜品种审定委员会

【选（引）育单位（人）】：甘肃省甜菜糖业研究所

【亲本来源及育成经过】

中甜-甘糖五号的母本为多粒雄性不育系 90156A。母本 90156A 的选育始于

1985 年，以双六为回交亲本，经过多代套袋回交转育，不育率逐年提高，1990 年不育率达 96％，代号定为 90156A，同年进行了大量的杂交组合配制。1991 年、1992 年连续进行隔离繁殖，不育率稳定在 95％以上。中甜-甘糖五号的父本为抗病综合品系 89 抗杂。父本 89 抗杂是以 4 个不同来源的抗病材料进行系间混合杂交，经过数代混合选择，产质量及抗病性好且表现稳定，1989 年的种子世代，编号定为 89 抗杂。1989 年秋，在甘肃陇南培育了 90156A 和 89 抗杂的露地越冬小母根，1990 年春，以 90156A 为母本，以 89 抗杂为父本，父母本比例按 1∶3 配制杂交组合。

【特征特性】

中甜-甘糖五号的根型为纺锤形，根沟浅，平均叶丛高 69.1cm，叶柄长 38.5cm。叶色深绿，叶片宽大，平均叶面积 493cm²。较抗黄化毒病和白粉病。含糖较稳定，产糖量高。二年生采种株为混合枝型，父母本花期一致，杂交率高，结实性好，母本不育率在 95％以上。

【产量表现】

1991～1992 年，参加本所品比试验及多点鉴定，其结果平均根产量 70695kg/hm²，较对照增产 15.2％，含糖 18.96％，提高 0.26 度，产糖量 13404kg/hm²，提高 16.9％。1993～1995 年，中甜-甘糖五号参加全国甜菜品种区域试验，在新疆的石河子、和静，甘肃的武威，宁夏的银川 4 个点达标，3 年平均根产量 55964kg/hm²，超过对照 22.9％，产糖量 8373kg/hm²，较对照增产 29.2％，含糖率 14.7％，较对照提高 0.62 度。1997 年，在新疆进行多点引种试验，平均根产量 74340kg/hm²，超对照 12.3％，含糖率为 14.41 度，超对照 1.54 度，产糖量为 10713kg/hm²，超对照 37.9％。

【栽培技术要点】

该品种的适宜播期为 3 月下旬至 4 月上旬，要求地势平整，土壤肥沃，墒情好。公顷播种量 22.5～30kg，播种深度为 3cm，公顷保苗株数 90000 株左右。播前应对种子进行处理，最好使用经加工的种子，以一次播种保全苗，并防治苗期病虫害。整地时要施足农家肥，多施磷肥，控制氮肥用量，生育期灌水 3～5 次，灌第一水时适量追施氮肥。严禁中、后期打叶，杜绝在收获前 20d 左右灌水。

【适宜种植区域】

该品种适宜在新疆及甘肃的甜菜产区种植。

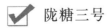 陇糖三号

【审定（登记）编号】：甘种审字第 244 号

【审定（登记）年份】：1998 年 12 月

【审定（登记）单位】：甘肃省甜菜品种审定委员会

【选（引）育单位（人）】：甘肃省农业科学院经济作物研究所

【亲本来源及育成经过】

"陇糖三号"的母本 G04A，是该所育成的第四对雄性不育系。采用不育株与授粉株连续回交、授粉株同时自交的细胞核置换选育法，连续回交、自交了 4 代，1988 年回交后代的不育率达到 100％。父本 Z7 是从甘肃地方品种"酒泉"中选择单株自交而成的自交系。1989 年，用雄性不育系 G04A 作母本与 4 个自交系进行了测交，其中包括自交系 Z7。当年收到 4 份杂交后代种子，1990 年这 4 份 F_1 种子同时参加了杂种优势测定试验，结果表明 G04A 与 Z7 的杂交后代 G2110 表现突出。随后进行了较大数量的制种，1992 年参加了品种比较试验，表现仍然突出。1993～1995 年参加了全省甜菜品种区域试验，1996～1997 年进行了生产示范。

【特征特性】

"陇糖三号"幼苗生长旺盛，繁茂期植株高度适中，叶丛直立，叶片呈犁铧形，根呈不规则圆锥形，根头小，根皮白色，光滑，根沟较浅。

【产量表现】

1990 年参加杂种优势测定试验，根产量 3 次重复平均达到 63501kg/hm²，较对照（工农二号）增产 25.3％；含糖率为 16.2％；产糖量为 10287kg/hm²，较对照增产 112.1％。1992 年参加品系比较试验，"陇糖三号"平均根产量为 56070kg/hm²，较对照（工农二号）增产 19.4％；含糖率为 17.7％；产糖量平均为 9924kg/hm²，较对照增产 22.2％。1993～1995 年参加甘肃省甜菜品种区域试验，"陇糖三号"共参加了 3 年 16 点次的试验，平均根产量为 62029kg/hm²，居 8 个参试品种第 1 位；16 点次 3 年平均含糖率为 17.3％；平均产糖量为 10715kg/hm²。1996 年在黄羊镇辛家庄和广场二队进行了生产示范，两点平均根产量达到 59081kg/hm²，较对照增产 15.8％；含糖率平均为 20.9％；产糖量平均 12348kg/hm²，较对照增产 14.2％。1997 年在黄羊镇广场一队和广场 6 队进行了生产示范，两点平均根产量为 48675kg/hm²，较对照增产 33.3％；含糖率平均为 18.4％；产糖量平均为 8956kg/hm²，较对照增产 35.5％。

【栽培技术要点】

在土壤肥力较好、有灌溉条件的田块，保苗率 90000～97500 株/公顷。播前施足基肥，适当增施磷肥，适期早播，早间苗、定苗，充分发挥苗期生长旺盛的特点，促使前期快速生长，后期适当控制生长以利于糖分积累。收获前 20d 不再灌水，不要在 7、8 月份打叶，以免影响植株生长和糖分积累。

【适宜种植区域】

广泛适应于甘肃省河西甜菜产区种植，还可以在生态条件相似的新疆、宁夏等邻近省区种植。

✅ 宁甜双优 2 号

【审定（登记）编号】：宁种审 2022

【审定（登记）年份】：2000 年 3 月

【审定（登记）单位】：宁夏农作物品种审定委员会

【选（引）育单位（人）】：宁夏甜菜糖业研究所

【亲本来源及育成经过】

宁甜双优 2 号的亲本为自育遗传双胚不育系 NM103A 和自育多胚自交系 95S5-26；1996 年以高抗丛根病雄不育系 NM103A 为母本，耐丛根病多胚自交系 95S5-26 为父本，按不育系与授粉系 3：1 或 6：2 隔行栽植（播种）配制杂交组合，开花 1 周后拔除授粉系，得到雄不育二倍体杂交种种子；经 1996，1997 年在重度丛根病地夏播选育和 1998，1999 年异地多点区域试验鉴定育成。

【特征特性】

该品种种株属混合枝型。一年生植株叶丛斜立，叶片光滑，叶片犁铧形，叶色浓绿，叶片寿命较长；块根圆楔形，根系发达，根皮浅黄色。出苗力强而整齐，生育期叶丛繁茂度较差，抗早衰性能较强，抗白粉病、褐斑病性能中等，感染黄化毒病较轻，中高抗丛根病、焦枯病和根腐病。

【产量表现】

1998～1999 两年参加了 7 点次异地多点区域鉴定试验，平均根产量 43878.0kg/hm²，比 CK₁（吉甜 302）高 29.93％，比 CK₂（宁甜双优 1 号）高 5.7％；平均含糖 14.92％，比 CK₁ 高 0.15 度，比 CK₂ 高 1.09 度；平均产糖量为 6546.60kg/hm²，比 CK₁ 增产 31.25％，比 CK₂ 高 14.03％。1998 年进行了生产示范，两点平均根产量 55860kg/hm²，比对照（宁甜双优 1 号）增产 5.8％；平均含糖率 15.5％，比对照高 0.75 度；平均产糖量 8658.3kg/hm²，比对照增产 11.17％。1999 年进行生产示范，3 点平均根产量 52068.0kg/hm²，比对照增产 3.5％，平均含糖率 15.20％，比对照高 1.10 度，平均产糖量 7914.3kg/hm²，比对照增产 11.57％。

【栽培技术要点】

该品种种球直径小，播种应以精量点播为宜。整地要精细，播种时墒情要好，播深 3cm 左右（最好机械点播）。播后视土壤墒情及时镇压，以利一次性保全苗。在丛根病区种植以垄作为宜。整个生育期严格控氮控水，忌平作覆膜栽培。两对真叶前不应灌水，苗期管理要早间苗、早定苗、早管理，充分发挥苗期生长旺盛的特点，促进前期快速生长，及时防治虫害和叶部病害，后期适当控制生长以利于糖分积累。

【适宜种植区域】

该品种适宜在宁夏、新疆等地种植。

☑ 中甜-吉甜 208

【审定（登记）编号】：吉审甜 2001004

【审定（登记）年份】：2000 年 8 月

【审定（登记）单位】：全国甜菜品种审定委员会

【选（引）育单位（人）】：吉林省甜菜糖业研究所

【亲本来源及育成经过】

中甜-吉甜 208 的母本为本所育成的二倍体雄性不育系吉 75-27，保持系为 JTC8-5，以本所育成的 JT2-7503-36528 为父本，母、父本采取 5∶1 配比杂交育成。母本不育系是 1984 年由内蒙古制糖工业研究所引入的波兰 MS8 分离出的单株后代。1985 年在自然隔离条件下，与 JTC8-5 自然隔离转育，及时淘汰可疑株，所收种子当年夏播培育母根。1986 年开始连续回交三代，不育率均达 90% 以上。

【特征特性】

中甜-吉甜 208 株型直立，叶柄较长，叶片盾形。根体纺锤形，根头小，根沟浅，根体黄白色，肉质细致。该品种块根产量、含糖率均较高、生产力稳定，属丰产兼标准型品种。

【产量表现】

1993、1995 年在范家屯设置了品种比较试验，两年两点小区试验结果：平均根产量 40259.03kg/hm²，比当地主要推广品种吉甜 201（CK）产量提高 17.8%，含糖率 17.8 度，比吉甜 201 高 0.9 度，产糖量为 7165.5kg/hm²，比吉甜 201 提高 24.0%。1996～1998 年，中甜-吉甜 208 参加全国甜菜产区的东北和华北地区十个点次的区域试验，中甜-吉甜 208 平均根产量为 38445.9kg/hm²，比对照提高 19.7%；含糖率为 16.22%，比对照提高 0.69 度；产糖量为 6235.9kg/hm²，比对照提高 25.1%。1999 年在华北甜菜产区的内蒙古萨拉齐（设两个试验点）、山西的阳高和东北的吉林省甜菜糖业研究所设试验点进行生产试验，试验结果 3 区 4 点平均根产量 42404.25kg/hm²，比当地对照品种提高 18.2%；含糖率 15.29 度，比对照提高 0.65 度；产糖量 6483.6kg/hm²，比当地对照品种提高 23.5%。

【栽培技术要点】

该品种在东北地区一般 4 月中、下旬播种，10 月上旬收获，生育期 150d 左右。中甜-吉甜 208 的幼苗长势强，生育中、后期长势繁茂，具有抗旱、耐盐碱性，抗病性强，产量高、含糖中上等，品质好，种植密度一般每公顷 6 万株为宜。该品种喜肥，一般施农家肥每公顷 30～50t，化肥以磷酸二铵为主，适量掺拌钾肥、每公顷施用量 350kg 为宜。亲本繁育要求时不育系的繁殖与制种父本系的繁殖一样，均要在 1000m 以内的自然隔离条件下栽培，杂交种的制种田，母、父本以 5：1 配比栽植，栽植密度一般在每公顷 4 万株左右为宜。

【适宜种植区域】

该品种适宜在东北及华北甜菜种植区。

 ZD204

【审定（登记）编号】：国审糖 2002004

【审定（登记）年份】：2001 年

【审定（登记）单位】：全国农作物品种审定委员会

【选（引）育单位（人）】：中国农业科学院甜菜研究所

【亲本来源及育成经过】

母系材料来源于德国 KWS 种质资源库。选择多胚二倍体雄性不育材料 65478 的优良单株，用优良多胚二倍体同型保持系成对杂交，次年对后代进行育性、抗性鉴定，优良植株系继续进行回交纯化，培育纯系。经过反复回交纯化和群体经济性状的轮回选择，获得了不育率高达 100％、经济性状优良的雄性不育系 MS65478。在配制杂交组合前，用异型保持系 OP1963M 同 MS65478 杂交，育成 KWS6462M 多胚二倍体雄性不育系。父系材料来源于中国农科院甜菜研究所。以多胚二倍体品系 T35 为基础材料，根据育种目标和材料的产质量、抗病性进行多轮群体选择，对优良品系进行连续 3 代的混合选择后，再从中选择优良姊妹株近交采种，并连续 3 代进行单株选择，然后，再对获得的多个株系进行群体选择，培育近交姊妹系。配制杂交组合前，姊妹系间杂交培育"复合"种 PT35-3。PT35-3 抗褐斑病，耐根腐病，配合力强。1996 年以多胚二倍体雄性不育系 KWS6462M 为母本，以二倍体有粉系 PT35-3 为父本，母父本按 3：1 比例配制杂交组合，收获杂交种，对杂交种进行产质量和抗性鉴定。1997～1999 年参加所内小区及多点异地鉴定，2000～2001 年参加国家甜菜品种区域试验和生产试验。

【特征特性】

ZD204 属多胚二倍体雄不育杂交种，适应性广，丰产性突出，含糖较高，结合了国外品种丰产性突出、抗丛根病和国内品种含糖率高、抗褐斑病、耐根腐病、适应性好双方的优点。另外，该品种群体一致，块根大小均匀，糖汁纯度高，块根品质好，工艺损失小。该品种苗期发育快，生长势强，叶片功能期长，根、叶比较高，有利于干物质的积累。叶丛斜立、较矮，叶片犁铧形、淡绿色、较小，叶柄较细短，有利于密植。块根纺锤形，根形整齐，根头较小，根沟较浅，根体光滑、白净。

【产量表现】

ZD204 在 1997～1998 年的小区鉴定试验中，平均根产量 35548.7kg/hm²，比对照甜研 303 增产 82.0％；含糖率 12.8％，比对照高 0.5 度；产糖量 4564.5kg/hm²，比对照提高 90.1％。ZD204 在 1999 年的 6 点次异地小区鉴定试验中，平均根产量 61162.1kg/hm²，比对照甜研 303 增产 46.0％；含糖率 16.3％，比对照略低 0.2 度；产糖量 9860.3kg/hm²，比对照提高 49.9％。ZD204 在 2000～2001 年的国家甜菜品种区域试验中，全国三大甜菜产区 32 个试验点次平均根产量 53724.3kg/hm²，比对照增产 27.9％；平均含糖率 15.6％，比对照低 0.4 度；平均产糖量 8263.5kg/hm²，比对照提高 26.8％。

【栽培技术要点】

ZD204 适合密植，每公顷保苗应在 75000 株以上。根据土壤墒情，应适时早播，确保全苗。生长期应及时进行间苗、定苗、中耕等田间管理，及时控制和防治虫害、草害及病害的发生，适时收获。施肥时应注意 N、P、K 合理搭配，适当增加 P、K 肥的施用，有些地区还应注意微肥，特别是硼肥的施用。需强调指出的是，必须控制 N 肥的过量施用，8 叶期后不宜追施氮肥，以免造成贪青徒长，影响块根中糖分积累和有害氮增加，影响工艺品质。

【适宜种植区域】

该品种适宜在东北、华北、西北三大甜菜产区种植推广。

 吉甜 209

【审定（登记）编号】：吉审甜 2001005

【审定（登记）年份】：2001 年

【审定（登记）单位】：吉林省农作物品种审定委员会

【选（引）育单位（人）】：吉林省甜菜糖业研究所

【亲本来源及育成经过】

吉甜 209 是以本所育成的普通多粒二倍体甜菜雄性不育系吉 75-27 为母本，保持系为 JTC85，以本所育成的优良二倍体品系 7906-E4 为父本，采取母、父本 5：1 配比杂交育成。

【特征特性】

吉甜 209 出苗整齐，苗期长势健壮，具有较强的抗旱能力。前期生育旺盛，中、后期长势较强，抗逆、抗褐斑病、根腐病能力较强，根产量高、品质好。吉甜 209 植株叶片斜立，叶片较多，叶肉较厚，叶柄细而长，叶片犁铧形，根体楔形，青头小，属丰产型品种。

【产量表现】

1993～1995 年在范家屯设置了品种比较试验,吉甜 209 平均根产量 42661.1kg/hm²、比当地主推品种吉甜 201 提高 24.8%;含糖 16.76 度,比对照吉甜 201 低 0.1 度;产糖量为 7200.3kg/hm²,比吉甜 201 提高 24.1%。吉甜 209 于 1996～1999 年参加吉林省甜菜品种区域试验,对照品种为吉甜 201,3 年吉甜 209 平均根产量为 33317.08kg/hm²,比对照品种产量提高 18.45%;含糖率为 15.98%,比对照品种吉甜 201 低 0.36 度;产糖量为 5324.07kg/hm²,比对照品种提高 15.84%。吉甜 209 于 1998～1999 年在吉林省中、西部地区设 5 个点进行生产试验,2 年吉甜 209 平均根产量为 33167.25kg/hm²,比对照品种产量提高 21.0%;含糖为 14.1 度,比对照品种含糖提高 0.3 度;产糖量为 4676.58kg/hm²,比对照品种产量提高 22.8%。

【栽培技术要点】

吉甜 209 在吉林省的适宜播种时间是 4 月中旬至 5 月上旬。种植密度 6 万株/公顷左右为宜。选择平岗地的玉米茬、豆茬或麦茬均可。每公顷施农家肥 30000～50000kg,化肥以磷酸二铵为主,掺拌适量钾肥,每公顷施用量 300kg 左右为宜。

【适宜种植区域】

该品种适宜在吉林省各甜菜产区种植。

 ZD210

【审定(登记)编号】:黑审糖 2005003

【审定(登记)年份】:2005 年 4 月

【审定(登记)单位】:黑龙江省农作物品种审定委员会

【选(引)育单位(人)】:中国农业科学院甜菜研究所

【亲本来源及育成经过】

母系材料(不育系)来源于德国 KWS 种质资源库。选择单胚二倍体雄性不育材料 66784 的优良单株,用优良多胚二倍体同型保持系成对杂交,次年对其后代进行育性选择,产质量及抗性鉴定,选择优良植株继续进行回交纯化,培育纯系。经过多代回交纯化和群体经济性状、抗病性状的轮回选择,获得了不育率高(100%)、经济性状优良、抗病性好的优良雄性不育系 MS66784。在配制杂交组合前,用多胚二倍体异型保持系 OP9635M 同 MS66784 杂交,育成 KWS66182M 多胚二倍体雄性不育系。父系材料来源于中国农业科学院甜菜所育种材料库,以多胚二倍体品系 T35 为基础材料,根据育种目标,对材料的产质量和抗病性进行多轮群体选择,对获得的优良品系进行连续 3 代的混合选择后,再进行连续 3 代的单株选择,获得多个优良株系,鉴定各株系的产质量、抗病性和一般配合力。配制杂交组合前，根据各株系的产质量、抗病性和配合力表现，进行姊妹系间杂交，培育出PT35158。1998年以多胚二倍体雄性不育系KWS66182M为母本，以二倍体有粉系PT35158为父本，母父本按3∶1比例配制杂交组合，花期结束时，拔除父本株，收获杂交种。

【特征特性】

ZD210系丰产性好，含糖率较高，抗褐斑病和丛根病，耐根腐病，块根品质好的多胚二倍体雄性不育杂交种。根、叶生物产量比值较高，苗期发育快，生长势强，叶片功能期长。根形为纺锤形，根皮白净，根头较小，根沟较浅，根形整齐；叶丛斜立，叶片淡绿色，犁铧形，株高、叶片大小、叶柄粗细适中；繁茂期叶片数为28～32片。

【产量表现】

在2002～2003年黑龙江省区域试验中，ZD210两年15个点次平均根产量41104.9kg/hm²，比对照品种提高20.3%；平均含糖率17.0%，比对照品种低0.6度；平均产糖量6978.2kg/hm²，比对照品种提高15.8%。在2004年的生产试验中，5个试验点平均根产量45186.3kg/hm²，比对照品种提高13.9%；平均含糖率17.2%，比对照品种低0.5度；平均产糖量7863.6kg/hm²，比对照品种提高11.3%。在2002～2003年的国家甜菜品种区域试验中，全国三大甜菜产区两年34个点次平均根产量61950.8kg/hm²，比对照品种提高25.3%；平均含糖率16.4%，比对照品种低0.2度；平均产糖量10128.6kg/hm²，比对照品种提高24.6%。2003年，ZD210参加了黑龙江的嫩江、友谊，吉林的洮南，内蒙古的包头，新疆的昌吉、和静6个点的生产试验，平均根产量61540.2kg/hm²，比对照品种提高8.9%；平均含糖率17.3%，比对照品种提高0.4度；平均产糖量10646.5kg/hm²，比对照品种提高12.7%。

【栽培技术要点】

适时早播，播期应根据各地降雨量、气温变化情况、土壤温度及土壤墒情来确定，应适时早播，争取一次播种保全苗；合理密植，ZD210适宜密植。种植密度以75000～82500株/hm²为宜；精细整地，ZD210适宜在中性或偏碱性土壤上种植，地势以平川或平岗地为宜。在生产中应制定合理的轮作制度，确保轮作年限，避免重、迎茬。对下年种植甜菜的地块，应于本年秋季进行深翻、深松，并结合整地，深施有机肥、二铵等，确保土壤疏松、土质肥沃；合理施肥，施肥应注意N、P、K合理搭配，有些地区还应注意微肥，特别是硼肥的施用。控制过量施用氮肥，常规情况下不应在6月中旬后再追施氮肥；适时进行田间管理，一般在1对真叶期疏苗，2对真叶期间苗，3对真叶期定苗，疏、定苗后应及时进行中耕锄草。生长期应及时控制、防治虫害、草害和病害；适时晚收。收获应根据各地的气温变化情况适时晚收，以提高块根含糖率。

【适宜种植区域】

适宜在东北、华北、西北三大甜菜产区种植推广。

 ZM202

【审定（登记）编号】：黑审糖 2008003

【审定（登记）年份】：2008 年 1 月

【审定（登记）单位】：黑龙江省农作物品种审定委员会

【选（引）育单位（人）】：中国农业科学院甜菜研究所、美国 BETASEED 公司

【亲本来源及育成经过】

母系材料（雄性不育系）来源于美国 BetaSeed 公司种质资源库。选择多胚二倍体雄性不育材料 MS87246 的优良单株，用优良二倍体同型保持系成对杂交，次年对其后代进行育性选择，产质量及抗性鉴定，选择优良不育单株继续进行回交纯化，培育纯系。经过多代回交纯化和群体经济性状、抗病性状的轮回选择，获得了不育率高（100%）、经济性状优良、抗病性好的优良雄性不育系 MS87246。在配制杂交组合前，用多胚二倍体异型保持系 OP87132 同 MS87246 杂交，育成 BetaMS16589 多胚二倍体雄性不育系。BetaMS16589 丰产性突出，抗丛根病，耐根腐病，配合力强。父系材料来源于中国农业科学院甜菜研究所育种材料库。以多胚二倍体品系 T25 为基础材料，根据育种目标，对材料的产质量和抗病性进行多轮群体选择，对获得的优良品系再进行连续 3 代的单株检糖选择，获得多个含糖性状优良的株系，鉴定各株系的产质量、抗病性和一般配合力。选择性状互补的株系，进行姊妹系间杂交，培育出 PT2506。PT2506 抗褐斑病，耐根腐病，含糖性状突出，配合力强特征特性。

2002 年以多胚二倍体雄性不育系 BetaMS16589 为母本，以二倍体有粉系 PT2506 为父本，母父本按 3：1 比例配制杂交组合，花期结束时，拔除父本株，收获杂交种，对杂交种进行产质量和抗病性鉴定。2005～2007 年参加黑龙江省甜菜品种区域试验和生产试验。

【特征特性】

ZM202 系丰产性突出，含糖性状优良，抗丛根病，耐根腐病和褐斑病，适应性广，块根品质好的二倍体多胚雄不育杂交种。根、叶生物产量比值较高，苗期发育快，生长势强，叶片功能期长。根形为纺锤形，根皮白净，根头较小，根沟较浅，根形整齐；叶丛斜立，叶片绿色，犁铧形，株高、叶片大小、叶柄粗细适中；繁茂期叶片数为 34～38 片。种球千粒重 18～22g。

【产量表现】

在 2005～2006 年的黑龙江省甜菜品种区域试验中，两年 14 个试验点次平均根产量 44019.2kg/hm²，比对照品种甜研 309 提高 37.2%；平均含糖率 16.4%，比对照品种低 0.8 度；平均产糖量 7285.6kg/hm²，比对照品种提高 31.7%；对丛根病、根腐病的抗性明显优于对照品种，对褐斑病的抗性与对照品种相当。在 2007 年的黑龙江省甜菜品种生产试验中，5 个试验点 ZM202 平均根产量 45754.2kg/hm²，比对照品种甜研 309 提高 48.7%；平均含糖率 17.1%，比对照品种低 0.2 度；平均产糖量 7729.2kg/hm²，比对照品种提高 45.2%。

【栽培技术要点】

ZM202 适宜在中性或偏碱性土壤上种植。地势以平川或平岗地为宜。在生产中应制定合理的轮作制度，确保轮作年限，避免重、迎茬。对下年种植甜菜的地块，应于本年秋季进行深翻、深松，并结合整地，深施有机肥、二铵等，确保土壤疏松、土质肥沃。根据各地的降雨量、气温变化情况、土壤温度及土壤墒情等，应适时早播，争取一次播种保全苗。ZM202 的种植密度以 7.5～8.3 万株/公顷为宜。在合理密植的情况下，才能更好地发挥其产质量潜力。施肥应注意 N、P、K 合理搭配，基肥、种肥、追肥合理搭配。基肥一般结合秋整地施入，用量为有机肥 4000kg/hm²，磷酸二铵 225kg/hm²；种肥为磷酸二铵，用量为 150kg/hm²；有些地区还应注意微肥，特别是硼肥的施用。控制过量施用 N 肥，常规情况下，6 月中旬后不再追施氮肥。一般在一对真叶期疏苗，二对真叶期间苗，三对真叶期定苗，疏、定苗后应及时进行中耕锄草。生长期应及时控制、防治虫害、草害和病害。根据各地的气温变化情况适时晚收，以提高块根含糖率适宜种植区域。

【适宜种植区域】

ZM202 适宜在黑龙江省的齐齐哈尔、哈尔滨、大庆、黑河等甜菜产区种植推广。

 新甜 18 号

【审定（登记）编号】：新审甜 2008 年 19 号

【审定（登记）年份】：2008 年 4 月

【审定（登记）单位】：新疆农作物品种委员会

【选（引）育单位（人）】：新疆石河子农科中心甜菜研究所

【品种类型】：多粒二倍体雄性不育杂交种

【品种来源及选育经过】

新甜 18 号是新疆石河子农科中心甜菜研究所自育的抗丛根病二倍体雄性不育多粒型杂交种，以 MS9602A 为母本，丰产、抗病多粒二倍体品系 SN9807 为父本，杂交选育而成。母本 MS9602A 是 1996 年由国外引进的多粒雄性不育系，利用国内优良保持系9602连续进行4代回交转育、提纯、集团扩繁选育而成。不育率达95％，配合力高，是目前国内丰产性优良的多粒雄性不育系。父本SN9807是在引进、吸收、创新的基础上选育的丰产、抗病、配合力好的多粒二倍体品系，经过母系选择法、三代自交、姊妹系混合授粉选育而成，具有丰产性突出，抗（耐）病性强，配合力好，花粉量大的特点。新甜18号是2002年以MS9602A为母本，SN9807为父本，按父母本1∶3的比例配制的杂交组合，种子成熟后，从母本株上收获F₁种子。

【特征特性】

新甜18号出苗快，易保苗，前中期生长势强，整齐度好，株高中等，叶丛直立型，叶片犁铧形，叶色绿，块根圆锥形，根皮白色，根冠小，根沟浅，根体光滑，易切削。工艺性状好，丰产性突出，增产增糖效果显著，综合经济性状稳定，适应性广，抗（耐）甜菜丛根病、白粉病。该品种二年生种株抽薹结实率高，株型紧凑，结实部位和结果密度适中，结实率高，种子千粒重18～20g。

【产量表现】

新甜18号在2006～2007年新疆维吾尔自治区甜菜品种区域试验中，两年14个点次的块根产量平均为82156.5kg/hm²，比对照KWS2409增产3.99％；含糖率平均15.21％，比对照低0.09度；产糖量平均12745.5kg/hm²，比对照增糖4.3％。在丛根病抗性鉴定中，两年平均块根产量为102182.3kg/hm²，比对照KWS2409增产33.92％；含糖率15.10％，比对照低0.08度；产糖量平均18475.5kg/hm²，较对照增糖35.0％。

【栽培技术要点】

该品种一年生原料生产适宜在地势平坦、土壤疏松、地力肥沃、耕层较深、排灌方便或轻度盐碱地上种植，避免重茬和迎茬，秋翻地时以农家肥和化肥配合基施为好，施农家肥37000～45000kg/hm²为底肥，再根据土壤质地及肥力情况加一定比例的尿素、二铵、硫酸钾，播种时带种肥120～150kg/hm²三料磷肥。种子播前用杀菌剂、杀虫剂处理。该品种叶丛直立，适宜密植，保苗密度应为78000～87000株/公顷。田间管理以早为主，前促后控，注重防虫和保护功能叶片，起拔前15～20d停水，以免降低糖度，并适时收获。

【适宜种植区域】

适宜在新疆南北疆糖区大面积推广种植。

3. 多粒多倍体品种

 呼育302

【审定（登记）编号】：内甜审字（91）第一号

【审定（登记）年份】：1991年

【审定（登记）单位】：内蒙古自治区甜菜品种审定委员会

【选（引）育单位（人）】：呼和浩特市糖厂毕克齐甜菜育种站

【亲本来源及育成经过】

呼育302品种的父本选用二倍体内三71-1经过1代自交、多年选择。呼育302品种母本双丰1号四倍体于1976～1978年以集团选择法对其亲本进行了两代连续选择。注重提高糖分，使双丰1号四倍体的经济性状有明显的提高，抗病性也有所增强。

【特征特性】

该品种具有丰产性能好、含糖较高、抗病性（抗黄化毒病、褐斑病）强、苗期生长较快和适应性强的特点。叶丛着生斜立，叶丛期叶面积增长较迅速，株高中等，块根呈圆锥形，根茎粗，根沟浅，品种纯度高，根头率小，有利加工。

【产量表现】

呼育302于1984年和1986年在进行了比较鉴定试验，平均根产量比内蒙5号增产25.6%，产糖量增产27.4%，两年试验的含糖比内蒙5号高0.25度。呼育302于1987～1988年在土默川地区参加了两年区域试验，两年平均结果，与对照品种工农4号相比，根产量、含糖率和产糖量分别提高11.1%、0.3度和13.9%。1990年在内蒙古土默川地区进行了生产示范，其结果与对照品种工农4号相比，块根产量、含糖率和产糖量分别提高18.2%、0.9度和28.7%。生产示范结果与小区试验、区域试验的结果趋势相同。

【栽培技术要点】

呼育302品种对土壤肥力和灌溉条件要求不严，可合理密植，在我国北方地区栽培条件下，密度为82500～90000株/公顷。

【适宜种植区域】

内蒙古土默川地区。

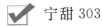 宁甜303

【审定（登记）编号】：宁种审证字第809号

【审定（登记）年份】：1992年1月

【审定（登记）单位】：宁夏农作物品种审定委员会审定

【选（引）育单位（人）】：宁夏甜菜糖业研究所

【亲本来源及育成经过】

宁甜303二倍体亲本（引S7506）是以波兰抗褐斑病多粒型品种Bus-CLR的优良株系为母本，波兰高糖多粒型品种Aj1的优良单株为父本杂交的F_1代，再以Aj1为父本回交一代后，经多代自交分离育成的高糖自交系；四倍体亲本（引T802）是以波兰多粒型二倍体品种Bus-CLR的优良株系为育种材料，采用人工化学诱变的方法，经多代细胞学提纯，田间观察提纯，单株检糖选择，群体授粉，多次比较鉴定育成。1984年按二、四倍体1∶3隔行栽植，混合收获制种。

【特征特性】

宁甜303胚轴红色；株高40～60cm，抗白粉病、褐斑病，叶丛直立、紧凑、浓绿，叶片较小，株行间郁蔽性能差，品种性状稳定，该品种根体形状具有高糖特征。叶片更换频率较低，功能叶片寿命较长；根呈楔形，根体较长，根皮黄褐色，根重500～800g，根中含糖14％～21％。

【产量表现】

选育鉴定，以宁甜301品种为对照，平均根产量40740kg/hm²，比对照低6.43％；含糖比对照高2.52度；产糖量高8.87％。区域鉴定试验平均根产量61480kg/hm²，平均含糖16.71度，比对照高4.03度；产糖量比对照高31.42％。1991年在青铜峡设生产试验，以宁甜302、苏垦8312品种为对照。宁甜303根产量为50992.05kg/hm²，含糖为16.71％，宁甜303比宁甜302减产5.54％，含糖高2.38度，产糖量高6.65％，比苏垦8312增产3.21％，含糖高0.99度，产糖量高9.71％。

【栽培技术要点】

该品种对土壤肥力要求严格，适宜在有灌溉地区种植。

【适宜种植区域】

宁夏回族自治区的引黄灌区。

 甜研304

【审定（登记）编号】：黑审糖1992002

【审定（登记）年份】：1992年2月

【审定（登记）单位】：黑龙江省农作物品种审定委员会

【选（引）育单位（人）】：中国农业科学院甜菜研究所

【亲本来源及育成经过】

甜研304母本四倍体品系甜426为抗褐斑病性较强，且在倍数性稳定的基础上，经过南繁北育、异地鉴定及一、二年选择形成的3个姊妹系组成；父本甜217是在二倍体品系101/5-12-3的基础上，经过南繁北育、病区选择以及根重与含糖率的选择而成。1983年配制杂交组合时，四倍体母本3个系号以1∶1∶1比例混合与二倍体父本配制杂交组合，四倍体与二倍体（株数）比为3∶1，种子混收。

【特征特性】

甜研304叶丛长势强，稳产性较好，抗褐斑病、耐根腐病，水涝严重条件下，亦可获得较好产量。根型为圆锥形，根皮白色，根沟较浅；叶丛斜立，叶色较绿，舌形，叶片较大而宽，苗期长势旺。

【产量表现】

1984～1985年进行小区试验，试验结果，甜研304根产量比双丰八号提高24.3%～48.7%，含糖提高3.6～4.5度，达极显著水平，产糖量提高63.5%～122.3%。1987～1989年三年省内区域试验中，平均公顷产量26118kg，含糖率15.81%，分别比双丰八号和当地推广品种产量提高11.6%和8.7%，含糖提高0.76度和0.5度。1990～1991年省内生产示范试验结果，两年平均根产量25215kg/hm²，比双丰八号及当地对照种分别提高9.8%及10.3%；含糖率16.76%，比双丰八号及当地对照分别提高0.56度及0.50度；生产示范试验结果与区域试验表现一致，两年间趋势相同。

【栽培技术要点】

喜肥水，可适当密植，保苗63000～66000株/公顷。农家肥作底肥，每亩1500～2000kg，应及时疏苗，8～10片真叶时定苗，及时松土。培育壮苗，制种时，四倍体与二倍体亲本分别培育母根。母根栽植及采种时，要严格隔离，淘汰劣株，防止混杂，保证品种纯度。制种时母父本依3：1栽植，种子混合收获。

【适宜种植区域】

甜研304适宜在黑龙江省绥化、肇东、明水、阿城、齐齐哈尔、依兰、依安、萝北等地种植。

 中甜-双丰309

【审定（登记）编号】：轻审字49号

【审定（登记）年份】：1992年4月

【审定（登记）单位】：轻工业部甜菜品种审定委员会

【选（引）育单位（人）】：轻工业部甜菜糖业科学研究所

【亲本来源及育成经过】

双丰309品种是以四倍体双丰415为母本，二倍体双丰8号为父本配制的多倍体杂交种。母本双丰415来源于丰产、高糖的双丰3号自交品系，1975年用秋水仙碱诱变，经4代提纯，异地鉴定，选择出抗褐斑病性强的优良单株。父本采用适应性广、配合力强、标准偏丰产型的双丰8号二倍体品种。1982年，父母本以1：3比例杂交，种子混收。经三年所内试验，三年全省甜菜品种区域试验，二年生产示范，历时17年选育而成。

【特征特性】

双丰309品种属工艺品质优良，高糖、丰产性稳定，抗病性强，适应性广的标准型多倍体品种。该品种糖汁纯度高，糖分回收率高。苗期生长势旺盛，中后期繁茂，叶丛斜立。叶片肥大，长椭圆形，多褶皱。叶柄宽，功能叶片寿命长，抗褐斑病性强。根形为圆锥形，根头小，根体长，根沟长，皮质细致。

【产量表现】

双丰 309 品种于 1987～1989 年连续三年参加黑龙江省甜菜品种区域试验。3 年平均块根产量比统一对照双丰 8 号提高 11.5％，含糖率比统一对照双丰 8 号提高 0.21 度，产糖量比统一对照双丰 8 号提高 12.9％。1990～1991 年在黑龙江省进行生产示范。两年平均块根产量比统一对照品种双丰 8 号及当地对照品种分别提高 10.9％和 16.2％，含糖率比统一对照品种双丰 8 号及当地对照品种分别提高 0.44 度和 0.79 度，产糖量比统一对照品种双丰 8 号及当地对照品种分别提高 14.3％和 23.5％。双丰 309 品种在参加省区域试验同时，在吉林、山东、河北、辽宁、黑龙江等地参加全国甜菜品种区域试验，两年平均块根产量比当地对照品种提高 13.3％，含糖率比当地对照品种提高 0.7 度，产糖量比当地对照品种提高 18.9％。

【栽培技术要点】

双丰 309 品种在黑龙江省播期为 4 月下旬至 5 月上旬，种植密度一般在 67500～75000 株/公顷为宜；该品种适于水肥充足，土壤疏松地区种植。在生育中后期，生长繁茂、块根生长快，应增施基肥和定苗后追施速效肥，以发挥其品种的内在增产潜力。制种时父母本的栽、植比例为 1：3，种子混收。

【适宜种植区域】

该品种适宜在黑龙江省的嫩江、牡丹江、黑河、绥化等地区种植，还适宜在吉林、辽宁、河北、内蒙古、山东、甘肃、宁夏等地种植。

 双丰 311

【审定（登记）编号】：288

【审定（登记）年份】：1993

【审定（登记）单位】：陕西省农作物品种审定委员会

【选（引）育单位（人）】：轻工部甜菜糖业研究所

【亲本来源及育成经过】

双丰 311 是轻工部甜菜糖业研究所于 1988 年用双丰 8 号四倍体品系为母本，7202 品系为父本配制的杂交组合而育成的多倍体杂交种，三倍体比率为 60％。

【特征特性】

该品种属多倍体多粒种，子叶较大，下胚轴多为红色和粉红色，苗期生长势强，株高 60cm，叶数 40～60 片，叶片深绿，晚秋枯死叶少，根为圆锥形，黄白色，肉质紧密，抗褐斑病性强，高糖高产，耐盐碱，耐旱、春季早播不易抽薹，生育期 180～200d。

【产量表现】

含糖 18％左右，一般产量 45000～60000kg/hm²。

【栽培技术要点】

适期早播，陕西一般播期为 3 月中下旬，播时用种子量 2％的甲基硫酸磷闷种 24h，播种量 30kg/hm²，早疏苗，早定苗，密度为 75000 株/公顷，每公顷施普通磷肥 1125kg 或磷酸二铵 300kg、尿素 225kg，10 月下旬至 11 月上旬收获。

【适宜种植区域】

陕西省甜菜产区。

 包育 301

【审定（登记）编号】：203

【审定（登记）年份】：1994 年 1 月

【审定（登记）单位】：内蒙古自治区甜菜品种审定委员会和自治区农作物品种审定委员会

【选（引）育单位（人）】：内蒙古包头糖厂莎拉齐种子站

【亲本来源及育成经过】

包育 301 的母本为四倍体 BS401，父本为二倍体 BS79-1。BS401 是以 20 世纪 70 年代引进的双丰 1 号四倍体为原始材料，经多代选优去劣，优选单株采种而成的四倍体品系。BS79-1 是以双丰 3 号为原始材料，于 1979 年开始选择优良单株自交两代，后经多代单株系选，并注重抗病性选择，经品系间杂交而成的二倍体优良品系。1988 年按父母本 1∶3 的比例杂交制种，种子混收，杂种三倍体率为 57％，以后每年制种。

【特征特性】

包育 301 属标准型普通多倍体杂交种，丰产性稳定，抗褐斑病，耐根腐病和丛根病，芽势好，出苗整齐，苗期生长势强，中后期繁茂，叶丛斜立，株高 50～55cm，叶片肥大，叶色较绿，功能叶片寿命长，根头小，根体长，根型为圆锥形，根沟较浅，皮质细嫩。

【产量表现】

1989～1990 年进行小区试验，以工农 5 号作对照，包育 301 两年平均根产量 44205.0kg/hm²，比对照增产 17％；含糖 17.74％，增加 0.45 度；产糖量 7830kg/hm²，增加 20.3％。1991～1992 年在内蒙古自治区甜菜品种区域试验中，平均根产量 59250kg/hm²，比对照提高 9.5％；含糖 16.5％，比对照提高 0.3 度；产糖 9840kg/hm²，比对照提高 11.5％。1993 年在巴盟乌拉特前旗长胜乡进行大面积生产示范，包育 301 块根产量、含糖率和产糖量分别比对照工农 5 号提高 0.5％、1.7 度和 14.2％。1994 年开始大面积推广，并进行多点鉴定，包育 301 平均块根产量 45424.5kg/hm^2、含糖率 16.5％，产糖量 6835.5kg/hm^2，分别比对照双丰 305 提高 9.7％、0.8 度和 16％。

【栽培技术要点】

该品种适宜早播，河套地区在 3 月下旬播种，土默川地区在 4 月上旬播种，出苗后早疏苗、早定苗，每公顷留苗密度应在 82500 株左右，喜水肥。种植包育 301 的地块，应每公顷施农家肥 37500kg，600kg/hm^2 碳铵作底肥，150kg/hm^2 磷二铵作种肥，定苗后追施 225kg/hm^2 尿素，播种量 22.5kg/hm^2。

【适宜种植区域】

内蒙古黄河灌区和土默川地区。

 苏垦 8312

【审定（登记）编号】：GS10001-1995

【审定（登记）年份】：1995 年

【审定（登记）单位】：全国农作物品种审定委员会

【选（引）育单位（人）】：江苏大华甜菜种子公司

【亲本来源及育成经过】

苏垦 8312 的母本是 1980 年从原轻工业部甜菜糖业科学研究所引进的双丰 1 号四倍体为亲本，从中选出特优单株（20 株）栽植，1981 年夏季混合采种，单株分收，秋播进行第一代系号比较试验，从中入选 10 个单系，培育母根，1982 年夏季分系隔离采种，秋播第二代比较试验，入选 4 个单系，培育母根。苏垦 8312 的父本是对从中国农业科学院品种资源研究所引进的美国 MHE$_2$/76F$_2$ 中（雄性不育单粒杂交种）入选 335 株特优母根栽植，1981 年开花结实 20 株，秋播进行第一代比较试验，入选 11 个单系，培育母根，1982 年夏季分系隔离采种，秋播进行第二代比较试验，入选 5 个单系，培育母根。1983 年将母系（4 个单系）与父系（5 个单系）按 3∶1 配置多倍体组合 10 个，秋播，第一次组合比较试验入选 4 个组合；1984 年秋播，第二次组合比较试验（对照品种双丰 305）经过二年二次比较试验结果入选 8312 组合（产糖量较对照提高 10％～15％）。

【特征特性】

苏垦 8312 幼苗健壮，出苗快且整齐，叶色深绿，叶犁铧形、肥厚、叶柄粗短，叶丛直立，后期植株较高，封垄早。根为圆锥形、皮黄白色且光滑，青头小，叉根少，采种株整齐，种球千粒重高，发芽率常年在 85％左右，最高可达 95％，三倍体杂交率为 45％～55％。

【产量表现】

经我国西部地区（新疆、宁夏等 5 省区）区域试验、生产示范鉴定结果表明：

苏垦 8312 在块根产量、含糖率和产糖量方面，平均比对照品种分别提高 12.04%、0.75 度和 17.56%。

【栽培技术要点】

在北方原料产区，注意深耕，增施基肥及提高施肥水平；该品种应合理密植，各地试验皆以公顷 75000～82500 株为宜；该品种在年降水量 50～300mm 地区全生育期要灌水 3～4 次，在年降水 400～500mm 的雨养农业区，不需灌溉也能正常生长；该品种喜盐碱性土壤，在布局上尽可能安排到盐碱地区种植；制种区选择农灌区生产，采种基地建在空气湿润的沿海（江、河）地带、制种田父母本严格按 1∶3 或 1∶4 比例种植，以确保其发芽率和杂交率。

【适宜种植区域】

适宜在新疆地区、宁夏灌区、陕西渭北高原和陕北干旱地区、内蒙古的巴盟地区与包头和宁城、甘肃张掖与酒泉等盐碱地区、河北省的围场与昌黎，以及四川的布托等相似生态地区栽培。

☑ 双丰 316

【审定（登记）编号】：黑审糖 1995001
【审定（登记）年份】：1995 年 2 月
【审定（登记）单位】：黑龙江省农作物品种审定委员会
【选（引）育单位（人）】：中国轻工总会甜菜糖业研究所
【亲本来源及育成经过】

双丰 316 品种是以四倍体双丰 415 为母本，二倍体 7208G 为父本配制的多倍体杂交种。母本双丰 415 来源于丰产、高糖的双丰 3 号自交系，用秋水仙碱诱变，经 4 代提纯，异地鉴定，选择出抗褐斑病性强的优良单株，经糖分、品质选择，培育出含糖高、糖汁纯度高，有害性非糖物质含量少的多个优质品系形成双丰 415 四倍体。父本采用适应性广、配合力强、标准型的 7208G 二倍体品种。1984 年，父母本以 1∶3 比例杂交，种子混收。

【特征特性】

双丰 316 品种属工艺品质优良，抗病性强、高糖、丰产、适应性广的标准型多倍体品种。该品种糖汁纯度高，有害性非糖物质含量低，糖分回收率高。苗期生长旺盛，中后期繁茂，叶丛斜立，叶色深绿，呈长椭圆形，功能叶片寿命长，抗褐斑病性强。根为圆锥形，根头小，根体长，根沟浅。

【产量表现】

1985～1987 年进行小区试验，双丰 8 号为对照品种，该品种块根产量比对照提高 15.6%，含糖率比对照提高 0.63%，产糖量比对照提高 20.9%。双丰 316 品种于 1990～1992 年连续三年参加黑龙江省品种区域试验，3 年 11 点次平均块根产量比统一对照甜研 301 及当地对照分别提高 6.8％和 7.7％；含糖率比统一对照甜研 301 及当地对照提高 0.5％和 0.7％；产糖量比统一对照甜研 301 及当地对照提高 10.2％和 14.1％。双丰 316 于 1993～1994 年在黑龙江省进行生产试验，两年平均块根产量比统一对照品种甜研 301 及当地对照品种分别提高 8.7％和 13.1％，含糖率比统一对照品种甜研 301 及当地对照品种分别提高 0.42％和 0.32％，产糖量比统一对照品种甜研 301 及当地对照品种分别提高 11.9％和 14.8％。

【栽培技术要点】

该品种在黑龙江省播期为四月中、下旬，收获期为十月上、中旬。种植密度一般为 60000～67500 株/公顷为宜。适于水肥充足，土壤疏松的地区种植。制种时父母本的栽植比例为 1∶3，种子混收。

【适宜种植区域】

该品种适宜在黑龙江省的依安、北安、宁安、绥化、呼兰、宝泉岭、肇东等地区种植。

 甜研 307

【审定.（登记）编号】：黑审糖 1995002

【审定（登记）年份】：1995 年 2 月

【审定（登记）单位】：黑龙江省农作物品种审定委员会

【选（引）育单位（人）】：中国农业科学院甜菜研究所

【亲本来源及育成经过】

1986 年用自育四倍体杂交种甜 433 与二倍体品系甜 202 杂交，四倍体与二倍体亲本株数之比为 3∶1，种子混收，生产上利用其杂种一代优势。1987～1989 年所内小区试验。1990～1992 年参加全省区域试验，1993～1994 年参加生产试验。

【特征特性】

甜研 307 为标准型多粒多倍体杂交种，生长势强，适应性广，抗褐斑病、耐根腐病。该品种根型为圆锥形，株高 53～56cm，繁茂期叶片数 24～26 片，叶丛斜立，叶色绿，舌形，叶部较宽，种球千粒重 29～32g。

【产量表现】

3 年所内鉴定试验中，甜研 307 平均根产量 32416.5kg/hm²，比甜研 301 提高 11.2％，比双丰八号提高 26.5％；含糖 15.69％，分别比甜研 301 及双丰八号提高 0.53、1.01 度；产糖量 5163kg/hm²，比对照增产 14.3％、35.16％。1990～1992 年在全省 3 年 14 个点区域试验中，甜研 307 平均根产量 30328.2kg/hm²，分别比甜研 301 及当地对照增产 11.25％、13.32％；含糖率 16.06％，提高 0.73 度、0.78 度；产糖量 4910.85kg/hm²，增产 19.01％、22.03％。1993～1994 年在全省

7 个点生产试验中，甜研 307 平均块根产量 32207.4kg/hm²，分别比甜研 301 及当地对照增产 5.68％、10.90％；平均含糖 15.04％，提高 0.69 度、0.51 度；产糖量 4760.7kg/hm²，比对照提高 11.36％、15.53％。

【栽培技术要点】

适宜种植密度 57000～61500 株/公顷，生长期 150～170d，适宜在碳酸盐黑土、淋溶黑钙土及微碱性土壤种植，苗期应施种肥，以磷为主，每公顷 105～180kg，宜用有机肥作底肥。追肥氮磷结合，每公顷 180～225kg。制种时四倍体与二倍体亲本应分别培育母根，按 3：1 比例栽植，花期干旱应及时浇水，提高种子发芽率及三倍体杂交率。

【适宜种植区域】

肇东、安达、绥化、萝北、拉哈、宁安、明水等地。

 中甜-狼甜 301

【审定（登记）编号】：种审证字第 0229 号
【审定（登记）年份】：1995 年 4 月
【审定（登记）单位】：中国轻工总会甜菜品种审定委员会
【选（引）育单位（人）】：内蒙古狼山甜菜育种试验站临河

【亲本来源及育成经过】

狼甜 301 父本选用工农 5 号 9×9 品系作父本，该品系属自交不亲合系，该自交不亲和系虽然具有较高的一般配合力，但其产量水平下降明显。80 年代进行两代近亲繁殖后确定为杂交父本进行测交，经多代优选出 28-C₂-2 品系。母本为双丰 1 号四倍体，经镜检染色体并进行两代单株套袋隔离繁殖，而且每代都进行产质量和抗病性筛选，培育出代号为 44-C₂-2 的品系作为杂交母本。杂交亲本每年进行母根单株检糖选择、集团繁殖、进一步提高其产量和含糖率。1988 年以后开始逐年配制杂交组合，母本父本按 3：1 比例栽植，田间自由授粉混合收获种子。

【特征特性】

该品种前期生长旺盛、植株繁茂，叶片厚、盾形（苗期为椭圆形），叶缘略曲，叶柄粗细中等，叶丛直立、群体整齐。根为圆锥形，表面光滑、皮肉白色、肉质紧密，属高糖型抗病品种。狼甜 301 品种其双亲结实性良好，结实率高，发芽势强，种球较大，黄色。

【产量表现】

狼甜 301 于 1989～1990 年在内蒙古河套地区进行品种比较试验，狼甜 301 两年比对照品种工农 5 号平均块根产量提高 9.3％、含糖率增加 1.45％、产糖量增加 20.1％。狼甜 301 品种于 1992～1993 年参加了内蒙古自治区甜菜品种区域试验，结果两年平均狼甜 301 比对照品种工农 5 号根产量提高 3.7％、含糖率提高 1.32％、产糖提高 12.3％。多点试验平均结果，根产量、含糖率和产糖量分别比当地主栽品种内糖 23 号（CK_1）提高 5.5％、1.24％和 14.9％；与当地大量使用的品种吉甜 2 号（CK_2）相比，产量、含糖率、产糖量分别增加 15.5％、0.17％和 16.8％。

【栽培技术要点】

狼甜 301 品种耐盐碱、耐潮湿，生育期长，要求适时早播、早间苗、早定苗。在河套地区播种期为 4 月上旬，种植密度在 97500 株/公顷左右，收获期在 10 月下旬。每公顷施有机肥 30000kg，种肥施用磷酸二铵 225～300kg/hm²。结合 6 月上旬定苗灌第一次水，同时追施尿素 150～225kg/hm²，全生育期灌水不超过三次，中后期雨量充足应免浇第三次水。为了确保含糖率，应严格控制后期浇水及氮肥施用量并兼顾群体的甜菜根重，控制单株质量在 1.5kg 以下，从而获得高产、高糖。

【适宜种植区域】

内蒙古巴盟河套地区。

 甜研 309

【审定（登记）编号】：黑审糖 1997004

【审定（登记）年份】：1996 年

【审定（登记）单位】：黑龙江省农作物品种审定委员会

【选（引）育单位（人）】：中国农业科学院甜菜研究所

【亲本来源及育成经过】

甜研 309 是由四倍体甜 427 与二倍体甜 211 于 1988 年以 3：1 比例配制杂交而成，四、二倍体亲本种子混收。四倍体亲本甜 427，来源于 20 世纪 50 年代由波兰引进的抗褐斑病性强的 CLR，在国内经过多年选育，被诱变成四倍体后，综合经济性状较好，叶柄宽，根形楔形，根沟浅。二倍体亲本甜 211 来源于德国品种 Kle-N，标准型，根形圆锥形，叶柄较长，叶丛斜立，感褐斑病、根腐病轻，含糖较高。从甜 211 中选出的 2 个品系，在配制杂交组合时，以 1：1 比例混合。

【特征特性】

甜研 309 为标准多粒多倍体杂交种，生长势强，适应性较广，抗褐斑病，耐根腐病，块根丰产性较稳定，含糖率较高。根型为圆锥形，根皮白色，根沟较浅；叶丛斜立，叶色绿，舌形，叶片较大，繁茂期叶片数为 26～30 片。生长期为 150～170d。种球千粒重为 28～32g。

【产量表现】

在 1989、1991 和 1992 年的 3 年小区鉴定试验中，甜研 309 平均根产量

27256kg/hm²，比对照（甜研 301 和双丰 305）平均提高 24.14％；平均含糖率 15.0％，较对照平均提高 2.61 度；平均产糖量 4317kg/hm²，较对照平均增产 52.55％。1993～1995 年在全省 11 个点 3 年区域试验中，甜研 309 平均根产量 30562kg/hm²，分别比统一对照甜研 302 及当地对照增产 5.01％、11.12％；平均含糖率 15.18％，较上述两对照分别提高 0.16 度、0.67 度；产糖量 4661kg/hm²，较上述两对照分别提高 5.82％及 17.47％。1995～1996 年全省 7 个生产试验中（1996 年 6 点），平均根产量 33880kg/hm²，分别比甜研 302 及当地对照提高 8.93％、12.75％；平均含糖 17.59％，分别较上述两对照增加 0.45 度、0.60 度；平均产糖量 6058kg/hm²，分别较上述两对照提高 12.58％、17.35％。

【栽培技术要点】

甜研 309 适宜在黑钙土及苏打草甸土地区种植。地势以平川或平岗地为宜。在生产中应制定合理的轮作制度，确保轮作年限，避免重、迎茬。对下年种植甜菜的地块，应于本年秋季进行深翻、深松，并结合整地，深施有机肥、二铵等，以确保土壤疏松、上质肥沃；在北方甜菜生产区的适宜播期为 4 月下旬至 5 月上旬，种植密度以 60000～63000 株/公顷为宜。各地应因地制宜适期早播，确保苗全、苗齐、苗壮，及时进行田间管理及病虫害防治。制种时四倍体与二倍体亲本应分别培育母根，按 3∶1 比例栽植，并加强水肥管理，力争苗齐、苗全，以确保父母本的杂交比例及花期的一致，提高种子发芽率及三倍体杂交率。

【适宜种植区域】

黑龙江省的明水、依安、阿城、佳木斯、呼兰、齐齐哈尔等地。

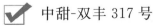 中甜-双丰 317 号

【审定（登记）编号】：审字（81）

【审定（登记）年份】：1997 年 8 月

【审定（登记）单位】：中国轻工总会甜菜品种审定委员会

【选（引）育单位（人）】：中国轻工总会甜菜糖业研究所/甘肃省张掖地区农业科学研究所

【亲本来源及育成经过】

1990 年，轻工业部甜菜糖业研究所与甘肃省张掖地区农业科学研究所合作，将从丛根病地选择后的抗 1 母根单株检糖。1991 年，以抗 1 为母本，双丰 415 为父本，父母本比例为 1∶3 配制杂交组合（代号为 90018），种子混收。

【特征特性】

中甜-双丰 317 种子三倍体杂交率在 55％左右，千粒重 25～30g。苗期幼苗生长迅速，中后期生长繁茂，叶丛斜立，株高 48～55cm，叶片肥大、长椭圆形、多

皱褶，叶缘波浪形，叶色偏深绿，功能叶片寿命长。根为圆锥形、根头小、根体较长、根沟浅、皮质细致光滑，具有较强的耐丛根病性，具有广泛的适应性。

【产量表现】

中甜-双丰317号在1992~1994年的小区试验中，中度丛根病地根产量比对照品种甘糖一号增产140.0%~279.3%，达极显著差异水平；含糖率超过对照2.80~4.13度，达显著或极显著水平；产糖量超过对照220.%~340.0%，差异极显著。抗丛根病性和褐斑病性明显优于对照。在非病地，其根产量比对照增产11.0%~18.7%；含糖率超过对照1.20~2.70度，达极显著水平；产糖量超过对照16.6%~31.1%，达显著水平。抗褐斑病性比对照提高一级。在1994~1995年国家"八五"攻关抗（耐）丛根病品种全国区域试验中，中甜-双丰317号两年平均比对照品种工农二号根产量增产512.6%，含糖率增加3.98度，产糖量增加1036.4%。丛根病病情指数比对照低0.68，抗褐斑病性提高一级。该品种于1993~1995年在甘肃省张掖地区进行了大面积生产示范试验，试验地分别安排在重病地、中度病地和非病地等不同类型的土地上。其中在中度病区，三年平均块根产量为52759.5kg/hm²，比对照品种甘糖一号增产180.6%，含糖率为15.17度，比对照提高3.87度，产糖量为14634kg/hm²，比对照增加259.1%。在非病区，平均块根产量为89059.5kg/hm²，比对照增产26.3%，含糖率为16.50度，比对照提高0.90度，产糖量为14634kg/hm²，比对照增加33.9%。

【栽培技术要点】

该品种可适时早播，适当增加种植密度，有利于提高含糖，适宜密度为75000~82500株/公顷。重施磷肥，控施氮肥，在灌区要适当控制灌水次数，有利于提高糖分，减少病害侵染。制种时父母本的栽植比例为1∶3或1∶4，种子混收。

【适宜种植区域】

适宜在新疆、甘肃、宁夏、内蒙古等省区种植。

 中甜-黑甜一号

【审定（登记）编号】：黑审糖1997005

【审定（登记）年份】：1997年9月

【审定（登记）单位】：中国轻工总会甜菜品种审定委员会

【选（引）育单位（人）】：黑龙江省甜菜种子公司/黑龙江省友谊糖厂

【亲本来源及育成经过】

黑甜一号是由四倍体甜菜黑甜413与二倍体甜菜黑甜2304于1990年以4∶1比例配制杂交选育而成，种子混收，生产上应用杂种一代优势。母本黑甜413，是1984年利用双-1（4n）和范8-8（4n）进行自然杂交，在范8-8（4n）种株上采收

F₁代种子，经群体轮回选择 3 代后，于 1989 年成系。父本黑甜 2304，是 1984 年利用波兰高糖型品种 Aj₁ 与抗病品系 GW49 进行自然杂交，在 Aj₁ 种株上采收 F₁代种子，采取单株选择与混合群体选择交替进行，3 代后（1989 年）群体性状表现稳定，生长势及根形整齐一致。

【特征特性】

黑甜一号具有幼苗生长迅速，生长势强，抗褐斑病，耐根腐病，块根丰产性稳定，含糖率偏高，适应性广等特性。根型为圆锥形，根皮白而光滑，根体长，根沟浅；叶丛斜立，叶色浓绿，叶呈盾形，叶片较大，株高 55～63cm，繁茂期功能叶片数为 25～32 片。生长期为 160～170d，生产种子产量可达 3750kg/hm²，种球千粒重 30～32g。

【产量表现】

1993～1995 年在黑龙江省 11 个试验网点的 3 年区域试验中，黑甜一号平均根产量 31287kg/hm²，分别比统一对照甜研 302 及当地对照增产 6.9%、11.5%；平均含糖率 15.25%，较上述两对照分别提高 0.34 度、0.82 度；产糖量 4818.4kg/hm²，较上述两对照分别提高 10.1% 及 16.9%。1995～1996 年在全省 7 个生产试验网点中，平均根产量 33072～34925kg/hm²，分别比甜研 302 及当地对照提高 10.1%、17.5%；平均含糖 17.59%～18.03%，分别较上述两对照增加 0.39 度、0.68 度；平均产糖量 5809.7～6311.2kg/hm²，分别较上述两对照提高 12.7%、22.2%。黑甜一号在 1993～1996 年参加甜菜品种区域试验，在吉林 4 年 2 点的平均根产量 29349.0kg/hm²，较对照吉甜 301 提高 6.5%，含糖率平均 17.23%，比对照增加 1.80 度，产糖量平均 5042.6kg/hm²，较对照提高 20.5%；在内蒙古 4 年 3 点的平均根产量 43058.6kg/hm²，较对照甜研 302 或协作 2 号平均低 2.5%，含糖率平均 15.88%，比对照增加 1.64 度，产糖量平均 6039.8kg/hm²，较上述对照提高 8.6%；在辽宁八面城试验点中，含糖率平均达 18.37%，较对照甜研 302 平均提高 1.11 度。

【栽培技术要点】

黑甜一号适宜在碳酸盐黑土、淋溶黑钙土及微碱性土壤种植，应建立合理的轮作制度，从而避免重、迎茬。对下年将要种植甜菜的土地，应进行秋翻、秋整地、秋起垄，并结合整地施入一定量的农药防治地下害虫和优质有机肥做底肥，种肥以磷肥为主，追肥氮磷结合。一般直播田适宜播期为 4 月下旬至 5 月上旬，种植密度以 60000～64500 株/公顷为宜，为确保获得高产、优质的甜菜，还应及时进行田间管理和防治病虫害。制种时父、母本应分别培育母根，选择理想母根进行窖储或移栽，父母本种植比例一般为 1：4。要做到及时灌水施肥，适时收割，以便提高种子发芽率及三倍体杂交率。

【适宜种植区域】

黑甜一号品种的主要适应地区是黑龙江省的佳木斯、阿城、明水、呼兰、齐齐哈尔、肇源等地，同时也可在吉林、内蒙古的部分适应地区推广使用。

 中甜-双丰 319

【审定（登记）编号】：黑审糖 1998001

【审定（登记）年份】：1998 年 5 月

【审定（登记）单位】：中国轻工总会甜菜品种审定委员会

【选（引）育单位（人）】：中国轻工总会甜菜糖业研究所

【亲本来源及育成经过】

中甜-双丰 319 的母本双丰 416 是由我国第一个自育四倍体品系双丰 401 与双丰 406 于 1984 年杂交，经三代系选，南繁北育，1987 年获得倍数性稳定、经济性状优良的三个四倍体品系 416-1、416-2、416-3，1989 年与父本双丰 8 号配制杂交组合。1990～1992 年同时进行品种比较试验及异地鉴定。1993～1995 年通过黑龙江省甜菜品种区域试验，代号为 8901，1996～1997 年参加黑龙江省生产试验。

【特征特性】

中甜-双丰 319 一年生植株幼苗期子叶下胚轴颜色为红、绿混合型，叶丛斜立，叶柄较粗，叶片呈犁铧形，稍有皱褶，叶色深绿，根形为圆锥形，根体肥大光滑，根沟浅，根皮呈黄白色，根肉质紧密，纤维少，幼苗初期生长缓慢，定苗后生长迅速、生育中后期生长繁茂，叶片寿命长，在生育后期功能叶片大量存在，抗褐斑病、根腐病性强，立枯病患病率低。

【产量表现】

1990～1992 年参加品种比较试验，三年试验平均根产量 29322kg/hm²，含糖 17 度，产糖量 4992.3kg/hm²。含糖比统一对照甜研 301 提高 1.28 度，根产量比对照提高 7.23％，产糖量比对照提高 16.3％，且连续两年达显著水平。中甜-双丰 319 于 1993～1995 年参加黑龙江省生产试验，根产量比对照提高 10.8％，产糖量比对照提高 10.3％，根产量平均为 26654kg/hm²，含糖率平均为 15.42％，产糖量平均为 4142.3kg/hm²。中甜-双丰 319 于 1996～1997 年参加黑龙江省生产试验，二年 5 个点平均含糖率与对照持平，根产量比对照提高 10.8％，产糖量比对照提高 10.3％，根产量平均为 29262.7kg/hm²，含糖率平均为 16.52％，产糖量平均为 4834.2kg/hm²。

【栽培技术要点】

该品种植株繁茂，生育期较长，故要适时早播，以满足生育期长的需要。该品种喜水、喜肥，应多施肥以发挥抗病特性，在土壤松软肥沃、有灌溉条件下栽培更能发挥其品种特性，该品种根体肥大，所以栽植密度要适中，保苗 57000～60000 株/公顷为宜。繁育品种的父母本时要单繁单育，严禁混杂，隔离距离一定要保持 2km 以上。三倍体制种时，父母本比例要严格按 1：3 比例进行栽植，种子混收。

【适宜种植区域】

适宜在东北、内蒙古、新疆等地种植。

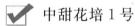 中甜花培 1 号

【审定（登记）编号】：国审糖 2000001

【审定（登记）年份】：2000 年 6 月

【审定（登记）单位】：全国农作物品种审定委员会

【选（引）育单位（人）】：中国农业科学院甜菜研究所

【亲本来源及育成经过】

中甜花培 1 号是利用植物生物技术手段，与常规育种有机结合，针对生产中存在的问题，快速选育高糖、抗病的纯合二倍体新材料 K-5 作父本，与经连续提纯、复壮得到的高糖、抗病的优良四倍体材料 C-87 作母本进行杂交，进而选育高糖、优质、抗病的组合。K-5 是以波兰 K.BusP-5 作为原始材料，于 1987 年取其未授粉胚珠进行培养得到单倍体再生植株，建立无性株系后，于 1988 年移栽至营养钵中，成活后移到田间。经秋水仙碱滴生长点进行加倍，进而培育母根，1989 年采种。C-87 是以 CLR 为原始材料，经连续提纯复壮，于 1987 年采用集团选择法选育成系。

【特征特性】

中甜花培 1 号叶色绿、整齐、叶丛斜立，叶片为犁铧形，根圆锥形，根头小、根皮光滑，根肉色白较细，密度中等，种球千粒重 30～34g。含糖率高，且稳定，抗褐斑病性强，较耐根腐病。该品种无当年抽薹，二年生采种株结实率高，种子发芽势强、芽率高。

【产量表现】

1992～1993 年所内进行两年的小区试验，平均根产量 29770kg/hm²，比对照品种提高 13.2%；含糖率 14.3 度，比对照品种提高 2.1 度；产糖量 42600kg/hm²，比对照提高 32.6%。1993～1995 年在吉林省洮南、黑龙江省安达进行两年二点次的异地鉴定，平均根产量 34220kg/hm²，比对照品种提高 2.5%；含糖 17.3 度，比对照提高 2.1 度；产糖量 6090kg/hm²，比对照品种提高 16.9%。该组合在 1996～1998 年参加全国区域试验，平均根产量为 35810kg/hm²，比当地对照品种提高 7.3%，含糖率 16.5 度，比当地对照品种提高 1.6 度；产糖量 5910kg/hm²，比当地对照品种提高 20.9%。1998 年参加我国西北、华北、东北三大甜菜产区 6

点次六省的生产示范，平均根产量为 31990kg/hm^2，与当地对照品种持平；含糖率 17.0%，比当地对照品种提高 2.9 度；产糖量 5440kg/hm^2，比当地对照品种提高 25.4%。

【栽培技术要点】

该品种播前应精细整地，要求 4 年以上轮作，选择排水良好、熟土层较厚的地块种植，公顷保苗数在 6～6.75 万株。秋季施足底肥，配合有机肥，适时早播，及时进行间苗、定苗和中耕管理，合理密植有利于提高产量。

【适宜种植区域】

经区域试验及生产试验证明，该品种适应在新疆的石河子、和静及山西、陕西、甘肃和黑龙江哈尔滨等地区种植。

 中甜-吉洮 302

【审定（登记）编号】：吉审甜 2001002

【审定（登记）年份】：2000 年 8 月

【审定（登记）单位】：全国甜菜品种审定委员会

【选（引）育单位（人）】：吉林省洮南甜菜育种研究所

【亲本来源及育成经过】

亲本 RC$_3$ 和 HQD$_3$ 分别来自于 334-3 和 KW-CR，采用相互全姊妹轮回选择方法育成。其程序是，在镜检基础上，将经过丰产、抗病和含糖选择的 334-3（群体 A，四倍体）和 KW-CR（群体 B，二倍体）种根切瓣。将每一群体内的入选种根切瓣，一瓣自交，另一瓣与本群体内的优良单株成对姊妹交，制成全姊妹家系 S0×S0，经过鉴定后确定最优 S0×S0 组合，然后将最优组合的相应自交 S$_1$ 代切瓣形成的植株在隔离区内自由授粉形成第一轮改良群体，另外将两群体的优良品系组成 A×B 单交种，至此完成第 1 轮选择。RC$_3$ 和 HQD$_3$ 是第 3 轮改良群体。1992年将 RC$_3$ 与 HQD$_3$ 以 3∶1 比例杂交制种，正反交种子混收。

【特征特性】

该品种苗期生长势强，功能叶片持续时间长。根体形成快，根体呈圆锥形，根沟浅，根皮黄白色，根头小。叶丛斜立，叶片呈舌状，较肥大，叶柄长短、粗细中等，叶片深绿。种株高 120～140cm，枝型以混合型为主，花粉量大，结实密度大，种子产量较高。

【产量表现】

1993～1995 年，中甜-吉洮 302 进行小区品比试验，平均根产量、含糖率和产糖量分别为 33255.60kg/hm^2、18.78% 和 5904.75kg/hm^2，比对照分别提高 18.78%、1.1 度和 22.38%。1996～1998 年，中甜-吉洮 302 在我国甜菜主产区东北、华北和西北 10 个试验点进行区域试验，3 年平均根产量为 39825.35kg/hm²，比对照增产 7.49%；含糖率为 15.84%，比对照提高 0.38 度；产糖量为 6255.20kg/hm²，比对照提高 10.58%。1999 年在甘肃武威、新疆石河子、内蒙古包头和吉林糖所（范家屯）4 个点进行生产试验，平均根产量为 47580.00kg/hm²，比对照增产 9.73%；含糖 15.30%，比对照提高 1.21%；产糖量为 7101.15kg/hm²，比对照提高 19.60%。

【栽培技术要点】

中甜-吉洮 302 适宜在淋溶黑钙土、碳酸盐黑土和轻度盐碱土壤种植，底肥和种肥以磷肥为主，每公顷施农家肥 60000kg，磷酸二铵 750kg，土壤中缺钾或微量元素时，应在底肥或种肥中适当补施。种植适宜密度为 6.75～7.5 万株/公顷，在土壤肥沃的灌区，根产量可达 45000kg/hm² 以上。制种田栽植密度为 3.3～4.05 万株/公顷，父母本比例为 1∶3，种子混收。制种时应打主薹，增加有效花枝，促进种子成熟期一致，提高种子产量。种子收获要适时，以免种子脱落，降低发芽率。

【适宜种植区域】

适宜在甘肃、新疆、内蒙中东部、吉林和宁夏等地种植。

 包育 302

【审定（登记）编号】：蒙审甜 2002002

【审定（登记）年份】：2002 年 1 月

【审定（登记）单位】：内蒙古自治区农作物品种审定委员会

【选（引）育单位（人）】：内蒙古包头华资实业股份有限公司甜菜研究所

【亲本来源及育成经过】

包育 302 的母本是四倍体品系 BS95429，由波兰 CLR 系统诱变成的四倍体株系，经多代单株选育于 1995 年稳定成系。父本 BR219C 是以本所自育品系 BS79-1 为基础，在丛根病病圃中，通过田间鉴定和室内"酶联检测"相结合的方法进行多代单选，集团繁殖育成的二倍体品系。1997 年以父母本 1∶3 的比例配制杂交组合，1998～1999 年在包头市上右旗进行小区鉴定，表现出了较强的杂种优势。2000～2001 年参加内蒙古自治区甜菜品种区域试验，达到新品种标准。

【特征特性】

包育 302 苗期及叶丛繁茂期植株生长旺盛，叶片较大，叶色绿，叶丛斜立，叶柄粗壮，功能叶片寿命长。块根呈圆锥形，根肉白色。该品种含糖高，丰产性稳定，具有较强的抗褐斑病能力，对丛根病有一定的耐病性。二年生种株枝型紧凑，结实部位集中。

【产量表现】

1998～1999 年在包头市上右旗进行小区鉴定，以甜研 304 为对照，包育 302 的平均块根产量为 47860kg/hm²，含糖率为 17.49％，产糖量为 8370kg/hm²，分别比对照增产 0.7％，含糖提高 1.26 度，产糖量增加 8.6％。2000～2001 年参加内蒙古自治区甜菜品种区域试验，对照品种为甜研 303，2000 年包育 302 在上默川自然区的平均产量为 47790kg/hm²，含糖率为 18.83％，产糖量为 9000kg/hm²，分别比对照增加 3.5％，1.04 度、9.6％；2001 年包育 302 在土默川自然区的平均产量为 40980kg/hm²，含糖率为 16.58％，产糖量为 6950kg/hm²，分别比对照增加 3.5％，0.95 度和 9.8％。包育 302 在土默川自然区两年平均根产量比对照增加 3.5％，含糖率提高 1.00 度，产糖量增加 9.7％。

【栽培技术要点】

包育 302 在生产中应确保轮作年限，避免重茬、迎茬。主要在平原地区，要求土壤肥沃，并有灌溉条件，适时早播，加强田间管理，力争苗齐、苗全、苗壮，种植密度以每公顷 7.5～8.0 万株为宜。制种时父本与母本栽植数量比为 1:3，一定要良种良繁，以确保良种种性。

【适宜种植区域】

该品种适宜在内蒙古甜菜产区种植。

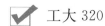

工大 320

【审定（登记）编号】：黑审糖 2002004

【审定（登记）年份】：2002 年 2 月

【审定（登记）单位】：黑龙江省农作物品种审定委员会

【选（引）育单位（人）】：哈尔滨工业大学糖业研究院

【亲本来源及育成经过】

母本双丰 415 是 1975 年用秋水仙碱诱变双丰 3 号自交系，经过连续 4 代的倍数性提纯，异地鉴定，选择出抗褐斑病性强的优良单株，经过产质量分析选育出丰产性突出，含糖率高的 3 个优良品系，合成双丰 415。父本 7208GH 是在适应性广、配合力性状好的标准型二倍体品系 7208G 品系的单株后代中，利用系统选择与混合选择相结合的方法选育出 9729、7208-155-32 和 7208-69 三个不同品系，按 1:1:1 比例混合后合成的。工大 320 是以自育的双丰 415 四倍体为母本，以自育的二倍体 7208GH 为父本，采取母、父本 4:1 配比杂交育成。

【特征特性】

工大 320 抗褐斑病性强，适应性广，品质优良，丰产性好。地上部长势整齐，苗期长势健壮，中、后期生长势较强。叶色浓绿，叶片较肥大，叶柄粗壮，繁茂期叶片数为 24～28 片，植株叶丛斜立。块根圆锥形，根头较小，根沟浅，根皮光滑，根肉白色。二年生采种株以混合枝型为主，花粉量较大，结实密度中等，种子千粒重 33～38g。

【产量表现】

工大 320 于 1997 年和 1998 年在所内设置了小区试验，同时在拜泉和依安设置了异地鉴定试验。试验结果表明：平均根产量 35398kg/hm²，比对照增产 12.2%；含糖率 16.1%，比对照提高 0.59 度；产糖量 5718.0kg/hm²，比对照增产 16.7%。工大 320 于 1999～2000 年参加黑龙江省甜菜品种区域试验，平均根产量 36544.6kg/hm²，比对照增产 13.0%；含糖率 16.9%，比对照提高 0.17 度；产糖量 6168.4kg/hm²，比对照增产 14.4%。工大 320 于 2001 年在黑龙江省 5 个点进行生产试验，结果表明：平均根产量 37807.4kg/hm²，比对照增产 16.0%，增产幅度为 11.8%～24.0%；平均含糖率 16.1%，比对照提高 0.55 度；平均产糖量 6086.9kg/hm²，比对照增产 20.4%，增产幅度为 13.6%～29.7%。

【栽培技术要点】

工大 320 在黑龙江省直播的适宜时间为 4 月中、下旬至 5 月上旬。纸筒育苗移栽时应提前 30～45d 育苗。种植密度 6～7.5 万株/公顷。及时疏苗、定苗，早产早趟。该品种适应性强，适宜在中等以上肥力地块上种植。每公顷施农家肥 30000～40000kg，种肥用磷酸二铵 120～150kg/hm²。

【适宜种植区域】

该品种适宜在黑龙江省的哈尔滨市郊、海伦、拜泉、友谊、依安、讷河等地种植。

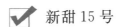 新甜 15 号

【审定（登记）编号】：新审甜 2003 年第 19 号

【审定（登记）年份】：2003 年 2 月

【审定（登记）单位】：新疆维吾尔自治区农作物品种审定委员会

【选（引）育单位（人）】：新疆农科院经作所

【特征特性】

新甜 15 号属高糖、丰产、高抗褐斑病，耐根腐病和丛根病的优良品种。该品种叶色浓绿，叶片肥大、多皱褶、叶柄短、根头小、根体光滑、耐水肥其最大特点是幼苗顶土能力强，易保全苗，在相同的管理水平下，具有较大丰声潜力。生育期 160～170d。

【产量表现】

新甜 15 号 2000～2002 年分别在阿克苏、塔城、伊犁、奇台、玛纳斯等地进行

生产试验和大面积生产示范。平均每公顷 57000kg，含糖 16.2～17.8 度。2001 年额敏县农技站种植新甜 15 号，平均每公顷 64800kg，较 9103 品种增产 2250kg，新甜 15 号含糖 16.67 度，较 9103 品种 14.32 度提高 2.35 度。2001 年伊宁县愉群翁乡连片新甜 15 号，含糖量 16.6 度，较 9103 提高 4.9 度。2002 年霍城县、塔城地区、焉耆县二十二团场、玛纳斯四个点的生产试验，平均每公顷 62760～73792.5kg。2002 年在玛纳斯试验站种植新甜 15 号，每公顷 66000kg，含糖 17.56 度。

【栽培技术要点】

选地严禁重茬、迎茬，种植甜菜坚持四年以上轮作。适时播种，一般土壤 5cm 温度达到 5℃、土壤墒情适当即可播种，深度 3～4cm。保苗 82500～90000 株/公顷，即行距 55cm，株距 20～22cm 或行距 50cm，株距 22～24cm。播种前施磷酸二铵 15～20kg/hm²，尿素 10～15kg/hm² 做基肥，播种时带三料磷肥 5～7kg 做种肥，结合第三次中耕追尿素 150～225kg，磷酸二铵 10kg。及时中耕松土、除草，要求苗期中耕至少 2 次以上。为防止出现高脚苗、培育壮苗，应及时在一对真叶时间苗，间苗后 10d 左右即可定苗（4～5 片真叶时）。第一水要控，尽量晚灌，生长中期不能缺水，收获前 20d 停水。注意苗期地老虎、立枯病和后期病虫害的防治。

【适宜种植区域】

新疆维吾尔自治区甜菜产区。

 中甜-工大 321

【审定（登记）编号】：审字（109）

【审定（登记）年份】：2003 年 4 月

【审定（登记）单位】：中国轻工总会甜菜品种审定委员会

【选（引）育单位（人）】：哈尔滨工业大学糖业研究院

【亲本来源及育成经过】

中甜-工大 321 的母本 FOT 为哈尔滨工业大学糖业研究院自育四倍体，属标准型四倍体，父本 268 来源于阿 1×双丰 3 号的杂交后代，后经多代家系选择，选268-2、268-8、268-10 三个二倍体优良品系，且此二倍体品系一般配合力较高。1995 年以 FOT 为母本，268-2、268-8、268-10 三个系号为父本，父母本以 1∶3 比例配制杂交组合，种子混收，三倍体率达 55％以上。

【特征特性】

中甜-工大 321 品种种子发芽势强，幼苗生长迅速，植株繁茂。叶丛斜立，叶片深绿色，肥大多褶皱、呈矩形，功能叶片寿命长，抗褐斑病性强。根体为圆锥形，皮质细致，肉质脆。中甜-工大 321 二年生种株枝型以混合型为主，花粉量大，结实密度大，种子产量高。

【产量表现】

1996～1998 年在小区鉴定试验中，中甜-工大 321 根产量三年平均为 33965kg/hm²，比对照甜研 302 提高 14.07％，含糖率为 16.89％，比对照提高 0.24 度，产糖量提高 15.21％。1996～1997 年经异地鉴定试验，中甜-工大 321 根产量 30582kg/hm²，比当地对照品种提高 15.21％，含糖率 17.22％，比对照提高 0.74 度，产糖量 5264.6kg/hm²，比对照提高 20.6％。中甜-工大 321 经 1999～2001 年全国 12 点次区域试验，其中 4 点次达标，达标点根产量平均比对照提高 -5.09％，含糖率提高 1.76 度，产糖量提高 5.67％。2002 年经新疆、内蒙古、山西和黑龙江 4 省区生产示范试验，中甜-工大 321 根产量 52313.6kg/hm²，平均比对照提高 -2.6％，含糖率 16.44％，比对照提高 1.63 度，产糖量 8539.5kg/hm²，比对照提高 5.9％。

【栽培技术要点】

中甜-工大 321 品种由于幼苗生长迅速，因此应增施基肥，尽早疏苗、定苗，定苗后追施速效肥，以发挥品种内在生产潜力。该品种适宜肥水充足地区种植，种植密度为 70000 株/公顷。中甜-工大 321 对于二年生种株制种要求父母本隔离繁殖，父本 268-2、268-8、268-10 三个系号比例为 1∶1∶1，分别繁殖；生产种制种时要求父母本比例为 1∶3，父、母本隔行栽植，种子混收。

【适宜种植区域】

该品种适应性广，适宜在新疆、内蒙古、山西和黑龙江等省区种植。

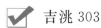 吉洮 303

【审定（登记）编号】：吉审甜 2005001

【审定（登记）年份】：2004 年 5 月

【审定（登记）单位】：吉林省甜菜品种审定委员会

【选（引）育单位（人）】：吉林省洮南甜菜育种研究所

【亲本来源及育成经过】

1992 年以德国品种 KWS9195 为基础材料，通过严格镜检、选留纯三倍体种根于当年冬季在温室内将选留的三倍体种根 40 株进行隔离采种。1993 年将收获的少量种子春播培育种根，幼苗期镜检，选留染色体数为 36 的植株。1993 年冬，在温室内栽植选留的四倍体种根，进行隔离采种在花期利用花粉母细胞减数分裂时，所显现的染色体数的多少来进一步确定四倍体植株。1994 年春播培育种根，进行含糖、根重和抗病性选择。1995 年选取优良单株自交，获得自交种子，并以 HQD$_3$ 为测验种对优良单株分别进行测交，获得测交种。1996 年对优良单株自交获得的种子进行春播培育种根同年对全部测交种进行比较试验，筛选出 15 个优异组合。1997 年对 15 个优异组合的相应优良株系种根在同一隔离区内栽植，自由授粉形成改良群体 TL$_1$。HQD$_3$ 来源于 KW-CR，是 1991 年采用轮回选择方法育成的高糖亲本材料，1998 年以 TL$_1$ 为母本，以 HQD$_3$ 为父本，按 3：1 的比例杂交制种，种子混合收获，形成吉洮 303。

【特征特性】

吉洮 303 属于丰产型多粒普通三倍体杂交种，适应性较强，抗褐斑病，耐根腐病。该品种苗期生长迅速，功能叶片持续时间长。叶丛斜立，叶柄粗短，叶片呈舌形。根体圆锥形，白黄色。二年生植株高 130～140cm，枝型为混合型，结实密度中等，种子产量中等。

【产量表现】

1999～2000 年，吉洮 303 进行小区试验，平均根产量 41514.8kg/hm^2，比对照品种吉甜 301 增产 23.8%；含糖率 17.85%，比对照提高 0.55 度；产糖量 7406.2kg/hm^2，比对照提高 27.8%。2001～2003 年，吉洮 303 在吉林省甜菜主产区中西部 6 个点进行区域试验，3 年平均根产量为 37926.0kg/hm^2，比照品种吉甜 301 增产 16.4%；含糖率为 16.93%，与对照相仿；产糖量为 6367.2kg/hm^2，比对照提高 16.5%。吉洮 303 于 2003 年在吉林省农安县、前郭县和洮南市 3 个点位进行生产试验，3 点平均根产量为 43360.6kg/hm^2，比对照中甜 301 增产 18.7%；含糖率为 17.84%，比对照提高 0.46 度；产糖量 7783.4kg/hm^2，比对照增产 23.0%。2002～2003 年吉洮 303 在新疆玛纳斯、二十二团、塔城、霍城进行引种试验，4 点平均根产量达到 80000kg/hm^2 以上。

【栽培技术要点】

吉洮 303 适应性较强，在不同的生态和土壤条件下均能表现出较高的产量水平。在肥水条件较好的地区更能发挥其增产潜力。在吉林中部及与气候、土壤类似地区种植密度应在 5.6～5.7 万株/公顷；在西北平作区种植密度应在 7.2～7.7 万株/公顷，吉洮 303 出苗快，幼苗生长迅速，应早疏苗、早定苗。生育中后期植株生长繁茂，根体增长快，要求增施基肥和追施速效性肥料，以发挥其增产潜力，二年生制种田栽植密度 2.8～3.5 万株，父母本比例为 1：3，种子混收。

【适宜种植区域】

适宜在吉林、新疆和内蒙中东部等地种植。

 甜研 310

【审定（登记）编号】：黑审糖 2006003

【审定（登记）年份】：2006 年 2 月

【审定（登记）单位】：黑龙江省农作物品种审定委员会

【选（引）育单位（人）】：中国农业科学院甜菜研究所

【亲本来源及育成经过】

母系材料甜4N092R是以"范育一号×甜五"两个四倍体品系互为亲本，人工去雄，套袋杂交，然后利用正反交组合后代混合选育而获得。范育一号二倍体品系来源于50年代由波兰引进的抗褐斑病性强的CLR，经过多年选育，后被诱变成四倍体。父本二倍体品系甜202G来源于双十品种的分离后代，根体圆锥形，较抗褐斑病和根腐病，含糖率较高。在配制杂交组合时，以甜202G的2个品系按1：1比例混合后作为父本利用。配制时以四倍体红色胚轴品系甜4N092R为母本，二倍体绿色胚轴品系甜202G为父本，以3：1比例配制杂交而成，父母本种子混收，生产上利用其杂种一代。

【特征特性】

甜研310为高糖偏丰产型多倍体杂交种，生长势强，适应性较广，抗褐斑病，耐根腐病，块根丰产性较稳定，含糖率较高。根形为圆锥形，根皮白色，根沟较浅；叶丛斜立，叶色绿，叶片较大，舌形。属于中晚熟类型，生长期为150～170d。需要≥10℃的积温在2400℃以上。干种球千粒重为29～33g。

【产量表现】

2003～2004年在全省7个点2年区域试验中，甜研310平均根产量39925.2kg/hm²，比统一对照甜研309增产9.6%；平均含糖率17.68%，高于对照0.07度；平均产糖量7151.7kg/hm²，比对照提高10.3%。甜研310在2005年全省5个生产示范试验点中，平均根产量仍达到38885.0kg/hm²，比对照品种甜研309提高17.1%；平均含糖率16.89%，比对照增加0.24度；平均产糖量6653.2kg/hm²，比对照提高18.5%。

【栽培技术要点】

甜研310适宜在黑钙土及苏打草甸土地区种植。地势以平川或平岗地为宜。在生产中应制定合理的轮作制度，确保轮作年限，避免重、迎茬。对下年种植甜菜的地块，应于当年秋季进行深翻、深松，并结合整地，深施有机肥、二铵等，以确保土壤疏松、土质肥沃；在北方甜菜生产区的适宜播期为4月下旬至5月上旬，种植密度以63000～68000株/公顷为宜。

【适宜种植区域】

甜研310适宜在黑龙江省牡丹江、齐齐哈尔、佳木斯、哈尔滨等甜菜产区种植，同时，也适宜于内蒙古和新疆甜菜产区。

 吉甜304

【审定（登记）编号】：国鉴甜菜2006003

【审定（登记）年份】：2006 年 2 月

【审定（登记）单位】：全国甜菜品种鉴定委员会

【选（引）育单位（人）】：吉林省甜菜糖业研究所

【亲本来源及育成经过】

吉甜 304 是以四倍体高产品系"生物法-95"为母本，二倍体高糖品系"7302-28333-1-2"为父本，于 1999 年按母、父比例 3∶1 自然杂交育成。杂交种子混收。母本"生物法-95"是 1995 年从优良四倍体品系"生物法"中经单株检糖选留的高产单株，经 1995～1998 年隔离采种、扩繁、混合选择后形成"生物法-95"四倍体高产品系，四倍体率达 95％。父本"7302-28333-1-2"是 1996 年从优良二倍体品系"7302-28333"中经单株检糖选留的高糖单株，经 1996～1998 年隔离采种、扩繁、混合选择后形成"7302-28333-1-2"高糖品系。

【特征特性】

吉甜 304 含糖率高、产量稳定，抗褐斑病、耐根腐病。该品种出苗齐全、健壮，植株斜立、叶柄粗壮、叶片肥大心脏形、浓绿色，植株中后期长势旺盛，根体圆锥形、根头小、根沟浅、根体白色、肉质细致，属标准兼高糖型甜菜新品种。吉甜 304 种株为混合型、株高 1.3～1.5cm、花期相遇，种球着生密度大、产量高、干种球千粒重 24～26g。

【产量表现】

2000～2001 年在范家屯镇进行经两年小区鉴定，试验结果平均根产量 55857.0kg/hm²，比对照提高 13.6％；含糖率 18.8％，比对照提高 1.1 度；产糖量 10537.5kg/hm²，比对照提高 20.6％。2002～2003 年参加全国甜菜品种区域试验，结果平均根产量比对照（吉甜 301 和甜研 304 的平均值）提高 5.3％，含糖率比对照提高 1.0 度，产糖量比对照提高 11.9％；2005 年参加全国甜菜生产示范试验，结果平均根产量比对照提高 6.0％，含糖率比对照提高 1.1 度，产糖量比对照提高 12.6％。

【栽培技术要点】

4 月中下旬播种，9 月末或 10 月上旬收获，生育期 150d 左右，年积温 2800～3000℃。在平岗地、玉米、小麦、大豆茬种植，种植密度 60000 株/公顷左右，喜肥，施农家肥 30000～50000kg/hm²，在旱区，肥力中等地块种植施磷酸二铵 400kg/hm² 左右为宜，在肥水充足条件下栽培增产、增糖效果好。采种田栽植密度 30000 株/公顷左右，母、父本栽植比例 3∶1，种子混收。打主薹可增加有效花枝，提高单株种子产量。在肥水充足条件下种子产量可高达 5000kg/hm²。

【适宜种植区域】

该品种适宜在新疆伊犁、塔城，甘肃黄羊镇，吉林范家屯，黑龙江嫩江地区种植。

 甜研 311

【审定（登记）编号】：黑审甜 2009005

【审定（登记）年份】：2009 年 3 月

【审定（登记）单位】：黑龙江省农作物品种审定委员会

【选（引）育单位（人）】：中国农业科学院甜菜研究所＼黑龙江大学农作物研究院

【亲本来源及育成经过】

母本为多粒四倍体品系 TP-3，父本为 4 个多粒二倍体品系（DP02、DP03、DP04 和 DP08）杂交育成。

【特征特性】

幼苗期胚轴颜色为红、绿混合色。繁茂期叶片为宽舌形、叶片颜色绿色，叶丛斜立，株高 50 厘米。叶柄较粗，叶片数 30～35 片；块根为圆锥形，根头较小，根沟较浅，根皮白色，根肉白色。采种株以混合型为主，花粉量大。结实密度 13 粒/10 厘米，种子千粒重 35～42g。块根含糖率 17.2%～17.6%。褐斑病发病级数 0.5 级。

【产量表现】

2005、2006、2008 年区域试验平均公顷根产量为 39576.2kg，较对照品种增产 11.9%；2007～2008 年生产试验平均公顷根产量为 47501.7kg，较对照品种增产 21.7%。

【栽培技术要点】

在适应区适时播种，采用垄作栽培方式，公顷保苗 6.0 万～6.5 万株。选择中等肥力地块种植，磷酸二铵 225kg/hm² 作种肥，追施尿素 150kg/hm²。制种时父母本母根要分别培育，采种田应选择肥力较好的地块，父母本栽植比例为 1：3，加强肥水管理，及时收获晾晒。

【适宜种植区域】

黑龙江省哈尔滨、齐齐哈尔、牡丹江、大庆甜菜产区。

4. 多粒多倍体雄性不育杂交种

 甜研 305

【审定（登记）编号】：轻审字（93）63 号

【审定（登记）年份】：1993 年

【审定（登记）单位】：轻工业部甜菜品种审定委员会

【选（引）育单位（人）】：中国农业科学院甜菜研究所

【亲本来源及育成经过】

1974 年以波兰引进的 MB$_1$ 为母本，以双丰六号为转育父本，采用连续回交的技术措施进行育性转移，同时进行其他性状的筛选改良，经七代于 1981 年成系，命名为 MS2023。授粉系 MP407 和 MP408 分别是利用公五-Z 和范 8-8 的优良单株进行诱变的，经过严格的倍性和经济性状选择而成的。在配制组合时采用了母父本比例为 2∶1∶1＝MS2023∶MP407∶MP408 的比例制种。种子混收利用。

【特征特性】

该品种生长繁茂，株丛较高，斜立型，叶片肥厚多皱，呈犁铧形；叶色浓绿。圆锥形根体，皮白质细。前期发育快，抗褐斑病，丰产潜力大，品质优良。生育期＞150d。

【产量表现】

甜研 305 在 1983～1986 年的小区试验中，平均根产量、平均含糖率及平均产糖量平均值分别为 32616kg/hm²、13.23％、4330.5kg/hm²，根产量超对照品种 8.71％～12.76％，含糖率超对照种 0.35～0.93 度，产糖量超对照品种 15.8％～18.1％，差异显著。在 1988～1989 年的区域试验中，甜研 305 在黑龙江，吉林各试验点中表现突出。平均根产量 24744kg/hm²、平均含糖率 14.66％及平均产糖量 3675kg/hm²，三项指标的二年平均值分别超对照种 20.9％，0.89 度和 29.7％。甜研 305 在 1990 年黑龙江、吉林两省的生产示范试验中。平均根产为 29401.5kg/hm²，含糖率为 16.41 度，分别超对照品种 11.7％和 0.59 度；平均产糖量超对照种 15.8％。褐斑病发病率较对照种轻 1.0～1.5 级。

【栽培技术要点】

实行四年以上轮作。秋整地秋施肥（农家肥为宜），有条件可进行测土施肥。实施三铲二趟一深松（定苗前），适时疏、间苗；及时防虫（春地下，夏叶片）；禁掰叶片，保护功能叶；每公顷收获株数应不少于六万株；适时收获，保证生育日数。

【适宜种植区域】

甜研 305 适宜在黑龙江，吉林和内蒙古东部的部分甜菜产区种植。

 甜研 306

【审定（登记）编号】：轻审字（93）64 号

【审定（登记）年份】：1993 年 6 月

【审定（登记）单位】：轻工业部甜菜品种审定委员会

【选（引）育单位（人）】：中国农业科学院甜菜研究所

【亲本来源及育成经过】

1984 年以二倍体雄性不育系 MS2014A 为母本，以多粒型四倍体品系 401 和 409 为父本授粉系，配制 F_1 代杂交组合，母、父本栽植比例为 1∶1（两父本各占 1/2），种子混收，获得多倍体雄性不育系杂交种。

【特征特性】

甜研 306 品种植株较高、生长繁茂，叶片较肥厚，叶色呈深绿色，叶丛为斜立型，叶片呈犁铧形，繁茂期叶片数为 20～30 片，抗病功能叶片维持时间较长。块根呈圆锥形，根头较小，块根肉质较致密，含糖高，纤维少，抗褐斑病性强，较耐根腐病。该品种二年生采种株结实性能良好，抽薹结实率高，种子发芽率高，发芽势强。

【产量表现】

1985～1986 年进行小区试验，以双丰 8 号为对照品种，试验结果，平均块根产量为 $31996.5kg/hm^2$、含糖率为 14.13％、产糖量为 $4558.5kg/hm^2$。分别比对照种提高根产量 10.8％、含糖率提高 0.63 度、产糖量提高 15.8％。1988～1989 年该品种参加区域试验，1988 年在黑龙江省试验，对照品种为双丰 8 号，1989 年在吉林省试验，对照品种为范育 1 号，两年 10 个点次，平均根产量 24661.5kg/ hm^2，含糖率 14.53％、产糖量 $3631.5kg/hm^2$，分别比对照品种提高根产量 19.2％、含糖率 0.77 度，产糖量 29.0％。该品种于 1990 年在黑龙江省巴彦县（对照品种双丰 8 号）、吉林洮南（对照品种范育 1 号）等地进行了生产示范，4 个点次平均根产量 $30915kg/hm^2$，比对照种提高 18.8％，含糖率提高 0.55 度，产糖量提高 23.1％。

【栽培技术要点】

该品种播种前应精细整地，选择排水良好，熟土层较厚的地块种植，要求 4 年以上轮作，并实行秋翻地、秋施（底）肥。每公顷适宜密度 60000 株左右，及时防治病虫害，严禁掰甜菜叶子，保护功能叶片，确保全苗是获得丰产、高糖的基础。二年生制种时母、父本栽植比例为 1∶1（0.5＋0.5）父、母本最好隔行栽植，种子混收即可。

【适宜种植区域】

适宜在黑龙江甜菜产区大面积推广种植。

 吉洮 301

【审定（登记）编号】：吉审甜 1995005

【审定（登记）年份】：1995 年

【审定（登记）单位】：吉林省农作物品种审定委员会

【选（引）育单位（人）】：吉林省洮南甜菜育种研究所

【亲本来源及育成经过】

吉洮 301 是以雄性不育 735MS 系统（3 个品系）为母本，四倍体甜研 401 为父本，按 3：1 比例进行组配测交而成的。1982 年在 14 个测交组合（雄不育系统）中选育出 8209 优良组合，经 3 年小区鉴定、异地试验、全国范围内进行国家区域试验、生产示范试验，1990～1992 年参加省内品种区域试验和生产示范试验。

【特征特性】

吉洮 301 叶丛繁茂，植株较高，斜立型，叶柄粗、叶片肥大，呈舌形，淡绿色，全生育期叶片在 50 片左右，株高 50～60cm，在生育中期根形成力强，根体肥大，腹沟较浅，根肉白色。

【产量表现】

1983～1985 年进行小区试验，当地对照品种洮育一号，在 3 年小区试验中，该品种比对照根产量高 30.61%，产糖量高 36.36%。1988 年在全国 10 个省 18 个点次进行国家品种区域试验中，平均含糖 15.0%，比对照品种提高 2.3 度，产糖量平均 4600.5kg/hm²，比对照高 11.3%；1989 年全国区域试验 10 个点达标，含糖率 15.42%，比对照提高 1.27 度，产糖量 8 个点达标，平均产糖量 5206.5kg/hm²，比对照高 4.5%；1990 年在全国区域试验中 9 个点达标；含糖达 16.63%，比对照提高 1.82 度，产糖量 6601.5kg/hm²，较对照增产 13.4%。1991 年国家生产示范 5 个点，平均含糖率 17.78 度，较对照高 1.1 度，产糖量平均 6654kg/hm²，较对照增产 9.0%；1992 年国家生产示范 4 个点含糖平均 16.83%，较对照提高 1.0 度，产糖量平均 4243.5kg/hm²，较对照增产 14.3%。

【栽培技术要点】

吉洮 301 适应在土壤肥沃的沙壤土上栽培，吉洮 301 要求高肥、足水，适当早播晚收，由于该品种根形成力强，必须早期疏苗定苗，合理密植，株距在 25cm，行距 60cm，每公顷保苗在 55500～66000 株左右，可达到丰产、稳产及较高的含糖率，直播公顷产量可达 39000～67500kg。

【适宜种植区域】

适应在吉林省西部地区与相应的内蒙古哲里太盟、赤峰、呼和浩特等地区种植。

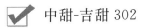 中甜-吉甜 302

【审定（登记）编号】：审字（72）

【审定（登记）年份】：1995 年 4 月 16 日

【审定（登记）单位】：轻工业部甜菜品种审定委员会

【选（引）育单位（人）】：吉林省甜菜糖业研究所

【亲本来源及育成经过】

母本以 1975 年从中国农科院引入，1985 年与甘肃省农科院引入的材料 G01-6 转育，当年不育率 96.7％，及时淘汰可育株。1986 年开始回交，不育率 100％，当年种子夏播。1987 年平均不育率 94.6％，当年种子夏播。1988 年不育率 90.0％，通过国家"七五"攻关育性鉴定。从 1986 年起在加强不育系回交转育的同时，以"吉 75-25"不育系为母本，以 334-3 四倍本品系为父本，进行早代制种，母、父本比例为 3∶1。

【特征特性】

吉甜 302 杂交种出苗好，苗期长势健壮，前期生育旺盛，中、后期长势良好，抗褐斑病性强，较抗根腐病；该品种产量，含糖均较好，抗逆性强，植株直立，叶片较多，叶肉较厚，叶柄细而长，根体楔形，青头小。

【产量表现】

1987～1989 年在吉林省设点试验，吉甜 302 块根产量平均高于对照品种范育一号 29.34％，含糖比"范育一号"低 0.112 度，产糖量提高 26.6％。1990～1992 三年经十七个点次的省内品种区域化试验，结果平均根产量比对照品种范育一号提高 22.4％，含糖低 0.2 度，产糖量高 19.8％。吉甜 302 于 1992～1993 年在吉林省中、西部两大甜菜产区设置了六个点次的生产示范，其结果平均产量比主推对照品种吉甜 301 提高 20.6％，含糖率比对照低 0.4 度，产糖量比"吉甜 301"提高 18.3％。

【栽培技术要点】

该品种适应性强，在旱区、肥力中等地块上种植，可获增产增糖效益；在多肥条件下栽培增产更为显著，生产力较稳定。

【适宜种植区域】

吉林全省，尤其是西部地区。

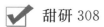 甜研 308

【审定（登记）编号】：黑审糖 1996001

【审定（登记）年份】：1996 年

【审定（登记）单位】：黑龙江省农作物品种审定委员会

【选（引）育单位（人）】：中国农业科学院甜菜研究所

【亲本来源及育成经过】

甜研 308 是以雄不育二倍体单交种 MS202×20214B 母本，以四倍体单交种 MP407×MP409 为父本，经自然杂交配制的多倍体双交种，配制比例为母∶父＝

3∶1，杂种混收利用。

【特征特性】

甜研 308 在营养生长期间长势较旺，株丛斜立较高，叶片厚而皱、叶色浓绿、犁铧形。块根为圆锥形，根沟较浅。抗褐斑病较强，耐根腐病。在生殖生长期间，植株为混合株型，种子千粒重 28～30g。

【产量表现】

1990～1992 年区域试验，根平均产量 29103kg/hm²，比对照品种 301 增产 8.72%；糖含量 16.2%，提高 0.86 度；糖平均公顷产量 4774.5kg，增产 17.3%。1993 年生产试验根平均公顷产量 37899kg，比对照品种甜研 301 增产 11.8%；糖含量 16.08%，提高 0.49 度；糖平均公顷产量 6019.5kg，增产 16.1%。

【栽培技术要点】

甜研 308 适宜在黑钙土，微碱草甸土和碳酸盐黑土上种植，种植地块要求排水良好，4 年以上轮作。整地要细致，施足底肥，以磷肥为主，追肥以氮肥为主。疏定苗与深松、中耕相结合。株密度应达 60000～67500 株/公顷。及时防虫防病，严禁掰功能叶片，确保丰产高糖。

【适宜种植区域】

甜研 308 在拉哈、肇东、肇源、安达和齐齐哈尔等甜菜产区表现突出，在佳木斯、宝泉岭和宁安产区也有不同增产增糖表现。

 中甜-工农 305

【审定（登记）编号】：344

【审定（登记）年份】：2000 年

【审定（登记）单位】：全国甜菜品种审委员会

【选（引）育单位（人）】：内蒙古甜菜制糖工业研究所

【亲本来源及育成经过】

中甜-工农 305 的母本为二倍体雄性不育系 M212A。其亲本源 MS 来自内蒙古甜菜制糖工业研究所第一对雄性不育系 M201A，O-型来自二倍体品系自 102/13-9（AJ₁ 品系）。中甜-工农 305 的父本 TY451，是以甜菜四倍体多粒品系 334-1 为基础材料，选择优良单株进行小集团互交、单株分收培育，在镜检选择基础上，强化了抗病及含糖的选择。经过连续 4 代定向选择，培育出各目标性状稳定的品系 TY451。

【特征特性】

中甜-工农 305 属于标准偏高糖型多倍体雄性不育杂交种。苗期生长迅速，叶丛斜立，叶柄粗短，叶片中等肥厚，较耐病，功能叶片寿命长，根肉白色。

【产量表现】

1990～1991 年，中甜-工农 305 进行小区试验，平均根产量为 33103.5kg/hm²，比对照品种内蒙古 5 号增产 6.1％；含糖率 18.14％，比对照高 0.87 度；产糖量 6004.5kg/hm²，较对照增加 11.4％。1991 年在巴盟甜菜研究所、赤峰糖厂、呼和浩特糖厂毕克齐甜菜育种站进行多点小区试验，平均结果，中甜-工农 305 块根产量 39810kg/hm²，较对照增产 10.5％；含糖率为 16.85％，较对照提高 0.72度；产糖量 6708kg/hm²，较对照增加 15.4％。1992～1993 年，中甜-工农 305 在内蒙古自治区进行区域试验。连续两年 3 点平均块根产量 51495kg/hm²、含糖17.5％、产糖量 9015kg/hm²，分别比对照工农 5 号提高 1.4％、1.5 度和 10.9％。

【栽培技术要点】

中甜-工农 305 对土壤肥力和灌溉条件要求不严，可适当密植，平作区适宜密度为 75000～82500 株/公顷。尽量避免在丛根病多发地区种植。在河套地区，为了确保丰产高糖优质，必须增加种植密度，减少氮肥施用量（尿素不超过 225～300kg/hm²）。甜菜收获前严格控制灌水。

【适宜种植区域】

适宜在内蒙古河套地区种植。

 新甜 11 号

【审定（登记）编号】：新农审字第 021 号

【审定（登记）年份】：2000 年 12 月 1 日

【审定（登记）单位】：新疆维吾尔自治区农作物品种审定委员会

【选（引）育单位（人）】：新疆农科院经作所

【亲本来源及育成经过】

以二倍体不育系 M207 为母本，与多粒四倍体自交系 103 杂交育成的甜菜新品种。

【特征特性】

新甜 11 号高抗褐斑病、抗白粉病、适应范围广，出苗快且整齐，保苗率高，生长势强，株型直立，叶色绿。块根为圆锥形，根冠小，根沟浅，根体光滑。该品种全生育期 178d 左右，属于中晚熟品种，2 年生种株抽薹结实率高，株型紧凑，结实部位适中，结实密度大，种子千粒重 16～19g。

【产量表现】

1997～1999 年自治区甜菜品种区域试验中，经 3 年 4 点试验，该品种块根公顷产量和产糖量分别为 76428kg 和 11782.5kg，较对照新甜 6 号分别增产 34.4％和16.6％，达极显著和显著水平；含糖率为 15.19％，较对照低 2.25 个糖度。2000

年甜菜生产示范平均公顷根产量 74140.5kg，较对照增产 29.6％；含糖率 15.6％，比对照高 0.28 个糖度；平均公顷产糖量 11529kg，较对照增产 29.9％。

【栽培技术要点】

适期早播，南疆以 3 月中旬至 4 月上旬，北疆以 3 月底至 4 月上旬为宜；适宜密植，每公顷保苗 67500～82500 株；甜菜是需水较多的作物，生长期需要适期浇水，以满足甜菜生长的需要，生长后期注意控制浇水，以提高含糖量；5 月中旬至 8 月上旬一般发生三叶草夜蛾、甘蓝夜蛾危害，应及时喷药防治；该杂交种属于中晚熟品种，收获期 10 月上中旬为宜；该杂交组合为雄性不育系多粒杂交种，按母父本 3：1 比例配制。母根收获期前，逐行检查 1 次，将畸形植株及病株都拔除；采种田在花期、收获期同样逐行检查多次，发现畸形株、劣根、病株要拔除。

【适宜种植区域】

该杂交种适宜塔城、伊犁、奇台、焉耆等地种植。

 ST9818

【审定（登记）编号】：国品鉴甜菜 2003006

【审定（登记）年份】：2005 年 12 月

【审定（登记）单位】：伊犁州品种审定委员会

【选（引）育单位（人）】：新疆石河子甜菜研究所

【亲本来源及育成经过】

母本石 M205A 是新疆石河子甜菜研究所自育的多粒二倍体雄性不育系，1988 年以石 M201A 作非轮回亲本，以二倍体自交系 033 为父本，经 1 次杂交，4 次回交转育、集团繁殖选育而成，不育率达 95％以上。父系 MM4XRH-1 是新疆石河子甜菜研究所 1996 年从国外引进的，经过田间筛选鉴定、单株选择、集团扩繁选出的优良抗丛根病四倍体品系。ST9818 是石河子甜菜研究所于 1998 年以多粒雄性不育系石 M205A 为母本，四倍体 MM4XRH-1 为授粉系，按父母本 1：3 配制的杂交组合，从母本株上单收。

【特征特性】

该品种是一个丰产、优质，较抗白粉病、褐斑病、丛根病，丰产性能稳定，适应性广，增产增糖显著的优良品种。ST9818 出苗快，易保苗，前中期生长势强，株高中等，叶丛直立型，叶丛自然高度 60cm，绿叶数 30～35 片，叶色深绿，块根圆锥形，根皮白色，根冠小，根沟浅，根产量突出，属丰产型品种。生育期为 170d 左右。

【产量表现】

1999～2000 年参加小区品比试验，两年 3 点试验平均根产 69075kg/hm²，较对照品种 KWS9412 增产 12.7％；含糖率 12.7％，较对照品种提高 0.3 度；产糖量 8810kg/hm²，较对照提高 15.4％。2001～2002 年 ST9818 参加全国西北区域化试验，两年 13 个点平均根产 70716.8kg/hm²，含糖率 14.7％，产糖量 10158.0kg/hm²，分别较对照品种增产 12.7％，含糖降低 0.3 度，产糖量提高 13.3％。ST9818 于 2003 年参加国家西北区甜菜生产试验，参试点共 5 个，块根产量在 63033.2～102138.0kg/hm²，有 4 个点超过对照，增产 4.2％～41.8％，有 3 个点增幅在 15％以上；含糖率 11.9％～18.1％，有 1 个点超过对照 0.7 度；产糖量在 4 个点均超过对照，增幅在 10.7％以上，最高达 34.7％。

【栽培技术要点】

该杂交种宜选择土壤肥沃，质地疏松，地势平坦，实行 4 年以上的轮作地块种植，应在播种前用 3911 和甲基托布津（福美双、土菌消）等杀虫剂、杀菌剂处理甜菜种子，每公顷施过磷酸钙 120～150kg 作种肥。该杂交种叶丛直立型，适宜密植，一般留苗 75000～82500 株/公顷。掌握好头水、二水和末水时间，一般头水为 6 月上中旬，二水在 7 月上旬，末水在收获前 15～20d 左右，由于块根生长迅速，后期应控制水肥，避免降低含糖率。5 月上中旬，6 月下旬，8 月上旬应及时防治三叶草夜蛾、甘蓝夜蛾一二代幼虫危害。

【适宜种植区域】

适宜在新疆维吾尔自治区的焉耆、塔城、伊犁、奎屯及甘肃酒泉、黄羊镇等糖区种植。

 吉甜 303

【审定（登记）编号】：吉审甜 2005003

【审定（登记）年份】：2005 年

【审定（登记）单位】：吉林省农作物品种审定委员会

【选（引）育单位（人）】：吉林省甜菜糖业研究所

【亲本来源及育成经过】

吉甜 303 是以二倍体多粒雄性不育系吉 75-32ms 为母本，保持系为 JTC85-6117；以本所育成的高产四倍体品系 A₁-3 为父本，采取母、父本 3：1 配比杂交育成。吉甜 303 母本为吉 75-32 多粒雄性不育系，是 1982 年从吉林省甜菜糖业研究所原范育一号品种的品系 8-8 原种采种田中发现的，当年利用多个不同品系分别套袋人工授粉，当年夏播育根，次年利用保持系 JTC85-6117 套袋隔离转育。从 1986 年开始经过连续回交 3 代，不育率稳定在 90％以上。

【特征特性】

吉甜 303 幼苗长势强，生育期长势繁茂，植株叶丛较高，斜立，叶片肥大，深绿色，呈盾形，叶柄粗壮且长，根体肥大、圆锥形，根头小，根沟浅，根皮白色。该品种产量高，含糖中等，品质优良，生产力稳定，属于丰产型品种。吉甜303种株为混合株型，种子着生密度大、产量高。

【产量表现】

1998、1999年在范家屯镇及响水乡设置了品种比较试验，试验结果吉甜303平均根产量43051.5kg/hm²，比当地推广品种吉甜301提高14.0%；含糖16.0度，比吉甜301提高1.23度；产糖量6892.1kg/hm²，比吉甜301提高23.1%。吉甜303于2002~2003年参加吉林省甜菜品种区域试验，对照品种为吉甜301，两年全省11个点平均根产量为41836.1kg/hm²，比对照提高19.9%；平均含糖率17.15%，比对照低0.35度；平均产糖量7097.3kg/hm²，比对照提高17.5%。吉甜303于2003年在吉林省甜菜品种生产试验中，3个点次平均根产量为46550.0kg/hm²，比对照品种吉甜301提高34.4%；平均含糖率16.0%，比对照品种低0.3度；平均产糖量7524.1kg/hm²，比对照品种提高31.9%。

【栽培技术要点】

吉甜303在吉林省播种期4月下旬，种植密度6万株/公顷为宜，9月下旬或10月上旬收获，生育期150d左右。选择平岗地的玉米茬、豆茬或麦茬均可。施农家肥40000~50000kg/hm²，化肥以甜菜专用肥或复混肥为主，用量500kg/hm²为宜。该品种具有较强的抗旱性、喜肥，在肥水条件充足的地块种植，能更好地发挥其增产潜力。二年生制种田栽植密度3万株/公顷左右，母、父本比例3:1，种子分收。抽薹后打主薹可增加有效花枝，提高单株产量。

【适宜种植区域】

适宜在吉林省甜菜产区种植。

二、单粒型品种

1. 单粒二倍体品种

 中甜-吉甜单一

【审定（登记）编号】：吉审甜1990001

【审定（登记）年份】：1991年

【审定（登记）单位】：吉林省甜菜品种审定委员会

【选（引）育单位（人）】：吉林省甜菜糖业研究所

【亲本来源及育成经过】

单粒种母系是由国外单粒杂交种分离出来的单株后代，经多代重复回交，并进行以提高单粒性、含糖和抗病性为目标的单系培选，获得一批单粒二环系。在稳定粒性的基础上，通过配合力测定，选出 8405 等两个抗病性好、经济性状符合育种目标要求的优良组合，参加省级区域试验。区域试验结果，"8405"组合达标父系是以高糖品种范育二号经过再选择的分离系。母本和父本的制种比例 3：1，种子分收。

【特征特性】

根体较粗，主根发达，在正常栽培条件下，根呈长圆锥形，根体有效部位较长，青顶小，植株较高，株型斜立，叶片盾形，较肥大，叶色较浅，二年生种株多混合枝形，较整齐，萼片较大，种子粒径中等，子粒扁平。出苗势较强，苗期发育较快，后期基本叶片寿命较长，较抗旱，对褐斑病和根部病害抗性较强，单粒性状稳定，平均单粒株率 98％以上，种子单粒率 93％以上，灌区露地越冬采种，无效株少，种株结实密度大，种子单产较高，粗种子发芽率高的可达 80％以上。

【产量表现】

1987～1989 年三年全省区域试验结果，"中甜-吉甜单一"在 10 个参试品种中，产量居首位，每公顷达到 31380kg，比主推多粒品种"范育一号"提高 14.4％，含糖稍低，为 14.20 度，产糖量为 4560kg/hm^2，比对照提高 8.2％。

【栽培技术要点】

适合于淤积土、碳酸盐黑钙土和淋溶黑钙土产区种植。在每公顷施农家肥 30000kg，纯氮 100kg，纯磷 90kg，纯钾 50kg，直播条件下，配合正常的田间作业管理，公顷产量可达 51000kg 以上。

【适宜种植区域】

我国的东北地区以及华北地区。

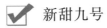 新甜九号

【审定（登记）编号】：新农审字第 9406 号

【审定（登记）年份】：1994 年 11 月

【审定（登记）单位】：新疆维吾尔自治区农作物品种审定委员会

【选（引）育单位（人）】：新疆石河子甜菜研究所

【亲本来源及育成经过】

母本采用石单 m202A 单粒型雄性不育系，即 1981 年以多粒型雄性不育株 ms10-2-0 为母本，原苏联"白色教堂"单粒可育品系为父本，经单株成对杂交，1982～1985 年以后代分离的单粒雄不育株为非轮回亲本（母本），以单粒可育"白色教堂"为轮回亲本（保持系）连续 4 次成对回交，1986 年集团繁殖成系。父本 Z-2 为多粒型二倍体自交系，即以引进的吉林省甜菜糖业研究所自交 3 代材料的基

础上，选育抗白粉病优良单株，1977 年 1 次强制自交；1978～1979 年两次田间鉴定，评选后成系繁殖；1987 年以石单 m202A 为母本，多粒二倍体自交系 Z-2 为父本，按母父本 3∶1 比例配制单粒型雄性不育系杂交组合，种子成熟期从母本株收获杂交一代种子。

【特征特性】

新甜九号出苗整齐、生长势强，叶丛为直立型，植株高度适中，绿叶数 25～30 片，叶片犁铧形，叶缘小波浪，叶皱中等。根叶比值适中，根型为圆锥形，根头小，根沟较浅，根皮白色较光滑。抗白粉病、褐斑病、黄化毒病，也较耐甜菜丛根病。果实单粒型，千粒重 11g 以上。

【产量表现】

1988～1990 年在进行小区试验，新甜九号 3 年平均根产量为 54208.5kg/hm²，较对照新甜四号根产量提高 17.5％，产糖量 6963kg/hm²，比对照提高 18.3％。1991～1993 年该品种参加了自治区甜菜新品种区域试验，以多粒种新甜六号为对照，3 年 6 个试验点平均根产量 74754.3kg/hm²，含糖率 16.04 度，产糖量 11987.1kg/hm²。其中，在塔城点表现较强的杂种优势，根产量较对照提高 8.71％，含糖提高 0.24 度，产糖量提高 10.2％。1994 年新甜九号在塔城地区农科所进行生产试验，根产量 49377kg/hm²，较对照新甜六号增产 48.2％；含糖率 18.1 度，较对照提高 0.5 度；产糖量 8937kg/hm²，较对照提高 52.5％。

【栽培技术要点】

新甜九号为单粒型雄性不育杂交种，必须用杂种一代种子进行原料生产，播种前用杀虫剂和杀菌剂处理种子，预防甜菜象甲、地老虎和立枯病、褐斑病危害，药剂闷种时间 8～10h。合理密植，保苗 82500～97500 株/公顷，若采用地膜覆盖栽培，实行 60cm＋30cm 宽窄行配置方式，保苗 75000～82500 株/公顷。该杂交种宜种在质地疏松、地块平整、秋耕冬灌的土壤上，制种时按母父本 3∶1 比例培育母根和采种，开花和收获前去杂去劣，种子成熟期仅从母本株上收获种子，保证杂交种单粒率 90％以上。

【适宜种植区域】

新疆维吾尔自治区甜菜产区。

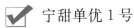 宁甜单优 1 号

【审定（登记）编号】：宁种审 9520

【审定（登记）年份】：1995 年

【审定（登记）单位】：宁夏农作物品种审定委员会

【选（引）育单位（人）】：宁夏甜菜糖业研究所

【亲本来源及育成经过】

宁甜单优 1 号以自育单粒型甜菜不育系"宁 m101A"为母本，多粒授粉系"92S1"为父本，父母本以 1：3 栽植，盛花 1 周后铲去父本。

【特征特性】

宁甜单优 1 号出苗快，苗期生长势较差，生长中前期生长繁茂度差，叶片再生能力弱，功能叶片寿命长，叶柄细长斜立，叶片呈舌形，叶面光滑，深绿色，块根呈长圆锥形，根沟浅，根皮黄白色。高抗（耐）丛根病、焦枯病和根腐病，属标准偏丰产类型，抗褐斑病与抗白粉病性能一般，根产量高而稳定，含糖中等。

【产量表现】

1993 年和 1994 年，宁甜单优 1 号在丛根病区和非病区进行小区试验，平均产量 53538.3kg/hm² 和 57390kg/hm²，比当地对照品种增产 362.73％和 33.06％；含糖率分别为 13.83％和 14.36％，比当地对照品种高 2.63 度和 0.42 度；产糖量分别比对照高 632％和 41.45％。1994 年在宁夏、甘肃共进行生产试验 1.51hm²，平均产量 61189.5kg/hm²，比当地对照品种增产 237.42％，含糖率高 2.47 度，产糖量高 438.96％。

【栽培技术要点】

适时早播，播深 2～3cm，播量 15kg/hm²，保证播种质量，争取一次保全苗。加强田间管理，及时防治虫害和叶部病害。严禁掰叶，注重增施磷肥（N、P、K 各 225kg/hm²）。合理密植，一般 67500～75000 株/公顷。在良种繁育中，需采用较高制种技术，严格掌握父母本配制比例（1：3）。通过挖顶芽、打顶尖等手段提高抽薹率，促使花期相遇，盛花 1 周后铲去父本，从而保持品种种性。

【适宜种植区域】

宁甜单优 1 号适宜在宁夏、甘肃、内蒙古等地区丛根病发病率较高、土壤疏松、肥水足、排水良好的沙壤土中种植。

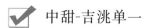 中甜-吉洮单一

【审定（登记）编号】：吉审甜 1995006

【审定（登记）年份】：1995 年

【审定（登记）单位】：吉林省农作物品种审定委员会

【选（引）育单位（人）】：吉林省洮南甜菜育种研究所

【亲本来源及育成经过】

中甜-吉洮单一母本 85-724 原始来源为荷兰单粒品系 moms5，1985 年春从轻工部甜菜糖业研究所引入。经当年对生长势、抗病性、根产量、含糖、耐贮性等性状的观察和检测，该品系入选，代号为 85-724。经过两代单株检糖，组成高产高

糖集团后，在 1988 年与父本配制杂交种。中甜-吉洮单一父本 A$_2$-1046 是从 A$_2$ 中用集团选育法选出。

【特征特性】

该品种偏丰产，抗褐斑病，在单粒种中含糖较高。根为长圆锥形、根体长、根头小、根叶比值大。

【产量表现】

该品种在吉林省甜菜品种区域试验及生产试验中，其根产量、含糖率和产糖量比单粒对照品种吉甜单一提高 5.9%～12.2%、1.9～1.1 度和 19.2%～19.6%；比偏高糖多粒对照品种范育一号提高 1.83%～39.0%、（—0.6）～（—0.7）度和 13.6%～34.0%。在黑龙江、山西、宁夏、新疆等五省异地鉴定中根产量、含糖率、产糖量分别比当地多粒对照品种提高 4.3%～43.4%、（—0.3）～1.3 度和 11.5%～48.1%。

【栽培技术要点】

适于土层深厚、疏松、水肥充足的地区种植。种植密度为 6.0～7.0 万株/公顷为宜。由于根体较长，进行机械化精量直播比纸筒育苗移栽增产效果显著。

【适宜种植区域】

该品种适宜在黑龙江、山西、宁夏、新疆等省种植。

 吉丹单一

【审定（登记）编号】：

【审定（登记）年份】： 1998 年 2 月

【审定（登记）单位】： 吉林省农作物品种审定委员会

【选（引）育单位（人）】： 吉林省洮南甜菜育种研究所

【亲本来源及育成经过】

吉丹单一母本 ms1002-34 由 Danisco 公司提供，不育率 98%、单粒率 95% 以上；父本 TM2-1046 从 A$_2$ 品系中经三代混合选择于 1989 年选出。1990 年组配，1991 年进行配合力测定，1992～1993 年进行所内小区鉴定，1994～1996 年参加吉林省区域试验，同期进行生产试验。

【特征特性】

吉丹单一植株高度中等，叶丛繁茂，叶面光滑，叶缘全缘，叶柄淡绿、较粗、长度中等；根呈圆锥形，根皮淡黄色，根头小，根沟浅。采种母本植株多为单枝型。植株苗期及繁茂期生长势强，后期生长势中等；块根形成快，根重最大形成期早。采种母本植株生长势中等，春化条件（低温，长日照）要求严格，达不到要求，顽固株增多；不育率 98%、单粒率 95% 以上。

【产量表现】

该品种 1992～1993 年参加品种比较试验。平均根产量达到 49246.5kg/hm²，比多粒对照种范育一号增产 25.0%；含糖 16.17%，比范育一号低 0.22 度；产糖量 8016.6kg/hm²，比范育一号增加 23.0%。吉丹单一于 1994～1996 年参加吉林省甜菜品种区域试验，三年 10 个点次的平均结果与吉甜单一比较，根产量提高 15.15%，含糖率提高 0.29 度，产糖量提高 17.48%；与丰产型进口单粒种 HYB-13 比较，根产量提高 0.18%，含糖提高 0.98 度，产糖量提高 6.54%。吉丹单一于 1994～1996 年参加吉林省甜菜品种生产试验。三年 6 个点次平均根产量比吉甜单一增产 17.66%，含糖提高 0.66 度，产糖量提高 21.25%；与 HYB-13 比，根产量增加 0.75%，含糖提高 1.38 度，产糖量提高 9.4%。

【栽培技术要点】

在吉林省西部及其类似自然条件下，采种植株应尽量提早栽植，以 4 月 1 日至 4 月 5 日为宜，父母本同期栽植，比例为 1：3 或 2：6，开花授粉后割除父本。原料甜菜最佳直播期为 4 月 25 日至 5 月 1 日，纸筒育苗最佳播期为 4 月上旬，最佳移栽期为 5 月上旬。产糖量最佳密度为 6.0～7.0 万株/公顷。土壤以黑钙土和栗钙土为宜，并要求耕层疏松深厚。在公顷施有机肥 30000kg 的情况下，加施化肥纯 N75kg、P_2O_75kg，K_2O_50kg，根产量可达 50000kg/hm² 以上，含糖 16.5 度以上。在生育中后期应注意防治褐斑病。

【适宜种植区域】

吉林省甜菜产区。

 吉农单 202

【审定（登记）编号】：吉审甜 1998003

【审定（登记）年份】：1998 年 2 月

【审定（登记）单位】：吉林省农作物品种审定委员会

【选（引）育单位（人）】：吉林农业大学农学院

【亲本来源及育成经过】

单粒型雄性不育系吉农 9013CMS 是 1986 年从国外引进单粒型雄性不育材料，经单株选择，1990 年选育出农艺性状较好的吉农 9013CMS，是二倍体（$2x=18$），种株所有花枝全部着生单花，仅在主枝上有极少数双花，结实后 95% 以上为单果，一年生甜菜生长势强，抗褐斑病，含糖率 14.8%。多粒型恢复系材料选用抗病、偏高糖型 CLR8220-1，经自交选育，是二倍体（$2x=18$）。1990～1991 年配制杂交种并测定配合力，1992 年杂交种进行小区鉴定，1993～1994 年进行品比试验，1995～1996 年进行区域试验和生产试验。

【特征特性】

吉农单 202 的叶丛繁茂，叶片斜立，叶片深绿色，叶片盾形，叶面光滑，叶缘为波浪形，叶柄长、宽中等，叶长 26～32cm，叶宽 13～16cm，株高 58～62cm，叶数 28～32 片，根型呈圆锥形，根头小、根沟浅，根皮黄白色，光滑，根肉白色。抗褐斑病，耐根腐病，适应性广。种子千粒重 10g 左右。

【产量表现】

1992 年在吉林农业大学科学试验站进行杂交种小区鉴定，吉农单 202 的含糖率 16.03％、根产量 49527kg/hm²、产糖量 7939.1kg/hm²，分别高于对照 0.45％、14.7％和 18.1％。1993～1994 年在吉林农大试验站进行品比试验，吉农单 202 根产量 34020.8kg/hm²、含糖率 15.55％、产糖量 5290.1kg/hm²，分别比吉甜单 1 根产量高 21.8％，含糖高 0.38％，产糖量高 23.6％，比 HYB-13 根产量低 4.1％，含糖高 1.41％，产糖量高 6％。1995～1996 年，由吉林省甜菜种子公司统一组织进行区域试验，对照品种为丹麦进口的三倍体单粒种 HYB-13，两年区域试验结果表明，吉农单 202 的根产量 44618.4kg/hm²，比对照高 5.9％，含糖率 15.92％，比对照高 0.32 度，产糖量 7103.2kg/hm²，比对照高 8％。1995～1996 年进行生产试验，以 HYB-13 为对照，实验结果表明：两年平均根产量、含糖率和产糖量分别为 41355kg/hm²、16.26％、6724.3kg/hm²，分别超过对照 6.4％、0.79 度和 11.9％。

【栽培技术要点】

吉农单 202 适用于纸筒育苗移栽和机械化栽培。土壤以淋溶黑钙土、淤积土、栗钙土较宜，要求上层疏松，精细播种。种植密度为行、株距（65cm～70cm）×25cm，每公顷保苗 6.5 万株左右。播前结合整地每公顷施农家肥 30000kg，种肥以磷肥为主，每公顷施磷酸二铵 300kg，苗期追施硝酸铵 150～225kg，钾肥 45kg，生育后期忌施氮肥。吉农单 202 的产量潜力达 50000kg/hm²。

【适宜种植区域】

吉农单 202 适于吉林省内甜菜产区。

 中甜-吉甜单粒二号

【审定（登记）编号】：吉审甜 2001003

【审定（登记）年份】：2000 年

【审定（登记）单位】：轻工总会甜菜品种审定委员会

【选（引）育单位（人）】：吉林省农业科学院甜菜糖业研究所

【亲本来源及育成经过】

母本"7587-22A"是 1986 年从丹麦引进的不育系，利用本所培育单粒授粉株杂交转育，1987 年成对杂交转育，连续回交 3 代，不育率达 100％，单粒率为 97.8％。1992 年以单粒二倍体雄性不育系"7587-22A"为母本，以高糖、抗病多粒二倍体品系"SC-205"为父本配制杂交组合"吉 DMS92-16"，制种田母、父本按 3∶1 比例，隔行栽植，自然授粉。

【特征特性】

中甜-吉甜单粒二号，植株斜立，叶柄稍长，叶片盾形，根体圆锥形，根皮黄白色，根头小，根沟浅，肉质脆嫩。该品种幼苗发育快，中后期繁茂，叶寿命长，抗褐斑病性强，较抗根腐病，产量中上等，含糖高，生产力稳定，属于标准偏高糖型二倍体单粒雄性不育杂交种。该品种适应性广，生育期在东北区 150d 左右。

【产量表现】

1993 年，在吉林省洮南甜菜育种所及公主岭小区试验结果，平均根产量为 42142.5kg/hm²，比对照品种吉甜单一提高 22.9％；含糖率 12.06％，比对照提高 0.15 度；产糖量 5137.5kg/hm²，比对照提高 24.5％。1996～1998 年，吉 DMS92-16 参加在我国甜菜东北区、华北区的区域试验，平均根产量为 36260.3kg/hm²，与 CK₁ 比增产 6.3％；与 CK₂ 比增产 14.6％；含糖率 15.97％，比 CK₁ 高 1.37 度，比 CK₂ 高 0.67 度；产糖量 5863.9kg/hm²，比 CK₁ 提高 16.9％，比 CK₂ 提高 19.0％。1998～1999 年连续两年在东北区和华北区设 5 个点次进行生产试验。两年平均根产量 41333.4kg/hm²，比对照（HYB-13）提高 9.6％；含糖为 14.60 度，比对照提高 1.41 度；产糖量 6195.5kg/hm²，比对照提高 21.0％。

【栽培技术要点】

该品种在水肥充足的条件下具有较高的增产潜力，一般施农家肥 40000～50000kg/hm²，化肥以磷酸二铵为主，适量掺拌钾肥，施用量 350kg/hm² 为宜。直播吉林省一般 4 月中下旬至 5 月上旬，纸筒育苗吉林省一般 4 月 1～10 日为最佳播期，不同地区灵活掌握。密度为东北区 6 万株/公顷左右；华北区 8.3 万株/公顷左右。二年生制种时要求父母本按 1∶3 比例分别育苗和隔行栽植，种子分收，严防混栽。种子加工后用于生产。

【适宜种植区域】

适宜在东北区及华北区甜菜主产区种植。

 中甜-双丰单粒 3 号

【审定（登记）编号】：

【审定（登记）年份】：2000 年 8 月

【审定（登记）单位】：全国甜菜品种审定委员会

【选（引）育单位（人）】：哈尔滨工业大学糖业研究院

【亲本来源及育成经过】

双丰单粒 3 号的母本 MHms9 为从美国 Mono-HY 公司引进的二倍体单粒雄性不育系，父本为哈尔滨工业大学糖业研究院选育的"0"68 品系，该授粉系经数代系统选育和两代自交而成，由 3 个系号组成，分别为"0"68-2、"0"68-8、"0"68-10，均含糖较高、抗褐斑病性较强且配合力较高，其二年生种株为混合枝型、结实密度高、花粉饱满、花粉量大。以四倍体为父本，配制 12 个杂交组合，经 1992～1994 三年试验及 1994 年异地试验，其中 MHms9×"0"68 组合（代号为轻工糖 1968）表现较好。

【特征特性】

该品种苗期发育较快，中、后期繁茂，叶片肥大，呈深绿色，抗褐斑病性好，叶丛斜立，根体为圆锥形，根沟浅，根头小，皮质光滑，细致。母本不育率 100%，两年生采种株型较紧凑，属标准偏高糖型二倍体单粒雄性不育杂交种，适应性广。

【产量表现】

双丰单粒 3 号经 1996～1998 年全国 3 年 9 点次区域试验，其结果根产量平均比统一对照和当地对照分别提高-2.08% 和 4.60%，含糖率分别提高 1.40 度和 0.58 度，产糖量分别提高 8.07% 和 8.49%。1999 年，经省内 3 点次生产试验，双丰单粒 3 号根产量平均比当地对照提高 30.99%，含糖提高 2.01 度，产糖量提高 51.02%。

【栽培技术要点】

该品种在水、肥充足的条件下具有较高的增产潜力，种植密度为 7.0～7.5 万株/公顷为宜。该品种适宜纸筒育苗移栽和机械化精量点播，要求整地平整细碎，土壤墒情良好。两年生制种要求父母本按 1∶3 比例分别育苗和隔行栽植，种子分收，严防混栽，种子需加工。

【适宜种植区域】

该品种适宜在内蒙古萨拉齐、呼和浩特，黑龙江省的拜泉、宁安、哈尔滨等地种植。

 ZD202

【审定（登记）编号】：国审糖 2002003

【审定（登记）年份】：2002 年

【审定（登记）单位】：全国甜菜品种审定委员会

【选（引）育单位（人）】：中国农业科学院甜菜研究所

【亲本来源及育成经过】

母系材料来自于德国 KWS 种质资源库。母系 KWS6462（单胚二倍体）由

MS65478（单胚二倍体）与异型保持系 OP1963（单胚二倍体）杂交获得。父系（PT01-3，多胚二倍体）来自中国农科院甜菜所 T01 系列姊妹系。母本和父本以3∶1比例配制（二倍体）杂交种。

【特征特性】

叶根比较小，叶绿色，叶丛斜立，较矮，叶片较小，叶柄短且细，苗期发育快，叶片功能期长；块根纺锤形，根头较小，根形整齐，根沟较浅，块根白净。糖度 15.22%。抗褐斑病，耐丛根病和根腐病。

【产量表现】

2000、2001 年参加国家甜菜品种三个大区区试，在全国 17 个试点中，连续两年超对照点 12 个，增产幅度 2.4%～186.6%，且大多数点增产 20%以上；含糖量较对照增产 20%以上点次为 11 个，较对照增产 15%以上的点次为 15 个。2001 年参加在吉林、黑龙江、内蒙古、新疆 7 个试点的生产试验，在 5 个点表现为增产1.6%～174.4%，产糖量有 5 点超对照，其中 3 点超对照 14%以上。

【栽培技术要点】

适时早播，保苗 75000～82500 株/公顷为宜；施肥应注意氮磷钾搭配，个别地区应注意微肥，尤其是硼肥的施用，应控制氮肥的过量施用，一般在封垄前不应追施氮肥；该品种为单胚种，适合机械化精量点播和纸筒育苗移栽；生长期应及时防治虫害、草害和病害。繁制种技术要点：不育系经多代以上同型保持系保持后，在配制杂交种前须与异型保持系杂交以增强活力；父系必须经多代自交改良纯化，必要时姊妹系间相交生产"复合"种以增强活力。种子生产田的轮作周期为 6～8 年，最小隔离距离 1000m。种子生产分直播和移栽两种。采种田必须在种株抽薹 20cm左右适时打主薹。加强对病、虫、草害的及时防治。

【适宜种植区域】

适宜在黑龙江东部、吉林洮南、内蒙古包头、新疆石河子甜菜产区种植。

 内糖 38

【审定（登记）编号】：蒙审甜 2002003

【审定（登记）年份】：2002 年

【审定（登记）单位】：内蒙古自治区农作物品种审定委员会

【选（引）育单位（人）】：内蒙古甜菜制糖工业研究所

【亲本来源及育成经过】

母本 CMS66181 是 1996 年从德国 KWS 公司引进的抗丛根病二倍体雄性不育系。父本 9-7005 是内蒙古甜菜制糖工业研究所在 1986-1995 年采用生物技术手段和常规育种技术相结合培育的高糖二倍体优良品系，是用波兰 Aj1 品系的未授粉胚珠培养获得单倍体植株，经人工染色体加倍成纯合二倍体，再经组织培养进行扩大繁殖。1989 年获得完整植株，光温诱导后自交结实。1990～995 年进行产质量鉴定试验。1996 年夏季培育亲本母根，1997 年母父本按 3：1 比例配制测交组合。

【特征特性】

内糖（ND）38 植株较高，叶丛略直立，叶色浓绿，生长繁茂期调查，该品种的根形为圆锥形，根头较小，根形整齐，根沟浅。内糖（ND）38 二年生单胚不育系采种株，属混合型花枝，种球着生部位低，单胚率 95％以上，不育率 100％，种球千粒重为 12～14g，单株产种量平均为 78.95g。二年生繁（制）种，父、母本要按 1：3 比例栽植，父本行与相邻母本行的行距要增加到 15～20cm，为花期过后割除父本提供方便，收种只收母本株上的种子，为真正杂交种。

【产量表现】

1998～2000 年内糖 38 的三年平均根产量为 48220kg/hm²，比对照增产 40.83％；平均含糖率 15.17％，比对照增加 0.30 度；产糖量 7360kg/hm²，比对照提高 43.53％。1998～2000 年，内糖（ND）38 进行异地多点鉴定试验，其中 1999 年内糖（ND）38 平均根产量 54950kg/hm²，比对照提高 13.74％；含糖率 16.42％，比对照增加 0.18 度；产糖量 8900kg/hm²，比对照提高 14.98％。1998～2001 年，进行抗（耐）丛根病性鉴定试验，4 年抗性鉴定试验结果表明，生长势明显好于对照，要表现在叶色、株高、长势等方面，根据病害调查情况看，内糖（ND）38 症状表现晚于对照，发病程度明显减轻；块根产量 4 年平均为 29190kg/hm²，对照为 4800kg/hm²，比对照提高 508.1％。生产试验结果表明，内糖（ND）38 根产量为 56191kg/hm²，比对照提高 127.5％；含糖率 15.83％，比对照高 1.68 度；产糖量 8891kg/hm²，比对照提高 154.7％。

【栽培技术要点】

内糖（ND）38，一年生甜菜苗期生长迅速，有利于保苗。对土壤和灌溉条件要求不太严格，可以适当密植，平作区适宜密度为 7.5～8.25 万株/公顷，在水肥条件好的地区要注意增加密度。增施磷肥，减少氮肥施用量，一般追肥不超过 225～300kg/hm²，收获前严格控制灌水。一定要实行 4 年以上轮作，要使用化学药剂防治褐斑病。

【适宜种植区域】

该品种适宜在内蒙古土默川地区，山西省的大同、雁北地区，河北省张北地区，甘肃省武威、酒泉地区，新疆伊犁等地推广种植。

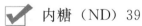 内糖（ND）39

【审定（登记）编号】：蒙审甜 2004004 号

【审定（登记）年份】：2004 年

【审定（登记）单位】：内蒙古自治区农作物品种审定委员会

【选（引）育单位（人）】：内蒙古甜菜制糖工业研究所 \ 德国 KWS 股份有限公司

【亲本来源及育成经过】

母本是由德国 KWS 公司提供的二倍体单粒雄性不育系 CMS66182，父本是内蒙古甜菜制糖工业研究所选育的二倍体多粒授粉系 9-7005。父本 9-7005 来源于波兰 Aj1 系统，采用未受粉胚珠培养技术获得单倍体植株，经人工加倍成纯合二倍体，经组织培养扩大繁殖，然后经过有性繁殖，结合田间鉴定、选择形成新的品系。

【特征特性】

叶丛斜立，叶柄粗壮，叶片中等大小，叶缘皱折。块根长圆锥形，根皮黄白色，根肉白色。块根青头小，根沟浅。耐丛根病抗、褐斑病。

【产量表现】

2001 年内糖 39 含糖率 14.13％，产量 40561.5kg/hm²。2002 年内糖 39，病情指数为 0.11，含糖率 16.23％，产量 54919.5kg/hm²，达到耐病型标准。2003 年生产试验，内糖 39，病情指数 0.13，含糖率 15.20％，产量 52327.5kg/hm²，达到了内蒙古自治区"DB15/T254-1997"地方标准。

【栽培技术要点】

对土壤肥力和灌溉条件要求不严，可适当密植，平作区适宜密度为 82500～9000 株/公顷。在水肥条件好的地区，适当增施磷肥，控制氮肥施用量，减少灌水次数，有条件的采用化学防治褐斑病。

【适宜种植区域】

适宜内蒙古自治区呼和浩特市、包头市、巴盟等 ≥10℃ 活动积温 2600℃ 以上地丛根病轻度发生地区种植。

 工大甜单 1 号

【审定（登记）编号】：黑审糖 2004003

【审定（登记）年份】：2004 年

【审定（登记）单位】：黑龙江省农作物品种审定委员会

【选（引）育单位（人）】：哈尔滨工业大学糖业研究院

【亲本来源及育成经过】

工大甜单 1 号的父本 CL6 来源于波兰 CLR 血统，在根型、产质量性状、抗病性等方面经过连续 4 代的分离选择，选育而成。工大甜单 1 号的母本 GDL01 是以单胚不育系 DY5CMS 与异型单胚保持系 DY46-0 进行单交获得的异型单胚不育系。

以 GDL01 不育系为母本，以 CL6 为父本，母本与父本按 4：1 比例栽植，授粉结束后淘汰父本，收获母本种子。

【特征特性】

工大甜单 1 号地上部性状整齐，苗期生长势强，但抗旱性能差。植株叶色较绿，叶片较肥大，叶柄粗壮，繁茂期叶片数 24～27 片。株高 50～60cm，叶丛斜立。块根圆锥形，根头较小，根沟浅，根皮光滑，根肉白色。采种株母本以混合型为主，不育性好，但结实密度略低，因此种子产量较低。父本授粉系花粉量较多。工大甜单 1 号种子结实密度中等，种子千粒重 13～15g，品种丰产性好，适应性较强，含糖稳定，品质优良，抗褐斑病性较强，耐苗期立枯病性突出。

【产量表现】

工大甜单 1 号于 2000、2001 年在哈工大糖业研究院及省内主要甜菜原料产区进行了预备试验，平均根产量较对照品种甜研 304 提高 17.6％，含糖率与对照品种基本持平，产糖量较对照提高 17.4％。2002～2003 年，工大甜单 1 号参加黑龙江省甜菜品种区域试验，从 8 个试验点 2 年平均结果看，平均根产量达到 32700kg/hm²，平均较对照提高产量 8.0％；含糖率达 17.67％，产糖量提高 6.9％。2003 年在黑龙江省哈尔滨、呼兰、红兴隆、依安进行的生产试验中，工大甜单 1 号与对照品种甜研 304 相比平均根产量提高 12.85％，含糖率低 0.025 度，产糖量提高 12.6％。

【栽培技术要点】

工大甜单 1 号适宜在中等以上肥力的地块上种植。适时早播，及时疏苗、定苗，行株距因地制宜，在黑龙江省甜菜原料产区保苗株数以 65000～75000 株/公顷为宜。适宜机械化播种或纸筒育苗移栽。进行纸筒育苗时，要注意立枯病的防治，建议使用磨光包衣种子。在一般肥力条件下施农家肥 30000～40000kg/hm²。种肥施磷酸二铵 120～150kg/hm²，制种时母本与父本应分别培育母根，按 4：1 比例栽植，种子分收，在抽薹现蕾期应及时浇水，可提高种子质量和种子产量。

【适宜种植区域】

黑龙江省哈尔滨、齐齐哈尔、绥化、佳木斯、黑河等地区。

 吉甜单粒 3 号

【审定（登记）编号】：吉审甜 2005004

【审定（登记）年份】：2005 年

【审定（登记）单位】：轻工总会甜菜品种审定委员会

【选（引）育单位（人）】：吉林省甜菜糖业研究所

【亲本来源及育成经过】

1996 年，以吉林省甜菜糖业研究所育成的二倍体单粒雄性不育系 7587-22A$_1$ 为母本，以吉林省甜菜糖业研究所多年培育的抗病多粒二倍体品系 SC-203 为父本，配制杂交组合，按母、父本比例 3：1，隔行栽植，自由授粉，杂交组合代号为吉 Dms96～8。1997～1998 年进行小区鉴定试验，1999～2001 年参加国家甜菜品种区域试验，2002 年进行生产试验。单粒不育系 7587-22A$_1$ 是 1986 年从国外引进的不育系，利用本所培育的单粒授粉株杂交转育而成。1987 年成对杂交转育，连续回交 3 代，不育率为 100％，单粒率为 97.8％，1990 年通过国家"七五"攻关育性鉴定。

【特征特性】

中甜-吉甜单粒 3 号幼苗出苗齐壮，中后期植株茂盛，叶片寿命长，植株叶丛斜立，叶柄稍长，叶片盾形，根体圆锥形，根皮黄白色，肉质细嫩。该品种在吉林省一般 4 月中下旬播种，10 月上旬收获，生育期 150d 左右，抗根腐病能力强，较抗褐斑病，抗逆性强，较耐寒、耐盐碱、抗旱等，产量和含糖均高，生产力稳定。

【产量表现】

1997～1998 年，中甜-吉甜单粒 3 号小区鉴定，平均根产量 63731.1kg/hm^2，比对照提高 9.9％；含糖率 13.7％，提高 0.91 度；产糖量 8685.4kg/hm^2，提高 16.8％。1999～2001 年，中甜-吉甜单粒 3 号在我国甜菜生产区东北、华北区进行区域试验，该品种平均根产量 49760.5kg/hm^2，与 CK$_1$ 比提高 22.3％、比 CK$_2$ 提高 2.8％；含糖率 14.57％，与 CK$_1$ 比低 0.17 度、与 CK$_2$ 比提高 1.14 度；产糖量 7331.6kg/hm^2，与 CK$_1$ 比提高 22.2％、比 CK$_2$ 提高 11.1％。2002 年在东北、华北两区设 4 个点进行生产试验，同时每个试验点设两个对照，CK$_1$ 为当地主要推广的多粒品种，吉林省为吉甜 301，山西省为晋甜 2 号，CK$_2$ 为 HYB-13。生产试验表明，该品种根产量 55678.8kg/hm^2，与 CK$_1$ 比提高 15.5％，与 CK$_2$ 比提高 1.9％；含糖率 15.88％，与 CK$_1$ 比低 0.05 度，与 CK$_2$ 比提高 1.35 度；产糖量为 8828.6kg/hm^2，与 CK$_1$ 比提高 15.3％，与 CK$_2$ 比提高 11.4％。

【栽培技术要点】

该品种为甜菜二倍体单胚雄性不育杂交种，在吉林省一般 4 月中下旬播种，10 月上旬收获，生育期 150d 左右，年积温 2800～3300℃。

【适宜种植区域】

该品种适于东北、华北、山西等甜菜产区种植。

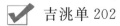 吉洮单 202

【审定（登记）编号】：吉审甜 2005002

【审定（登记）年份】：2005 年

【审定（登记）单位】：吉林省农作物品种审定委员会

【选（引）育单位（人）】：吉林省洮南甜菜育种研究所

【亲本来源及育成经过】

吉洮单202母本为不育系MS1022-108，1992年由美国引入。经鉴定在经济和抗逆性方面，该材料具有高抗褐斑病、耐丛根病、高糖、较丰产等特点；在育性遗传方面，具有aa核不育型特征。经过在不同环境条件下的多年、多点系统选育，稳定并提高了该材料的所有优良性状，通过严格的繁育程序，使aa核不育特征得到保留。吉洮单202父本TM97-03引自原轻工总会甜菜糖业研究所，为国家"九五"攻关互换材料。经配合力鉴定，将其作为MS1022-108的多粒授粉系，并于1998年按母：父本为3∶1方式配制杂交组合。

【特征特性】

吉洮单202营养生长的植株高度中等，叶丛繁茂斜立。叶面光滑，叶缘全缘；叶柄绿、短粗。根圆锥形，根皮淡黄色，根头小，根沟浅。原料甜菜苗期长势中等，中后期长势较强，根中糖分积累快，高抗褐斑病，较耐根腐病及丛根病。采种植株对春化条件要求不严格，可全部抽薹结实，杂交率90%以上。

【产量表现】

吉洮单202经过1999～2000两年所内选育试验，含糖率16.4度，比HYB-13提高1.2度，产糖量为5641.0kg/hm²，比HYB-13增加13.2%。吉洮单202于2001～2003年参加吉林省甜菜新品种区域试验，三点三年平均结果与对照品种HYB-13相比，根产量40104.4kg/hm²，比对照减少7.71%，含糖率15.9度，提高1.69度、产糖量7332.9kg/hm²，提高0.23%。吉洮单202于2002～2003年在吉林省甜菜产区的三个点进行了生产示范试验，三点两年平均结果与区域试验一致与对照品种HYB-13相比，含糖率16.6度，提高1.5度、产糖量8086.9kg/hm²，提高2.5%。

【栽培技术要点】

在吉林省甜菜产区及其类似条件下，采种植株最佳栽植期为4月5日～4月10日，父母本同期栽植，比例为1∶3或2∶6。原料甜菜最佳直播期为4月25日～5月1日，纸筒育苗最佳播种期为4月上旬，最佳移栽期为5月上旬。含糖率及产糖量最佳的栽植密度为6.3～7.2万株/公顷。最佳土壤为耕层疏松深厚的黑土，其他土壤则要求肥力高、保水、保肥能力强。

【适宜种植区域】

吉林省甜菜产区。

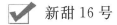 新甜16号

【审定（登记）编号】：新审甜2005年第16号

【审定（登记）年份】：2005 年

【审定（登记）单位】：新疆农作物品种审定委员会

【选（引）育单位（人）】：新疆石河子农科中心甜菜研究所

【亲本来源及育成经过】

母本 M9804A 是新疆石河子农科中心甜菜研究所自育的单粒二倍体雄性不育系。以 M4-4A 为母本，以引进国外二倍体单粒丰产、抗病优良自交系 9804 为父本杂交后，通过连续 4 次回交转育、集团繁殖选育而成，不育率和单粒率达 95％以上，并在参加配制杂交组合前选用丰产性突出的异质保持系授粉杂交，形成异质单粒雄性不育系 M9804A。父本 LD2097 是以自育的 L209 和国外引进的 D207 这两个二倍体授粉系进行自然杂交，F₂ 代进行母系选择，F₃ 代开始连续 4 代混合选择，又经过一年配合力测定选育而成，具有含糖高、抗白粉病、褐斑病性强、耐根腐病，配合力高，花粉量大的特点。1999 年以异质 M9804A 为母本，LD2097 为父本，按父母本 1∶3 配制杂交组合，种子成熟后从母本株上收获 F₁ 种子。

【特征特性】

该品种出苗快，易保苗，前、中期生长势旺，整齐度好，叶丛直立，株高 60cm，绿叶数 35～40 片，叶片犁铧形，块根为圆锥形，根皮白色，根冠小，根沟浅，根体光滑易切削。该品种二年生父母本种株属混合枝型，株型整齐，花期一致；母本雄性不育率和单粒达 95％以上，结实部位和结实密度适中，结实率高，种子千粒重为 11～14g。

【产量表现】

2000～2002 年新甜 16 号参加小区品比试验，以 KWS5075 为对照，3 年平均块根产量 76837.5kg/hm²，较对照增产 1.4％；含糖率平均为 16.15％，较对照提高 2.15 度；产糖量 12721.95kg/hm²，较对照增产 16.96％。2003～2004 年新甜 16 号参加自治区甜菜品种比较试验。两年 12 个点次平均块根产量 79927.6kg/hm²，较对照品种增产 4.1％；含糖率 15.06％，较对照提高 1.37 度；产糖量 11867.4kg/hm²，较对照增产 17.5％。新甜 16 号于 2004 年参加自治区甜菜生产试验，参试点共 5 个。块根产量在 69504～96195kg/hm²，有 3 个点超过对照，增产 1.0％～5.5％；含糖率在 13.81％～18.66％，5 个点都超过对照，提高 0.35～2.8 度；产糖量都超过对照，增产 4.2％～22.8％。

【栽培技术要点】

该品种适于甜菜机械精量点播。一年生原料生产适宜种植在地势平坦、土壤肥沃、质地疏松、耕层较深、排灌方便、4 年以上轮作的茬口地上；应在播种前用 3911 和甲基托布津（福美双、土菌消）等杀虫杀菌剂处理甜菜种子；施肥以农家肥和化肥配合使用为好，施农家肥 37500～45000kg/hm² 为底肥，再根据土壤质地加一定比例的尿素、二铵、硫酸钾。并带种肥 120～150kg/hm² 三料磷肥。该品种丰产性突出，前期生长快，要及时早追肥，不宜过晚。灌水的原则也应前促后控，达到增产增糖的目的。同时防治病虫害，保护功能叶片有较长的寿命，严禁掰甜菜叶子喂牲畜。原料生产保苗密度应为 78000～87000 株/公顷。

【适宜种植区域】

该品种适应性广，在新疆伊犁、焉耆、塔城及天山北坡等区域广泛种植。

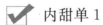 内甜单 1

【审定（登记）编号】：蒙审甜 2006001 号

【审定（登记）年份】：2006 年

【审定（登记）单位】：内蒙古自治区农作物品种审定委员会

【选（引）育单位（人）】：内蒙古自治区农牧业科学院甜菜研究所

【亲本来源及育成经过】

2001 年以单粒雄性不育系 N9849 为母本，抗丛根病自交系 N98122 为父本，杂交选育的单粒型二倍体雄性不育杂交种。

【特征特性】

叶丛直立，叶片舌形，叶色绿色，功能叶片寿命长。块根圆锥形，根皮白色，根肉白色，根沟浅。

【产量表现】

2004 年在内蒙古自治区中、东部普通组区域试验中，产量为 57571.35kg/hm²，比对照甜研 309 增产 58.08％；含糖率为 17.14 度，比对照增加 0.39 度；产糖量为 9819.15kg/hm²，比对照增加 62.55％。2005 年在内蒙古自治区中、东部普通组生产试验中，产量为 64800kg/hm²，对照甜研 309 增加 51.69％；含糖率为 16.44 度，比对照减少 0.33 度；产糖量为 10653.15kg/hm²，比对照增加 48.7％。

【栽培技术要点】

选地势平坦，中等肥力以上的土地即可。种植密度 75000～90000 株/公顷为宜。播种时施种肥磷酸二铵 150kg/hm²，定苗后追施尿素 112.5kg/hm²。

【适宜种植区域】

内蒙古巴彦淖尔市、呼和浩特市、兴安盟、赤峰市地区种植。

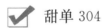 甜单 304

【审定（登记）编号】：黑审糖 2006001

【审定（登记）年份】：2006 年 2 月

【审定（登记）单位】：黑龙江省农作物品种审定委员会

【选（引）育单位（人）】：黑龙江大学农学院

【亲本来源及育成经过】

甜单304为甜菜二倍体雄性不育单胚杂交组合，是由单胚雄性不育系TB7-CMS为母本，以二倍体多胚品系甜217-8为父本，按4:1比例杂交而成，制种时只收获母本雄性不育系的单胚种子，生产上利用其杂交一代。

【特征特性】

甜单304杂种优势强，丰产性好，含糖率较高，较抗褐斑病和根腐病。该品种根形为楔形，根皮白色，根沟较浅，叶丛直立，叶柄细长，叶形呈舌状，叶色绿，叶片中等。采种株种子结实部位低，种子生产量较高。单胚种子形状扁平，干种球千粒重为14～16g。

【产量表现】

2001年、2002年分别进行病地和非病地小区鉴定试验，两点平均根产量37661.5kg/hm²，比对照品种甜研309提高18.6%，含糖率17.15%，高于对照1.05度，产糖量6509.7kg/hm²，高于对照26.5%。在2003～2004年的全省2年区域试验中，甜单304平均根产量42674.7kg/hm²，产糖量7487.9kg/hm²，分别比对照品种甜单2号提高12.5%和13.8%，含糖率17.48%，高于对照0.20度。2005年全省5点生产示范试验中，平均根产量34378.8kg/hm²，含糖率16.51%，产糖量5765.8kg/hm²，分别比对照品种甜单2号提高11.7%、1.52度、23.3%。2003～2004年在华北及西北甜菜主产区分别做了异地鉴定试验，结果表明，丰产性状和高糖性状均比较稳定，平均根产量达到57756.7kg/hm²，产糖量10493.9kg/hm²，与多倍体多胚品种甜研309相比较分别提高6.6%、6.1%，平均含糖率18.2%，略低于对照0.1度，同时表现较抗丛根病、白粉病和黄化毒病。

【栽培技术要点】

甜单304适宜在黑钙土及苏打草甸土地区种植。在生产中应制定合理的轮作制度，确保轮作年限，避免重茬和迎茬；秋季深翻、深松，并结合整地增施有机肥、二铵等，使土壤疏松、土质肥沃；东北甜菜生产区的适宜播期为4月上旬到5月上旬。各地应因地制宜，适期早播，确保苗全、苗齐、苗壮；合理密植：东北甜菜生产区，种植密度以66000～69000株/公顷为宜。及时进行田间管理及病虫害防治。

【适宜种植区域】

黑龙江省牡丹江、齐齐哈尔、佳木斯、哈尔滨等甜菜产区种植，同时，也适宜于内蒙古和新疆甜菜产区。

 ZM201

【审定（登记）编号】：国品鉴甜菜2007001

【审定（登记）年份】：2007 年 1 月

【审定（登记）单位】：全国甜菜品种鉴定委员会

【选（引）育单位（人）】：中国农业科学院甜菜研究所、美国 Betaseed 公司

【亲本来源及育成经过】

母系材料（雄性不育系）来源于美国 BetaSeed 公司种质资源库。选择单胚二倍体雄性不育材料 MS67783 的优良单株，用优良单胚二倍体同型保持系成对杂交，经过多代回交纯化和群体经济性状、抗病性状的轮回选择，获得了不育率高（100％）、经济性状优良、抗病性好的优良雄性不育系 MS67783。在配制杂交组合前，用单胚二倍体异型保持系 OP9637M 同 MS66783 杂交，育成 Beta96186M 单胚二倍体雄性不育系。父系材料以多胚二倍体品系 T37 为基础材料，对材料的产质量和抗病性进行多轮群体选择，对获得的优良品系进行连续 3 代的混合选择后，再进行连续 3 代的单株检糖选择，获得多个含糖性状优良的株系。选择性状优良或性状互补的株系，进行姊妹系间杂交，培育出 PT37136。2001 年以单胚二倍体雄性不育系 Beta96186M 为母本，以二倍体有粉系 PT37136 为父本，母父本按 3∶1 比例配制杂交组合，花期结束时，拔除父本株，收获杂交种。

【特征特性】

ZM201 系丰产性好，含糖率较高，抗丛根病和褐斑病，耐根腐病，适应性广，块根品质好的二倍体单胚雄不育杂交种。根、叶生物产量比值较高，苗期发育快，生长势强，叶片功能期长。根形为纺锤形，根皮白净，根头较小，根沟较浅，根形整齐；叶丛斜立，叶片绿色，犁铧形，株高、叶片大小、叶柄粗细适中；繁茂期叶片数为 32～36 片。种球千粒重 13～16g。

【产量表现】

在 2005～2006 年的国家甜菜品种区域试验中，全国两年 42 个试验点次平均根产量 60770.0kg/hm²，比对照品种提高 16.6％；平均含糖率 17.5％，比对照品种提高 0.1 度；平均产糖量 10631.4kg/hm²，比对照品种提高 18.0％。在 2006 年的国家甜菜品种生产试验中，14 个试验点平均根产量 55039.7kg/hm²，比对照品种提高 14.5％；平均含糖率 18.6％，对照品种提高 0.4 度；均产糖量 10163.1kg/hm²，比对照品种提高 17.6％。

【栽培技术要点】

播期应根据各地降雨量、气温变化情况、土壤温度及土壤墒情来确定，应适时早播，争取一次播种保全苗。ZM201 的种植密度以 75000～82500 株/公顷为宜。在合理密植的情况下，才能更好地发挥其产质量潜力。ZM201 适宜在中性或偏碱性土壤上种植。地势以平川或平岗地为宜。在生产中应制定合理的轮作制度，确保轮作年限，避免重、迎茬。对下年种植甜菜的地块，应于本年秋季进行深翻、深

松，并结合整地，深施有机肥、二铵等，确保土壤疏松、土质肥沃。施肥应 N、P、K 合理搭配，基肥、种肥、追肥合理搭配。基肥一般结合秋整地施入，用量为有机肥 4000kg/hm²，磷酸二铵 225kg/hm²；种肥为磷酸二铵，用量为 150kg/hm²；根据土壤肥力状况，定苗后可追施尿素 150kg/hm²，常规情况下 6 月中旬后不再追施氮肥。有些地区还应注意微肥，特别是硼肥的施用。一般在 1 对真叶期疏苗，2 对真叶期间苗，3 对真叶期定苗，疏、定苗后应及时进行中耕锄草。生长期应及时控制、防治虫害、草害和病害。根据各地的气温变化情况适时晚收，以提高块根含糖率。

【适宜种植区域】

ZM201 适宜在新疆塔城、石河子、奇台，甘肃酒泉、黄羊镇，河北张北，内蒙古呼和浩特，吉林洮南，黑龙江宁安、拜泉、呼兰、嫩江地区种植。

2. 单粒多倍体品种

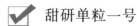 **甜研单粒一号**

【审定（登记）编号】：黑审糖 1993002

【审定（登记）年份】：1993 年

【审定（登记）单位】：黑龙江省农作物品种审定委员会

【选（引）育单位（人）】：中国农业科学院甜菜研究所

【亲本来源及育成经过】

以 TD401 四倍体单胚种为母本，以 T209 二倍体多胚种为父本杂交育成的标准偏丰产型单胚品种。

【特征特性】

苗期生长势强，前期生长迅速。根形整齐，呈圆锥形，块根增长速度快，根沟浅，根头水少，根型紧凑，子叶面积较大，下胚轴粗壮，叶片多皱，深绿色，铲形，叶丛斜立，二年生种株抽薹率高，结实部位适中，结实密度大，花期整齐，果实近圆形，果盖脱落较低，千粒重 23g 左右。较抗褐斑病，较耐根腐病。

【产量表现】

经 1987～1989 年区试鉴定及 1990～1992 年在黑龙江省依安、宝泉岭、肇东、宁安、讷河、明水、红兴隆、赵光等地进行生产示范，试验结果根产量比对照提高 11.73%、含糖率提高 0.08 度，产糖量提高 12.27%。

【栽培技术要点】

密度 72000～78000 株/公顷。亩施二铵 50kg。适时灌水，生育后期少灌或不灌水。严禁掰甜菜叶子，保护功能叶片。注意防治褐斑病。

【适宜种植区域】

黑龙江省宝泉岭、嫩江、红兴隆，新疆石河子、内蒙古临河等地区种植。

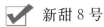 新甜 8 号

【审定（登记）编号】：新农审字第 9416 号

【审定（登记）年份】：1994 年 11 月

【审定（登记）单位】：新疆维吾尔自治区农作物品种审定委员会

【选（引）育单位（人）】：中国农业科学院甜菜研究所 \ 新疆农科院经作所

【亲本来源及育成经过】

新甜（单）8 号以二倍体遗传单粒雄性不育系 TDM102 为母本，以多粒四倍体 T412 和多粒二倍体高代自交系 T217 为父本（4∶1 机混），按 3∶1（母，父）比例自然杂交配制组合，种子分收，获得单粒母本的 F_1 代生产种，进行比较试验和用于生产。

【特征特性】

新甜 8 号表现丰产、优质、适应性广、耐盐碱、耐水肥，是抗褐斑病、根腐病、耐丛根病的优良遗传单粒种，属丰产偏中糖类型。该品种具有根冠小、根沟浅、根体光滑的特点，收获时省时省力，易于切削，杂质少。

【产量表现】

新甜 8 号 1999～2002 年分别在阿克苏、塔城、奇台、呼图壁、伊犁等地种植推广，一般产量 60000kg/hm² 以上，含糖 15.5％～16.67％。1999 年呼图壁生产示范，块根产量达 63000kg/hm²，含糖 16.2％。2001 年在奇台 110 团大条田连片地种植，平均公顷产量 43000kg，含糖 15.8％。2001 年拜城县大宛其农场连片种植，平均产量 47000kg/hm²，含糖 16.67％。

【栽培要点】

前茬以小麦、玉米、豆类、油料、棉花等作物为宜，严禁重茬、迎茬，坚持四年以上轮作；适时早播，播种时要进行药剂拌种。播种深度 2～3cm 左右；施肥播种前施磷酸二铵 225kg/hm²，尿素 150kg/hm²，最好能配农家肥 4m³ 一同施入。封垄前（灌第一水前）追施尿素 300kg/hm²，磷酸二铵 150～225kg/hm²；密度保苗 72000～78000 株/公顷，行距 50～55cm，株距 22～26cm；及时间、定苗，且要求苗期中耕、除草，松土次数不少于 2 次。适当控制灌水次数，但生育中期（6 月下旬～8 月底）不能缺水，收获前 15～20d 停水；苗期进行药剂拌种，防治地下害虫及立枯病，注意防治生长中后期病虫危害。

【适宜种植区域】

该杂交种适宜塔城、伊犁、奇台、焉耆等地种植。

✅ 甜单二号

【审定（登记）编号】：HS-97-19

【审定（登记）年份】：1997 年

【审定（登记）单位】：黑龙江省农作物品种审定委员会

【选（引）育单位（人）】：中国农业科学院甜菜研究所 \ 黑龙江省农垦总局种子公司 \ 黑龙江省甜菜种子公司

【亲本来源及育成经过】

1987 年选择优良二倍体单粒雄性不育系 TDm106 为杂交母本，以丰产、抗病的四倍体多粒品系 T410 为杂交父本，母父本以 3：1 比例自然杂交配制杂交组合。授粉后除掉父本，收获母本种子，即单粒型三倍体杂交一代。

【特征特性】

甜单二号单粒性好，苗期生长势强，子叶面积较大，下胚轴粗壮，前期生长迅速，植株生育繁茂，块根为圆锥形，根型整齐，根头小，根沟浅平，具有较高的丰产性、抗褐斑病性、耐根腐病性，生长期 170d 左右，属于偏丰产型品种。二年生种株抽薹结实率高，父母本花期一致，母本不育率 95％以上，单粒率≥90％，花期整齐，株型紧凑，结实部位适中，结实密度大，果实近似于圆形，千粒重为 15g 左右，种子产量高。

【产量表现】

1992～1994 年，甜单二号在 3 年的黑龙江省甜菜品种区域试验中，8 个点 3 年的平均根产量为 34697kg/hm²，比对照种甜研 301 增产 7.2％，7 个点、年差异达极显著水平；糖率为 14.91 度，比对照种低 0.24 度；产糖量为 5232kg/hm²，比对照种提高 5.5％。抗褐斑病性不低于对照。1995～1996 年，甜单二号以良好增产效果和广泛的适应性进入省生产示范鉴定程序。在四个点两年的试验中，根产量平均为 34980kg/hm²，比对照种甜研 301 增产 10.3％；含糖率为 17.57 度，比对照种增加 0.10 度，3 点、年差异达到显著水平；产糖量为 6101kg/hm²，比对照种提高 12.4％，6 点差异达到显著水平。

【栽培技术要点】

该品种适于机械化精量点播和纸筒育苗栽培，可节省用种 1/10～1/2 左右，适于密植，种植密度为 72000～78000 株/公顷，要求土壤疏松，灌排水便利，土质肥沃，地势较高，根腐病较轻的地区以及轻盐碱土种植。在水肥条件较好的地区，更能发挥其增产潜力。亩施农家肥 4000～6000kg，二铵 50kg，在底肥及种肥中以磷肥为主，土壤中缺钾或微量元素时，应在底肥或种肥中适当补施肥料。

【适宜种植区域】

该品种适宜在黑龙江省的红兴隆、肇源、拉哈、绥化等地种植。

☑ 双丰单粒 2 号

【审定（登记）编号】：HS-98-47

【审定（登记）年份】：1997 年

【审定（登记）单位】：黑龙江省农作物品种审定委员会

【选（引）育单位（人）】：哈尔滨工业大学糖业研究院

【亲本来源及育成经过】

双丰单粒 2 号的母本 82002A，是哈尔滨工业大学糖业研究院在"六五"国家科技攻关育成并通过国家鉴定达标的单粒雄性不育系，不育率达 98％，单粒率 99％以上；父本 415 来源于丰产、高糖的双丰 3 号自交系，是用秋水仙碱诱变，经 4 代提纯，异地鉴定，选择出抗褐斑病性强的优良单株，再经糖分、品质选择，培育出含糖高糖汁纯度高、有害非糖物质含量少的多个优良品系形成。双丰单粒 2 号 1986 年配制杂交组合，种子分收，母、父本比例按 3：1 育成的单粒雄性不育二倍体杂交种。

【特征特性】

双丰单粒 2 号品种植株高度、子叶大小中等，下胚轴颜色为混合型。叶丛斜立、繁茂，叶片略小，叶数较多，叶色深绿，叶柄稍短，叶寿命中等。块根形成及增长速度快，根体圆锥形，根头小，根沟浅。有害氮、钾含量低。与国外单粒品种比较，抗耐褐斑病性强。双丰单粒 2 号不育率达 98％，单粒率达 99％以上。

【产量表现】

该品种 1987～1990 年参加品种比较试验。3 年平均根产量达到 35534.5kg/hm²，比甜研 302 增产 12.8％；含糖 16.02％，比甜研 302 提高 0.41 度；产糖量 5675kg/hm²，比甜研 302 提高 16.4％。双丰单粒 2 号于 1992～1994 年参加黑龙江省甜菜品种区域试验，3 年 7 个点次的平均结果是：与作为黑龙江省主栽品种的对照甜研 301 比较，根产量提高 1.84％，含糖率低 0.40 度，产糖量低 0.28％。双丰单粒 2 号于 1995～1997 年参加黑龙江省甜菜品种生产试验，3 年 7 个点次平均，根产量比甜研 301 增产 10.8％，含糖率低 0.08 度，产糖量提高 10.5％。

【栽培技术要点】

原种繁育时，母、父本各系分别隔离采种，种子分收，分别保管。母本要远离多粒种采种，以保持高纯度的不育率和单粒率。生产用种繁育时，母、父本按 3：1 比例配制，种子分收，最好是授完粉后，割掉父本。该品种适宜纸筒育苗移植栽培、机械化栽培和地膜覆盖栽培。土壤以黑钙土和栗钙土为宜，并要求土地平整细碎，耕层疏松深厚，水肥充足，排水良好。在我国东北部地区最佳直播期为 4 月

25 日至 5 月 1 日，播种深度以 2.5～3.0cm 为宜，最佳移栽期为 5 月上旬。产糖量最佳密度为 6.0～6.5 万株/公顷。基肥施堆厩肥 3000kg/hm²，种肥施纯氮 120kg/hm²、纯磷 120kg/hm²、纯钾 90kg/hm²。

【适宜种植区域】

该品种适宜在黑龙江甜菜产区种植。

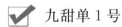 九甜单 1 号

【审定（登记）编号】：黑审糖 1997001

【审定（登记）年份】：1997 年 2 月

【审定（登记）单位】：黑龙江省农作物品种审定委员会

【选（引）育单位（人）】：黑龙江省农垦科学院九三科研所

【亲本来源及育成经过】

九甜单 1 号雄性不育系 MSA-1 的不育基因来自于德国 KWS 公司的 XT6011，选用遗传单粒雄性可育材料 N83719 为定向轮回亲本。1983～1987 年连续回交 4 代，通过对后代育性、粒性定向选择，1988 年繁殖成系，同时选育出相对应的保持系。雄性不育系的单粒率达到 90％以上，完全不育率 98％以上，各种经济性状较好，是理想的杂交种母本材料。九甜单 1 号父本 GW65-3 是从引入品种 GW65 多粒型四倍体材料中，经过小区试验，对产量、含糖率、品种纯度等进行系统选择而来。1986 年以九三 MSA-1 为母本、GW65-3 为父本，3：1 比例种植，自然杂交采种，散粉后割除父本，收获母本制得九甜单 1 号单粒杂交种。

【特征特性】

九甜单 1 号三倍体遗传单粒杂交种。叶片呈犁铧形，皱褶肥厚，浓绿色；根圆锥形，根皮白色，根沟浅。出苗整齐，苗期生长势强，生长速度快，繁茂期长，叶丛斜立。抗病性强，抗褐斑病、根腐病，耐立枯病。综合经济性状好。单粒率95％以上，千粒重 10g 以上，发芽率 75％以上。

【产量表现】

1987～1989 年异地鉴定试验，3 年 3 点次平均块根产量 43570kg/hm²，含糖率 16.5％，产糖量 7190kg/hm²，比对照双丰 305 块根增产 18.3％，含糖率低 0.6 个百分点，产糖量增加 13.4％。1992～1994 年黑龙江省区域试验，每年 7 点，平均块根产量 33480kg/hm²，含糖率 15.0％，产糖量 5020kg/hm²，比对照甜研 301 块根增产 2.4％，含糖率低 0.3 个百分点，产糖量增加 0.1％。1995～1996 年黑龙江省生产试验，每年 4 点，平均块根产量 35080kg/hm²，含糖率 17.5％，产糖量 6140kg/hm²，比对照甜研 301 块根增产 16.5％，含糖率高 0.6 个百分点，产糖量增加 21.4％。1994～1996 年在黑龙江省农垦总局九三分局、宝泉岭分局、克山农

场、讷河、龙江、嫩江等地进行大面积生产示范，平均块根产量 29160kg/hm²，含糖率 17.07％；纸筒育苗移栽面积 6491hm²，平均块根产量 47350kg/hm²，含糖率 17.3％，比甜研 302 增产 16.8％，含糖率提高 0.3 个百分点。

【栽培技术要点】

九甜单 1 号甜菜适用于大面积精量点播和纸筒育苗。要求土壤肥力中等以上，要整平耙细，秋施肥、起垄，播前镇压。选用精量点播机（以气吸式为好）播种，播深 3～4cm，垄距 60cm，播深一致，保苗数 6.0～6.5 万株/公顷。施肥可根据当地肥料试验结果，因地制宜掌握施肥量与施肥比例，甜菜需肥量大，可在甜菜 6 叶期结合中耕进行追肥。封垄前中耕起大垄，有利于后期防涝、抗病、创高产。

【适宜种植区域】

九甜单 1 号甜菜适宜在黑龙江省农垦总局九三、宝泉岭、红兴隆、北安分局及黑龙江省肇源、绥化等地种植。

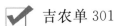 吉农单 301

【审定（登记）编号】：吉审甜 1998004

【审定（登记）年份】：1998 年

【审定（登记）单位】：吉林省农作物品种审定委员会

【选（引）育单位（人）】：吉林农业大学农学院

【亲本来源及育成经过】

单粒型雄性不育系是 1986 年从国外引进单粒型雄性不育材料，经单株选择，1990 年选育出农艺性状较好的"吉农 9013CMS"，是二倍体。多粒型恢复系是应用化学诱变技术，将二倍体材料"404"经秋水仙碱加倍后，通过多次选择育成"吉农 4404"，是四倍体。

【特征特性】

该品种全生育期约 175d，属于中晚熟品种。种子千粒重约 10.3g。叶丛繁茂斜出型，叶片深绿色，叶型盾形，叶面光滑，叶缘为全缘形，叶柄长、宽中等。根型呈圆锥形，根头小，根沟浅，根皮黄白色、光滑，根肉白色。

【产量表现】

1993～1994 年在吉林农业大学试验站进行品比试验，"吉农单 301" 2 年平均产量 43989kg/hm²，比对照"吉甜单 1"根产量高 60.8％；含糖量 16.24 度，比对照高 0.43 度；产糖量 7251kg/hm²，比对照高 65.9％。比对照"HyB-13"根产量高 32.6％，含糖高 1.46 度，产糖量高 46.1％，差异显著。从 1995 年开始，由吉林省甜菜种子公司统一组织进行区域试验，试验结果根产量平均 43161kg/hm²，比对照品种国外三倍体单粒种"HyB-13"高 2.4％；含糖率平均 16.37 度，比对照高 0.78 度；产糖量平均 6917kg/hm²，比对照提高 7.12%。1995～1996 年开展生产试验。生产试验结果："吉农单 301"根产量平均 41960kg/hm²，比对照品种"HyB-13"高 8.0%；含糖率平均 16.25 度，比对照高 0.76 度；产糖量平均 6809kg/hm²，比对照高 13.3%。

【栽培技术要点】

"吉农单 301"尤其适用于纸筒育苗移栽和机械化栽培。土壤以淋溶黑钙土、淤积土、栗钙土较宜，要求土层疏松，精细播种。种植密度为行、株距（65～60）cm×（25～20)cm，每公顷保苗约 6.5 万株。播前结合整地施农家肥 30000kg/hm²，种肥以磷肥为主，施磷酸二铵 300kg/hm²，苗期追施硝铵 150～250kg/hm²，钾肥 45kg/hm²，生育后期忌施氮肥。

【适宜种植区域】

"吉农单 301"适于吉林省内甜菜产区及内蒙古、黑龙江等地部分甜菜产区种植。

✓ 吉洮单 301

【审定（登记）编号】：吉审甜 1999003

【审定（登记）年份】：1999 年

【审定（登记）单位】：吉林省农作物品种审定委员会

【选（引）育单位（人）】：吉林省洮南甜菜育种研究所

【亲本来源及育成经过】

吉洮单 301 的母本原始材料来源于美国的单粒雄性不育系 MS1022-128，经集团选择 1990 年成系。吉洮单 301 的父本（TM4-89-1）是从四倍体品系 334-1 中选出。1992 年以经多点鉴定筛选出的优良单粒不育系 TDMS91-28 做母本，并以一般配合力最好的四倍体多粒授粉系 TM4-89-1 做父本，配制杂交组合吉洮单 301。

【特征特性】

植株高度中等，叶丛繁茂斜立。叶片舌形，叶色浓绿，叶面光滑，叶缘全缘；叶柄绿、短粗，与地面夹角较小。根体圆锥形，根皮淡黄色，根头极小，根沟浅。苗期生长势较弱，中后期生长势较强，块根糖分积累快，高抗褐斑病，较耐根病。

【产量表现】

吉洮单 301 于 1993～1994 年进行选育鉴定，平均根产量为 35315.0kg/hm²，比对照增产 25.95%，含糖 13.90%，比对照提高 1.8 度，产糖量 5212.5kg/hm²，比对照提高 35.44%。吉洮单 301 于 1995～1997 年参加吉林省甜菜新品种区域试验，3 年 13 个点次的平均结果与当时吉林省单粒主栽品种 HYB-13 比，根产降低 2.71%，但已达到 36316.0kg/hm²；含糖率为 16.5%，比 HYB-13 提高 1.7 度；

产糖量为 5981.8kg/hm²，比 HYB-13 提高 8.34％。吉洮单 301 在参加吉林省区域试验的同时，于 1996～1997 年在吉林省西部地区 6 个点次进行了生产试验，其结果是，与吉甜单一比，根产量、含糖、产糖量分别提高 16.61％，1.3 度、26.10％；与 HYB-13 比，则分别提高－2.03％，1.7 度、9.01％。吉洮单 301 于 1997 年参加国内外单粒种跨省多点小区试验。对照种为甜研 303 多倍体杂交种及德国进口的丰产型生产种 KWS5173。结果表明，在吉林西部、黑龙江中西部、内蒙古等区 4 点平均，洮单 301 根产量比甜研 303 提高 15.5％，产糖量提高 15.4％，含糖率仅降低 0.11 度；与 KWS5173 比，吉洮单 301 虽然根产量降低 10.20％，但含糖率提高 3.05 度，产糖量提高 11.9％。特别是吉洮单 301 在包头点，表现出了根产 60127.5kg/hm²，含糖 19.50 度，产糖量 11715kg/hm²。

【栽培技术要点】

在吉林省西部及其类似自然条件下，原料甜菜最佳直播期为 4 月 25 日至 5 月 1 日，纸筒育苗最佳播期为 4 月上旬，最佳移栽期为 5 月上旬。产糖量最佳密度为 6.0～7.0 万株/公顷。土壤以黑钙土和栗钙土为宜，并要求耕层疏松深厚。

【适宜种植区域】

吉林省甜菜产区。

 吉丹单 301

【审定（登记）编号】：吉审甜 1999002

【审定（登记）年份】：1999 年

【审定（登记）单位】：吉林省农作物品种审定委员会

【选（引）育单位（人）】：吉林省洮南甜菜育种研究所＼吉林省甜菜种子公司

【亲本来源及育成经过】

吉丹单 301（原组合代号 TD9106）母本为丹麦 Danisco 公司提供的单粒雄性不育系 ms1002-34（88ms₁）。吉丹单 301 的父本 TM4-89-1，从四倍体品系 334-1 中选出。

【特征特性】

吉丹单 301 植株高度中等，叶丛繁茂，叶面光滑，叶缘全缘，叶柄淡绿、较粗、长度中等；根呈圆锥形，根皮淡黄色，根头小，根沟浅。采种母本植株多为单枝型。植株苗期及繁茂期生长势强，后期生长势中等；根形成快，根重最大形成期早。

【产量表现】

吉丹单 301 经过 1993、1994 两年选育鉴定，平均根产量为 36625.5kg/hm²，比吉甜单 1 增产 23.67％；含糖率 13.73 度，比吉甜单 1 提高 1.62 度；产糖量为

5095.5kg/hm²，比吉甜单 1 增加 37.48％。吉丹单 301 于 1995～1997 年参加吉林省甜菜新品种区域试验，3 年 12 个点次的平均试验结果是：平均根产量为 36382.2kg/hm²，含糖率 15.98 度，产糖量 5817.15kg/hm²，与吉林省单粒种 HYB-13 比，根产量降低 0.44％、含糖率提高 1.24 度，产糖量提高 8.22％。吉丹单 301 于 1996～1997 年在吉林省中西部地区 6 个点次进行了生产试验，其结果与 HYB-13 比较，根产量、含糖率、产糖量分别提高 0.2％，1.22 度、8.42％。与吉甜单 1 相比，分别提高 19.01％，0.54 度和 22.95％。

【栽培技术要点】

在吉林省西部及其类似自然条件下，采种植株以 4 月 1 日至 4 月 5 日为宜，父母本同期栽植，比例为 1∶3 或 2∶6，开花授粉后割除父本。原料甜菜最佳直播期为 4 月 25 日至 5 月 1 日，纸筒育苗最佳播期为 4 月上旬，最佳移栽期为 5 月上旬。产糖量最佳密度为 6.0～7.0 万株/公顷。土壤以黑钙土和栗钙土为宜，并要求耕层疏松深厚。在生育中后期应注意防治褐斑病。

【适宜种植区域】

吉林省甜菜产区。

 中甜-吉洮单 302

【审定（登记）编号】：吉审甜 2001001

【审定（登记）年份】：2001 年

【审定（登记）单位】：吉林省农作物品种审定委员会

【选（引）育单位（人）】：吉林省洮南甜菜育种研究所

【亲本来源及育成经过】

中甜-吉洮单 302 母本 TDMS91-24 吉林省洮南甜菜育种研究所选育。原始材料来源于美国的单粒雄性不育系 MS1022-124，经集团选育后，1990 年达到成系标准。在配制组合进行杂种鉴定的同时，以褐斑病和根腐病均中等以上发生的试验田为母根育成和小区鉴定基地，对 TDMS91-24 连续进行了 4 次混合选择和两轮轮回选择，使其经济性状和抗病性状得到了巩固和提高。中甜-吉洮单 302 父本 TM4-89-1 从四倍体品系 334-1 中选出。

【特征特性】

植株高度中等，叶丛繁茂斜立。叶片舌形，叶色浓绿，叶面光滑，叶缘全缘；叶柄绿、短粗，与地面夹角较小；根体圆锥形，根皮淡黄色，根头极小，根沟浅；苗期生长势较弱，中后期生长势较强，高抗褐斑病，较耐根病。

【产量表现】

吉洮单 302 经过 1993～1995 三年所内选育试验，平均根产量为 40561.0kg/

hm²，比吉甜单一增加 21.67％；含糖率 16.04 度，比吉甜单一提高 2.04 度；产糖量为 6585.9kg/hm²，比吉甜单一增加 34.01％。中甜-吉洮单 302 于 1996～1998 年参加轻工系统第五届全国甜菜新品种区域试验，3 年 28 次的平均根产量 35804.5kg/hm²，含糖 16.03 度，产糖量 5720.1kg/hm²，与统一对照种 HYB-13 比，甜菜根产量降低 1.85％、含糖率提高 1.69 度、产糖量提高 9.54％。与当地对照品种比较，根产量提高 5.43％、含糖提高 0.84 度、产糖量提高 11.13％。中甜-吉洮单 302 于 1999 年在吉林省中西部地区及黑龙江、内蒙古等 4 个点进行了生产试验，试验平均结果是：根产量 42522.2kg/hm²，含糖率 14.41％，产糖量 6234.4kg/hm²，与 HYB-13 比，根产量、含糖率、产糖量分别提高 12.54％、1.99 度，28.82％，与区试结果趋势一致。

【栽培技术要点】

在吉林省西部及其类似气候条件下，最佳直播期为 4 月 25 日至 5 月 1 日，纸筒育苗最佳播期为 4 月上旬，最佳移栽期为 5 月上旬。产糖量最佳密度为 6.3～7.2 万株/公顷。适于短期轮作，土壤以黑钙土和栗钙土为宜，并要求耕层疏松深厚。在每公顷施有机肥 30000kg 的情况下，加施化肥纯氮 75kg、P_2O_5 150kg、K_2O 52.5kg，根产量可达 50000kg/hm² 以上，含糖 17 度以上。

【适宜种植区域】

吉林省甜菜产区。

甜单 301

【审定（登记）编号】：黑审糖 2002001

【审定（登记）年份】：2002 年 3 月

【审定（登记）单位】：黑龙江省农作物品种审定委员会

【选（引）育单位（人）】：中国农业科学院甜菜研究所

【亲本来源及育成经过】

1986 年选择丰产的甜菜遗传单粒型二倍体雄性不育系 TDm232 为母本，丰产、抗病的甜菜多粒型四倍体品系 T401 为父本，亲本配置比例为母本：父本＝3：1。授粉后割除父本株，收获母本株种子。

【特征特性】

甜单 301 杂交率高，一年生群体形态整齐。该组合苗期生长迅速，下胚轴粗壮；叶丛斜立，犁铧形叶片，叶色深绿，繁茂期 40 余片叶片，株高 50～60；肥大直根为圆锥形，根头小，须根少，易切削，带土少。对甜菜褐斑病、根腐病具有较高的抗性。千粒重（粗种子）15g 左右，种子单粒率 90％以上；种子产量可达 3000kg/hm²。

【产量表现】

1997～1998 年，TD9608 组合在 2 年 4 点的异地预备试验鉴定中，表现出丰产性突出的优点。两年平均原料根产量为 38379.1kg/hm²、含糖率 16.52 度、理论产糖量为 6171.9kg/hm²，分别比对照种高 31.52%、低 0.25 度、高 23.51%。1999～2000 年，在两年的黑龙江省甜菜品种区域试验鉴定中，平均原料根产量为 39791.9kg/hm²，比多粒对照种甜研 303 高 17.05%，其中 3 个点次差异达到极显著水平，含糖率 16.45 度，比对照低 0.77 度；理论产糖量为 6545.8kg/hm²，比对照高 10.9%。2001 年，甜单 301 进入黑龙江省甜菜品种生产示范试验，结果平均根产量为 40868.2kg/hm²，比多粒对照种甜研 303 高 13.74%，含糖率 17.16 度，比对照高 0.35 度，理论产糖量为 7013.0kg/hm²，比对照高 16.24%。

【栽培技术要点】

该品种一年生原料生产适于种（栽）植在地势平坦、耕层较深、排灌方便的地块上；施肥以农家肥和化肥配合使用为好，公顷施农家肥 30000～45000kg 为底肥，底肥与种肥以磷肥为主，定苗后酌施氮肥，化肥施用总量因地制宜；糖分积累期忌灌溉；及时防虫防病，保护功能叶片，全生育期严禁擗掰甜菜叶片。甜单 301 一年生原料生产适于密植，保苗密度（收获株数）应为 72000～78000/hm²。

【适宜种植区域】

适宜在黑龙江省的友谊、讷河、海伦、宁安和依安等甜菜产区推广种植。

 甜单 302

【审定（登记）编号】：黑审糖 2002002

【审定（登记）年份】：2002 年 3 月

【审定（登记）单位】：黑龙江省农作物品种审定委员会

【选（引）育单位（人）】：中国农业科学院甜菜研究所

【亲本来源及育成经过】

甜单 302 是由二倍体单胚雄性不育系 TB6-ms 与四倍体多胚品系甜 408-3 杂交而成。母本单胚雄性不育系 TB6-ms 来源于日本，通过采取同步换核技术，即利用国产优良多胚 O 型系（保持系）对引进的单胚雄不育系及 O 系进行同步改良，经多年同步改良后，单胚二系的育性和胚性仍保持原亲本特性，单胚率达 95% 以上，不育率达 95% 以上。甜单 302 父本甜 408-3 是从早年诱变的四倍体品系甜 408 中经单株系号选择分离而成，来源于波兰的 CLR。1997 年以经过 7～8 代同步改良的高代单胚雄性不育系 TB6-ms 作母本，以优良四倍体品系甜 408-3 为父本，将母本与父本按 3∶1 比例栽植配制杂交组合，只收获母本单胚种子用于生产。

【特征特性】

甜单302杂种优势强，丰产性好，含糖率较高，较抗褐斑病和根腐病。该品种根型为圆锥形，根皮白色，根体光滑，根沟较浅。叶丛直立，叶柄细长，叶形呈舌状，叶色绿，叶片中等，生长期为150～170d。

【产量表现】

1999～2000年在全省二年区域试验中，甜单302平均根产量39884.7kg/hm²，产糖量6802.9kg/hm²，分别比对照品种甜研303提高15.8%和15.1%，含糖率17.03%，略低于对照0.12度。在2001年黑龙江省5点生产示范试验中，甜单302表现比较突出，在根产量、含糖率、产糖量3个指标上均超过了对照品种。平均根产量39251.3kg/hm²，含糖率17.3%，产糖量6815.9kg/hm²，分别比对照品种甜研303提高14.4%，0.26度、16.3%。

【栽培技术要点】

甜单302适宜在黑钙土及苏打草甸土地区种植，在生产中应制定合理的轮作制度，确保轮作年限，避免重、迎茬。精细整地，增施有机肥，秋季深翻、深松，并结合整地增施有机肥、二铵等，使土壤疏松、土质肥沃；适期早播，确保全苗，东北甜菜生产区的适宜播期为4月上旬到5月上旬，各地应因地制宜，适期早播，确保苗全、苗齐、苗壮；合理密植，东北甜菜生产区，种植密度以6.75～7.5万株/公顷为宜；加强管理，及时进行田间管理及病虫害防治。制种时，二倍体亲本单胚雄性不育系与父本四倍体品系按3∶1比例栽植，栽植密度为4.5～5.25万株/公顷，加强肥水管理，确保父母本花期一致，提高种子发芽率；授粉结束后，及时割除父本，以防多胚单胚混杂，种子成熟时，只收获母本不育系的单胚种子应用于生产。

【适宜种植区域】

适宜在黑龙江省的友谊、讷河、依安、呼兰、海伦等地种植。

 中甜-内糖（ND）37

【审定（登记）编号】：审字（105）

【审定（登记）年份】：2003年

【审定（登记）单位】：全国甜菜品种审定委员会

【选（引）育单位（人）】：内蒙古甜菜制糖工业研究所

【亲本来源及育成经过】

中甜-内糖（ND）37母本为二倍体单粒雄性不育系moms66181。1996年夏播培育母根，1997年以四倍体多粒授粉系974001为父本配制测交组合。父本974001是内蒙古甜菜制糖工业研究所"八五"期间采用常规育种技术手段选育的四倍体材料，其亲本来源于 334-1 系统。

【特征特性】

该品种叶丛斜立，叶柄粗壮，叶片中等大小，叶缘皱褶，功能叶片寿命长，块根长圆锥形，根皮黄白色，根肉白色，具有显著的抗耐丛根病能力，并且兼抗褐斑病。

【产量表现】

1998 年，中甜-内糖（ND）37 在进行小区试验，平均根产量为 46315.5kg/hm²，比对照品种协作 2 号增产 61.1%；含糖率 16.55 度，比对照提高 1.4 度；产糖量为 7665kg/hm²，较对照增加 76.0%。中甜-内糖（ND）37 于 1999～2001 年在全国不同生态地区进行试验，该品种平均块根产量 56022kg/hm²、含糖率 15.89 度、产糖量 8915.2kg/hm²，分别比对照提高 17.7%、1.17 度、27.2%。2002 年，中甜-内糖（ND）37 进行生产试验，平均块根产量、含糖率、产糖量为 54925kg/hm²、15.94 度、8742.9kg/hm²，分别比对照提高 31.7%、0.6 度、36.8%。

【栽培技术要点】

中甜-内糖（ND）37 一年生甜菜苗期生长迅速，有利于保苗，形成壮苗。对土壤和灌溉条件要求不严，可以适当密植，平作区栽植适宜密度为 75000～82500 株/公顷，在水肥条件好的地区要注意增加密度，增施磷肥，减少氮肥施用量，一般追肥（尿素）不超过 300kg/hm²，收获前要严格控制灌水。

【适宜种植区域】

适宜在新疆、甘肃、山西、河北、内蒙古地区种植。

 甜单 303

【审定（登记）编号】：黑审糖 2004001

【审定（登记）年份】：2004 年

【审定（登记）单位】：黑龙江省农作物品种审定委员会

【选（引）育单位（人）】：黑龙江大学甜菜遗传育种重点实验室 \ 中国农业科学院甜菜研究所

【亲本来源及育成经过】

1999 年选择丰产的甜菜遗传单粒型二倍体雄性不育系 TDm109 为母本，丰产、抗病的甜菜多粒型四倍体品系 T403 为父本，亲本配置比例为母本：父本＝3：1。制种田严格按亲本配置比例栽（种）植，授粉后割除父本株，收获母本种株上的种子，即 F_1 代种子。

【特征特性】

甜单 303 一年生群体形态整齐，该品种苗期生长迅速，下胚轴粗壮，叶丛斜立，犁铧形叶片，叶色深绿，繁茂期40余片叶片，株高50～60cm；肥大直根为圆锥形，根头小，须根少，易切削，带土少对甜菜褐斑病、根腐病具有较强的抗、耐性。杂交种种子呈扁圆形，千粒重（粗种子）15g左右，种子单粒率98％以上。

【产量表现】

2000、2001年，甜单303在异地预备试验鉴定中，两年平均原料产量为46870.5kg/hm²、含糖率15.0％、产糖量为6874.4kg/hm²，比对照种甜单二号分别提高10.3％，0.4度和14.4％。2002、2003年，甜单303在2年的黑龙江省甜菜品种区域试验鉴定中，6点2年（12点次）的平均原料产量为39877.8kg/hm²，比对照种甜研303和甜单二号平均高12.16％，其中4个点次达到显著水平；含糖率16.47％，比对照低0.46度；原料理论产糖量为6667.5kg/hm²，比对照高8.77％，其中2个点次达到极显著水平。2003年，甜单303进入黑龙江省甜菜品种生产示范试验，在黑龙江省4个主要甜菜产区进行设点试验，平均原料产量为41273.9kg/hm²，比对照种甜单二号提高17.88％；含糖率16.89％，比对照低0.52度；原料理论产糖量为7135.6kg/hm²，比对照高14.18％，抗褐斑病性与对照种相仿。

【栽培技术要点】

甜单303适于甜菜育苗移栽和机械精量点播等集约化栽培技术配套使用。该品种一年生原料生产适于种（栽）植在地势平坦，耕层较深，排灌方便的地块上，轻盐碱土亦可种植，土壤肥力优良则可充分发挥其生产潜力，中重度丛根病产区不宜种植，施肥以农家肥和化肥配合使用为好，施农家肥45000kg/hm²为底肥，底肥与种肥以磷肥为主，定苗后酌施氮肥，化肥施用总量因地制宜糖分积累期忌灌溉及时防虫、防病，保护功能叶片，全生育期严禁掰甜菜叶片，甜单303一年生原料生产适于密植，保苗密度（收获株数）应为72000～78000株/公顷。

【适宜种植区域】

甜单303适宜在黑龙江省的齐齐哈尔、佳木斯、牡丹江和绥化等甜菜产区推广种植。

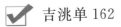 **吉洮单162**

【审定（登记）编号】：黑审糖2006004

【审定（登记）年份】：2004年11月

【审定（登记）单位】：黑龙江省甜菜品种审定委员会

【选（引）育单位（人）】：吉林省洮南甜菜育种研究所＼吉林省种子总站

【亲本来源及育成经过】

母本是1992年以二倍体品种KWS9103F₂分离出的单粒雄性不育株为母本，

以吉林省洮南甜菜育种研究所育成的单粒型二倍体雄性不育保持系 JTD-1B 为父本进行成对自然杂交。1996 年回交 5 代群体（BC$_5$）的单粒率达到 98.5%，雄性不育率达到 98.0%，达到成系标准，定名为 JTD-2A（JTD96162A）。父本是 1992 年以德国品种 KWS9195 为基础材料，通过严格镜检、选留纯三倍体种根。于当年冬季在温室内将选留的三倍体种根 40 株进行隔离采种。1993 年将收获的少量种子春播培育种根，幼苗期镜检，选留染色体数为 36 的多粒植株。1993 年冬，在温室内栽植染色体数为 36 的种根，进行隔离采种。在花期利用花粉母细胞减数分裂时，所显现的染色体数的多少来进一步确定四倍体植株。1994 年春播培育种根，进行含糖、根重和抗病性选择。1995 年选取优株自交，获得自交种子，并以 JTD-2A 为测验种对优株分别进行测交，获得测交种。1999 年以 JTD-2A 为母本，TL$_{1-3}$（4x）为父本，按母父本 3：1 配制杂交组合，授粉后割除父本植株，从母本植株上收获 F$_1$ 种子。

【特征特性】

吉洮单 162 属于丰产偏高糖型遗传单粒三倍体杂交种，适应性较强，抗褐斑病，耐根腐病。该品种苗期生长迅速，功能叶片持续时间长，叶色深绿。植株高度 60cm 左右，叶丛斜立，叶片舌形。根体圆锥形，白黄色，根头小，根沟浅，须根少。二年生植株高 140cm 左右，枝型为混合型，母本单粒率和不育率达到 98% 以上，结实密度大，种子产量较高。

【产量表现】

2000～2001 年，吉洮单 162 进行小区试验，平均根产量 41846.2kg/hm^2，比对照品种 HYB13 增产 6.9%；含糖率 16.17%，比对照提高 1.95 度；产糖量 6770.9kg/hm^2，比对照提高 21.6%。2002～2003 年，吉洮单 162 在黑龙江省 8 个点位的区域试验中，平均根产量为 40985.55kg/hm^2，比对照品种甜研 303 增产 19.38%，其中 9 个点次达到极显著水准，1 个点次达到显著水准；含糖率为 16.59%，比对照低 0.45 度；产糖量为 6847.28kg/hm^2，比对照提高 16.44%。2004 年，吉洮单 162 在黑龙江省 5 个点位的生产试验中，平均根产量 48351.78kg/hm^2，比对照品种甜研 303 增产 20.94%，其中 3 个点次达到极显著水准，1 个点次达到显著水准；含糖率为 16.98%，比对照低 0.66 度；产糖量为 8255.72kg/hm^2，比对照提高 16.20%。

【栽培技术要点】

吉洮单 162 适于甜菜纸筒育苗移栽和精量点播，适应性较强，在不同的生态和土壤条件下均能表现出较高的产量水平。在肥水条件较好的地区更能发挥其增产潜力。纸筒育苗移栽根产量 60000kg/hm^2 以上。在黑龙江和吉林省及其他气候、土壤类似地区种植密度应在 5.5～6.0 万株/公顷；在西北地区平作种植密度应在

7.5～7.8万株/公顷。吉洮单162出苗快，幼苗生长迅速，应早疏苗、早定苗。生育中后期植株生长繁茂，根体增长快，要求增施基肥和追施速效性肥料，以发挥其增产潜力。二年生制种田栽植密度3.5～4.0万株/公顷，父母本比例为1∶3，抽薹后应打主薹，增加有效花枝，创造丰产株型。授粉后割除父本行植株，从母本植株上收获种子。种子收获要适时，避免种球脱落。在水肥条件较好的地区种子产量3000kg/hm² 以上。

【适宜种植区域】

适于黑龙江和吉林省及其他气候、土壤类似地区种植。

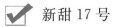 新甜17号

【审定（登记）编号】：新审甜2006年第17号

【审定（登记）年份】：2006年2月

【审定（登记）单位】：新疆维吾尔自治区农作物品种审定委员会

【选（引）育单位（人）】：新疆石河子农科中心甜菜研究所

【亲本来源及育成经过】

新甜17号的母本M9804A是以新疆石河子农科中心甜菜研究所自育的单粒二倍体雄性不育系M4-4A为母本，以引进国外二倍体单粒、丰产、抗病、优良自交系9804为父本，杂交后，通过连续4次回交转育、集团繁殖选育而成，不育率和单粒率达95％以上，并在参加配制杂交组合前选用丰产性突出的异质保持系授粉杂交，形成异质单粒雄性不育系M9804A。新甜17号的父本LHD4-9是以自育四倍体为母本，引进四倍体为父本，进行人工杂交选育出的减数分裂四倍体。新甜17号是1999年以异质M9804A为母本，LHD4-9为父本，按父母本1∶3配制杂交组合，种子成熟后从母本株上收获F₁种子。

【特征特性】

新甜17号品种出苗快，易保苗，前、中期生长势旺，整齐度好。叶丛直立，株高62cm左右，绿叶数35～40片，叶片犁铧形，叶绿色。块根为圆锥形，根皮白色，根冠小，根沟浅，根体光滑易切削。该品种是丰产性突出，优质、抗褐斑病、抗（耐）根腐病，含糖率中等，稳产性好的遗传单粒型甜菜杂交种。新甜17号品种二年生父母本种株属混合型，株型整齐，花期一致；母本雄性不育率和单粒率达95％以上，结实部位和结实密度适中，结实率高，种子千粒重为11～14g。

【产量表现】

2000～2002年，新甜17号参加所内小区品比试验，以KWS5075为对照，三年平均块根产量81752.4kg/hm²，较对照增产4.09％；含糖率平均为15.99％，较对照提高1.21度；产糖量13076.25kg/hm²，较对照增产12.89％。2003～2004

年，新甜 17 号参加新疆维吾尔自治区甜菜品种区域试验，两年 12 个点次平均块根产量 80175.0kg/hm²，较对照品种增产 2.2%；含糖率 14.82%，较对照提高 1.11度；产糖量 11778.0kg/hm²，较对照增产 10.4%。2005 年，新甜 17 号参加新疆维吾尔自治区的生产试验，五点试验中平均块根产 73215.0kg/hm²，较对照KWS5075 减产 0.5%；含糖率平均 14.76%，较对照降低 0.35 度。新甜 17 号在伊犁甜菜产区表现突出，产量达 83290.5kg/hm²，含糖率达到 18.53%，较对照提高1.61 度，产糖量达 15433.5kg/hm²，较对照 KWS5075 增产 4.3%。

【栽培技术要点】

新甜 17 号品种适于甜菜机械精量点播。一年生原料生产适于种植在地势平坦、土壤肥沃、质地疏松、耕层较深、排灌方便、轮作 4 年以上的地块上。应在播种前用 3911 和甲基托布津（福美双、土菌消）等杀虫、杀菌剂处理甜菜种子。施肥以农家肥和化肥配合使用为好，施农家肥 37.5～45t/hm² 为底肥，根据土壤质地加一定比例的尿素、磷酸二铵、硫酸钾。种肥施三料磷肥 120～150kg/hm²。新甜 17 号品种丰产性突出，前期生长快，要及时早追肥，不宜过晚。灌水的原则为前促后控，达到增产增糖的目的。要防治病虫害，保护甜菜功能叶片有较长的寿命，严禁掰甜菜叶子喂牲畜。原料甜菜生产保苗密度应为 78000～87000 株/公顷。新甜 17 号为雄性不育杂交种，原料生产中必须用杂交一代种子进行生产，才能保证其较强的杂种优势。种株按父母本 1∶3 比例种（栽）植。种株抽薹 10～15cm 高时，割去主薹，繁种田应连续进行 2～3 次处理，栽植密度 40500～45000 株/公顷。盛花期后 10～15d 割去父本种株，当种株上种子 1/2呈黄褐色时收获。

【适宜种植区域】

新疆伊犁、焉耆、塔城及天山北坡等区域种植。

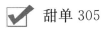 **甜单 305**

【审定（登记）编号】：黑审糖 2008005

【审定（登记）年份】：2008 年 4 月

【审定（登记）单位】：黑龙江省农作物品种审定委员会

【选（引）育单位（人）】：黑龙江省普通高等学校甜菜遗传育种重点实验室\中国农业科学院甜菜研究所

【亲本来源及育成经过】

甜单 305 为三倍体甜菜单胚杂交组合，是由单胚细胞质雄性不育系 TB9-CMS为母本，以四倍体多胚绿胚轴品系甜 426G 为父本按 4∶1 比例杂交而成。制种时只收获母本雄性不育系的单胚种子，生产上利用其杂交一代优势。原种不育系和保持系按 3∶1 制种。

【特征特性】

甜单 305 三倍体单胚杂交种，杂种优势强，丰产性好，含糖率较高，较抗褐斑病和根腐病，克服了单胚品种含糖低、抗性差的缺点。幼苗期胚轴颜色为绿色。繁茂期叶片为绿色、舌形，叶丛斜立。叶柄较细，叶片中等；块根为楔形，根头较小，根沟浅，根皮白色，根肉白色。甜单 305 母本采种株型大多为混合型或单茎型，父本采种株以混合型为主，花粉量大。单胚种子形状扁平，干种球千粒重为 15～17g。

【产量表现】

甜单 305 于 2003～2004 年在病地和非病地进行了小区鉴定试验，两点平均根产量 38996.5kg/hm²，比对照甜研 309 提高 13.1%；含糖率 16.20%，高于对照0.60 度；产糖量 6393.1kg/hm²，高于对照 17.4%。甜单 305 在 2005～2006 年的全省 2 年区域试验中，平均根产量 35969.7kg/hm²，比对照品种甜研 309 提高6.9%；含糖率 16.67%，高于对照 0.48 度；产糖量 6088.6kg/hm²，比对照品种提高 11.0%。甜单 305 在 2007 年黑龙江省 5 点生产示范试验中，表现比较突出，在根产量、含糖率、产糖量 3 个指标上均超过了对照品种。平均根产量47760.2kg/hm²，比对照品种甜研 309 提高 22.7%。含糖率 17.06%，比对照提高0.62 度，产糖量 8116.2kg/hm²，比对照提高 27.2%。

【栽培技术要点】

合理轮作，精细整地，甜单 305 适宜在黑钙土及苏打草甸土地区种植。在生产中应制定合理的轮作制度，确保轮作年限，避免重茬和迎茬；秋季深翻、深松，并结合整地增施有机肥和化肥，使土壤疏松、土质肥沃。东北甜菜生产区，采用栽培方式为垄作或平作均可，保苗株数 6.5～7.0 万株/公顷为宜。对下年种植甜菜的地块，应于当年秋季进行深翻、深松，公顷施肥量为农家肥 30t、二铵、尿素等化肥600kg。东北甜菜生产区的适宜播期为 4 上旬到 5 上旬，各地应因地制宜，适期早播，确保苗全、苗齐、苗壮；及时进行田间管理及病虫害防治。收获期北方为 9 月末或 10 月初。

【适宜种植区域】

甜单 305 适宜在黑龙江省齐齐哈尔、牡丹江、哈尔滨等甜菜产区种植。

第二节　国外引进糖用甜菜品种

中华人民共和国成立初期，我国甜菜生产用种大部分依赖国外进口。在 20 世纪 50 年代末到 60 年代初培育出第一批甜菜品种用于生产，结束了我国甜菜品种依靠进口的历史，填补了我国没有自己选育甜菜品种的空白。我国自育甜菜品种一直以多粒型品种为主，父母本混栽混收，种子产量和发芽率都没有太大问题（特殊气候年份，假、劣种子除外），具有含糖高、抗褐斑病和根腐病能力强等特点。但与国外品种相比，叶型、株型及根型的整齐度较差；单产不高、总产不稳；商品种加工粗糙，净度、纯度、芽率、芽势等技术指标低；包衣、丸粒化等种子深加工的比例也很小，种子商品化程度较低，销量、利润远低于国外包装精美的同类种子。因此，20 世纪 90 年代以来，我国大量引进国外甜菜品种，目前国外品种占我国甜菜种植面积 90％左右。其中，德国 KWS 公司是外国公司在我国甜菜种子方面开展活动时间最长、范围最广、引进品种及育种材料最多、种子繁殖及销售量最大的公司，还有部分品种来源于荷兰安地公司、美国 BETASEED 公司、瑞士先正达公司等。这些国外品种多属于中糖型品种，增产潜力大，单产可达 $52.5 \sim 90t/hm^2$，为我国甜菜行业注入了活力。

一、德国品种

 垦引 KWS5173

【审定（登记）编号】：黑审糖 1997002

【审定（登记）年份】：1997 年

【审定（登记）单位】：黑龙江省农作物品种审定委员会

【选（引）育单位（人）】：黑龙江省国营农场总局种子公司

【品种来源与育成经过】

品种来源于德国 KWS 公司。母本为二倍体单粒雄性不育系，采用反复回交和配合力测定相结合的技术，经 6 代纯化而成；父本为四倍体多粒品系，采用自交和集团选择相结合的技术育成。制种方式为三系杂交法，即：单粒雄不育母本与多粒四倍体父本以行比 6∶2 栽植，种子成熟时单收母本种子为生产上应用。

【特征特性】

该品种属标准雄不育三倍体单粒种。种子发芽势强，一年生植株生长繁茂，植株高度约 60cm 左右；叶丛斜立，叶面积大，呈犁铧形，叶柄中等，下胚轴粗壮，繁茂期叶数为 23 片左右；块根生长快，呈短圆锥形，根沟浅，根头小，根皮光滑；根产量高，与国内单粒种相比较抗（耐）褐斑病和根腐病。

【产量表现】

1995～1996 年，垦引 KWS5173 在两年共 8 点次的生产示范试验中，平均根产量为 39462kg/hm²，比对照种甜研 301 提高 21.0％，7 点次达显著水平；含糖率为

17.11%，比对照种低 0.41 度；产糖量为 6727.4kg/hm²，比对照甜研 301 提高 18.2%，7 点次达显著水平。抗褐斑病性较好。

【栽培技术要点】：该品种原料生产，应选择排水透水良好、肥沃的土壤，纸筒育苗严格按规程进行，直播行距 60cm，保苗株数为 57000～63000 株/公顷。种子必须拌杀虫、杀菌药剂，叶丛期喷 1～3 次防褐斑病药剂。施农家肥 30000kg/hm²，纯 N 125kg/hm²，P_2O_5 250kg/hm²，定苗后追施化肥（N：P＝1：1）150kg/hm²。干旱严重时，最好能灌溉，后期保护好功能叶片。

【适宜种植区域】

适宜黑龙江省友谊、明水、拜泉、肇源、萝北、北安、甘南等地区种植推广。

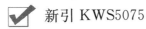 新引 KWS5075

【审定（登记）编号】：新农审字 2000 第 038 号
【审定（登记）年份】：1999 年
【审定（登记）单位】：新疆维吾尔自治区农作物品种审定委员会
【选（引）育单位（人）】：新疆石河子甜菜研究所
【品种来源与育成经过】
德国 KWS 种子股份有限公司北京代表处
【特征特性】
该品种为多粒型甜菜品种，发芽势强，出苗率高，易保苗；叶丛直立，叶片犁铧形；根圆锥形，根皮白色，根沟浅，根体正，大小均匀，须根少，便于收获；生长势强，具有极强的抗丛根病性能，并结合了一定的褐斑病及根腐病的抗性；通常无须用化学杀菌剂控制褐斑病；适于中晚期收获。

【产量表现】

2000 年在新疆 22 团种植 1567hm²，获单产 70500kg/hm²，2001 年 22 团种植 1667hm²，获单产 73500kg/hm²，创造了 22 团甜菜单产的历史新高。丰产性和稳产性很好，含糖率 15.7% 以上，属丰产中糖型品种，该品种现已成为新疆甜菜主栽品种之一。

【栽培技术要点】

选择地势平坦、土层深松、土壤肥力中等以上的地块，要求总盐含量 0.3% 以下、有机质含量 1.8% 以上、碱解氮 60～70mg/kg 以上、速效磷 40～50mg/kg 以上的地块，精细整地、深耕秋灌；适时早播、早管理；科学施肥，严禁高施氮肥，全期总施肥量 765～960kg/hm² 为宜，氮：磷：钾＝1：0.9：0.3。总施肥量的 70% 用作深层施肥（即秋施肥），30% 用作追肥，追肥分两次进行，在第二次中耕时追施一次，5 月底深耕时施一次，每次追肥视苗情而定，一般按总追肥量的 50%

进行，追肥不宜过晚过量，以防中后期叶丛旺长影响高产高糖。同时，中后期还应进行叶面喷施微肥或施生长调节剂 2～3 次。

【适宜种植区域】

适宜在中国西北部的所有甜菜产区及生态条件下种植。

 KWS9522

【审定（登记）编号】：国审糖 20000003

【审定（登记）年份】：2000 年

【审定（登记）单位】：全国农作物品种审定委员会

【选（引）育单位（人）】：中国农业科学院甜菜研究所

【品种来源与育成经过】

亲本来自 KWS 公司育种材料库，CMS 和 P 系均为二倍体。

【特征特性】

KWS9522 属单粒二倍体杂交种。叶丛斜立，色泽淡绿，叶柄较长，适合密植；根型纺锤状，块根根头小，根沟较浅，根皮白色；种子纯度 99％，种子千粒重 10～13g；发芽率 85％以上；块根含糖率 15.2％；较耐甜菜丛根病，耐根腐病和褐斑病。

【产量表现】

1998、1999 年参加全国甜菜品种区域试验，在全国 12 个试点，连续两年表现出很强的丰产性。一般增产 11.1％～93.3％。1998 年病害严重年份，块根含糖性状也表现较为突出，12 点中有 7 个含糖增加，最高增糖 5.0 度，依据产糖量综合指标，KWS9522 达标点为 14 个。1999 年参加 5 个试点的全国生产试验，平均根产量较对照提高 2.2％～69.1％，产糖量提高幅度为 3.6％～50.4％，块根含糖有 1 个点高于对照，4 个点低于对照。

【栽培技术要点】

适合于土质肥沃、管理水平高的条件下种植，选择地势较好、排涝畅的地块种植；轮作期一般 4 年以上，前茬以禾本科作物为好；合理密植，一般每公顷密度 90000 株左右，种植结构以 50cm 行距、20cm 株距为宜，适宜人工条播或机械条播和精量点播；重视农家肥和底肥的施用，控制过量施用氮肥；应注意药剂防治褐斑病。制种时必须选择气候适宜的地区，该地区在种株花期和成熟期的气候应干燥、凉爽；采种田必须 6～8 年轮作，隔离距离 1000～1500m；母本和父本比例为3：1，一般在田间种植结构为 6：2：6：2；在种株抽薹 20cm 左右打掉主薹 5～10cm，以便使花期更集中进而提高种子质量；注意采种田病、虫、草害的防治；开花后应及时干净地除掉父本株。

【适宜种植区域】

适宜在黑龙江北部、内蒙古东部、新疆种植。

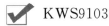 KWS9103

【审定（登记）编号】：甘种审字第 318 号

【审定（登记）年份】：2000 年

【审定（登记）单位】：甘肃省农作物品种审定委员会

【选（引）育单位（人）】：甘肃省农科院

【品种来源与育成经过】

德国 KWS 公司以雄性不育系作母本，以抗丛根病自交系为父本杂交选育
而成。

【特征特性】

属二倍体多粒雄性不育杂交种。出苗整齐，苗期生长旺盛，叶丛直立，高度中
等，根呈圆锥形，根皮根肉均为白色。生长后期黄化毒病中度发生，白粉病发生较
重，抗当年抽薹，是丛根病地区甜菜种植的首选品种。

【产量表现】

属丰产中糖型品种。1991、1992 在甘肃省两年 8 点次的耐丛根病甜菜品种
多点试验中，根产量平均达到 82275kg/hm²，居 13 个参试品种第一位；含糖率
平均为 13.96%，较对照提高 3.74 个百分点；糖产量平均为 11625kg/hm²，居
13 个参试品种第一位。在正常不发病田块中，平均根产量为 51854kg/hm²，较
对照增产 35.7%；含糖率 16%，低于对照；糖产量达 8256kg/hm²，较对照增产
16.4%。

【栽培技术要点】

合理密植：甘肃省河西地区的最佳密度应该保持在 91500～93000 株/公顷。保
证密度的措施除掌握适宜的播种量外，还须精细整地，提高播种质量，保证较高的
出苗率；科学施肥：严格控制氮肥施用量，多施磷肥，并适当施一些微量元素，如
锌、硼等。在河西地区，施氮（N）量应为 150～180kg/hm²，主要作为基肥早施，
少量追肥。施磷（P_2O_5）量应在 90～120kg，可以使含糖率和汁液纯度得到提高；
控制灌溉：生长前期，保证充足的灌溉，促使植株快速生长；生长后期适当控制灌
水量和灌水时间，特别是收获前不能灌水，这样才能保证甜菜产量和含糖率都达到
较高水平。

【适宜种植区域】

在甘肃省河西三地区及沿黄灌区均表现出良好的适应性。在甘肃省河西三地区
及沿黄灌区均表现出良好的适应性。

 KWS8233

【审定（登记）编号】：黑审糖 2000001

【审定（登记）年份】：2000 年

【审定（登记）单位】：黑龙江省农作物品种审定委员会

【选（引）育单位（人）】：黑龙江省甜菜种子公司

【品种来源与育成经过】

KWS8233 是德国 KWS 公司以雄性不育单粒二倍体为母本、多粒可育四倍体为父本培育而成的单粒三倍体杂交种。

【特征特性】

属标准偏丰产型品种。种子发芽势强，子叶肥大，下胚轴粗，花青紫色。叶型长扇形，叶色浓绿，多皱褶，一年生株高 60cm 左右，斜立型株型。块根圆锥形，根沟浅，根毛少，根皮浅白色，表面光滑，根头小，不露出地面。抗（耐）褐斑病、根腐病，加工品质好，糖汁纯度高，有害氮及灰分含量低，蔗糖回收率高，是没有丛根病的甜菜产区可持续发展甜菜生产的首选品种。

【产量表现】

该品种根产量高，含糖中等。1999～2000 生产示范平均根产量 39833kg/hm²，比对照增产 25.7％，平均含糖 15.65％，低于对照 0.14 度，平均产糖量 6239kg/hm²，比对照提高 20.65％。

【栽培技术要点】

该品种原料生产应选择排水、渗水良好的肥沃土壤，播前进行精细整地。施农家肥 300000kg/hm²，化肥播前一次性施入。种子播前拌药防治苗期病虫害，直播适宜播期为 4 月下旬～5 月上旬，纸筒育苗为 3 月末 4 月初。适宜密植，每公顷保苗 75000～90000 株。褐斑病以预防为主，发病期每 10d 左右防治 1 次，防治 3～5 次，遇高温多雨年份适当增加防治次数。确保保苗密度和防治褐斑病是该品种高产增糖的关键。

【适宜种植区域】

适宜在黑龙江省宁安、萝北、嫩江、友谊等高糖产区大面积推广。

 KWS9400

【审定（登记）编号】：国审糖 20000004。

【审定（登记）年份】：2000 年

【审定（登记）单位】：全国农作物品种审定委员会

【选（引）育单位（人）】：中国农业科学院甜菜研究所

【品种来源与育成经过】

亲本来自 KWS 公司育种材料库，不育系和授粉系均为二倍体。

【特征特性】

属于二倍体多粒杂交种。叶片较少，色泽淡绿，叶柄较长，叶丛斜立，适宜密植；根纺锤形，块根根头较小，根沟较浅，根皮白色；种子纯度 99%，种子千粒重 20～23g，发芽率 85% 以上，含水 14%。抗丛根病并结合了一定的褐斑病及根腐病的抗性。

【产量表现】

1998、1999 年参加全国甜菜品种区域试验，在全国 12 个试点，连续两年表现出很强的丰产性。在病害严重的 1998 年，其含糖性状也表现较为突出，12 个点中有 9 个点表现为含糖量增加。依据产糖量综合指标，KWS9400 达标点为 12 个。1999 年参加全国 5 个试点生产试验，块根产量较对照提高 20.4%～58.0%；块根含糖率 14.9%，含糖 2 点高于对照，3 点低于对照；产糖量提高幅度为 9.9%～52.5%。

【栽培技术要点】

选择地势较好、排涝畅的地块种植，轮作期一般 4 年以上，前茬以禾本科作物为好；重视农家肥和底肥的施用，控制过量施用氮肥；及时防治褐斑病，合理密植，一般每公顷密度 90000 株左右，种植结构以 50cm 行距、20cm 株距为宜。制种时，必须选择气候适宜的地区，该地区在种株花期和成熟期的气候应干燥、凉爽；采种田必须 6～8 年轮作，隔离距离 1000～1500m；母本和父本比例为 3：1，一般在田间种植结构为 6：2：6：2；在种株抽薹 20cm 左右打掉主薹 5～10m，以便使花期更集中进而提高种子质量；注意采种田病、虫、草害的防治；开花后应及时干净地除掉父本株。

【适宜范围】

适宜黑龙江、内蒙古、吉林洮南、山西大同、宁夏银川、新疆和静、石河子等地区有水浇条件、排水良好、耕层深厚、中等以上肥力的地块种植。在丛根病地区种植时它具有较高含糖量及很高的甜菜根产量。

 KWS9419

【审定（登记）编号】：国审糖 2001002

【审定（登记）年份】：2001 年

【审定（登记）单位】：农业部

【选（引）育单位（人）】：德国 KWS 种子公司

【品种来源与育成经过】

KWS9419 是选择二倍体不育系和四倍体授粉系各自进行性状培育，用细胞质雄性不育技术培育而成。

【特征特性】

属于三倍体丰产型多粒杂交种。根叶比合理，叶丛较小，叶片斜立，叶色浓绿，叶片功能期长，根纺锤形，块根白色，根沟较浅，种子千粒重 15～20g，糖度 19.25％，耐丛根病。

【产量表现】

1999～2000 年参加全国 18 个试点甜菜品种区域试验，连续两年均表现丰产的有 14 个点，表现较突出的试点有黑龙江宝泉岭、九三、宁安等 10 个点增产显著，增产幅度 11.4％～33.5％。块根含糖两年内有 8 个点含糖比对照增加 0.3～4.5 度，2 个点与对照持平，另有 8 个点比对照降低 0.5～4.3 度。2000 年参加全国 5 个试点生产试验，块根产量较对照提高 2.30％～49.90％（平均提高 22.58％）；产糖量提高幅度为 12.5％～30.0％（平均提高 21.02％）；2 点块根含糖高于对照，3 点低于对照，平均含糖 15.84％。

【栽培技术要点】

选择耕层深厚，排水良好的地块种植，轮作期 4 年以上，前茬以小粒禾谷类作物为宜。采用人工条播和机械条播或机械精量点播，一般每公顷密度 90000 株左右。重视农家肥和底肥施用，避免过量施用氮肥。及时防治病、虫、草害。

【适宜种植区域】

适宜黑龙江、吉林西部、内蒙古中部以及山西大同、新疆石河子、和静地区种植。

 KWS9454

【审定（登记）编号】：国审糖 2001003

【审定（登记）年份】：2001 年

【审定（登记）单位】：农业部

【选（引）育单位（人）】：德国 KWS 种子股份有限公司北京代表处

【品种来源与育成经过】

亲本来自 KWS 公司育种资源库。1989 年开始亲本材料准备，选择二倍体不育系和二倍体授粉系各自进行性状培育，1993 年进行组合配制，然后开始组合的鉴定工作，应用细胞质雄性不育技术培育而成。

【特征特性】

属于二倍体丰产型多粒杂交种。根叶比合理，叶丛较小，叶片斜立，叶色淡绿，叶片功能期长；根纺锤形，块根白色，根沟较浅；种子千粒重 15～20g；较耐甜菜丛根病。

【产量表现】

1999、2000 年参加全国甜菜品种区域试验，该品种连续两年在全国 14 个试点均表现出较强的丰产性，增产幅度 14.4%～64.2%，块根含糖性状也表现较为突出，多数点的含糖在 15 度以上。2000 年参加 6 个试点的全国生产试验，平均根产量较对照提高 13.30%～64.00%；平均含糖率 14.63%，有 1 个点高于对照，5 个点低于对照；产糖量提高幅度为 1.80%～27.90%。

【栽培技术要点】

选择地势较好、排涝畅的地块种植；轮作期一般 4 年以上，前茬以禾本科作物为好；合理密植，一般密度 90000 株/公顷左右，种植结构以 50cm 行距、20cm 株距为宜。人工条播和机械条播或机械精量点播；重视农家肥和底肥的施用，控制过量施用氮肥。

【适宜种植区域】

适宜内蒙古、黑龙江、新疆甜菜丛根病区种植。

 KWS6231

【审定（登记）编号】：蒙审甜 2004001 号

【审定（登记）年份】：2004 年

【审定（登记）单位】：内蒙古自治区农作物品种审定委员会

【选（引）育单位（人）】：德国 KWS 种子公司

【品种来源与育成经过】

父母系材料均来自德国 KSW 公司种质资源库。母系 KSWM9683（二倍体）由 MS9547（二倍体）与异型保持系 O-8761（二倍体）杂交获得，父系 KWSP7654 为多粒四倍体，母系与父系以 3∶1 比例配制而成。

【特征特性】

属单粒型三倍体杂交种。叶丛斜立，叶根比较小，叶片淡绿色，叶片尖、窄、长，叶柄较粗、长，出苗整齐，苗期发育快，叶片功能期长。块根纺锤形，根头较小，根形整齐，根沟较浅，块根白净。耐丛根病，耐根腐病和褐斑病。

【产量表现】

1999 年参加内蒙古自治区抗（耐）丛根病组区域试验，一般每公顷产量达38145kg，比对照甜研 303 增产 155.3%；含糖率达 14.67%，比对照甜研 303 增加0.8 度；每公顷产糖量 5595kg，比对照增 164.3%。各项指标达到耐病型品种标准。2002 年续试，每公顷根产量 38965.5kg，比对照甜研 303 增加 190.60%；含糖率为 15.93%，较对照增 0.34 度；每公顷产糖量 6207kg，比对照增 194.7%，各项指标达耐病型品种标准。

【栽培技术要点】

进行 4 年以上轮作，生产田应土壤肥沃、持水性好、地形易于排涝。用杀菌剂和杀虫剂拌种，防止苗期立枯病和虫害。根据土壤及气候条件，一般每公顷保苗应在 90000 株左右（45～50cm 行距、20～25cm 株距），最佳收入获株数为 75000～82500 株/公顷。一般每公顷施肥应控制在 150～180kg 左右（以纯氮计），适当增加磷肥和钾肥可提高甜菜的抗病力。另外，缺硼地区必须基施或喷施硼肥。全生育期及时铲除田间杂草，7、8 月份注意叶部病虫害防治。在湿润年份，注意褐斑病的防治。

【适宜种植区域】

适宜在内蒙古自治区呼和浩特市、包头市、巴盟等≥10℃活动积温 2600℃以上轻度丛根病发生地区种植。

 KWS0149

【审定（登记）编号】：蒙审甜 2005001 号

【审定（登记）年份】：2005 年

【审定（登记）单位】：内蒙古自治区农作物品种审定委员会

【选（引）育单位（人）】：内蒙古甜菜种子公司

【品种来源与育成经过】

父母系均来自德国 KWS 种子公司种质资源库。母系 KWSM9687（二倍体）与异型保持系 O-8564（二倍体）杂交获得。母系与父系（KWSP7658，多粒二倍体）以 3∶1 比例配制而成二倍体杂交种。

【特征特性】

苗期发育快，叶根比较瘦小，叶片淡绿色，叶片长、窄、尖，叶柄长，叶片的功能期较长。块根呈纺锤型，根头较小，根形整齐，块根白净，杂质少，根沟浅。病情指数指标达到高抗性品种的要求。

【产量表现】

2004 年在普通组生产试验中，经过田间测产和检糖，该品种的根产量为 70455kg/hm²，比对照甜研 303 增加 27.2%；含糖率为 16.5 度，比对照减少 0.63 度；产糖量为 11607kg/hm²，比对照增加 22.5%。

【栽培技术要点】

适时早播，适合密植，根据地力及生态条件一般每公顷保苗应在 82500 株以上（行距 45～50cm，株距 20～25cm），每公顷最佳收获株数 75000 株。根据田间条件确定施肥量，一般亩施氮肥应控制在 10～12kg 左右（以纯氮计），注意 N、P、K 掺配施用，有些地区应注意微肥的施用，特别是硼肥的施用，控制 N 肥过量，杜绝大水大肥，生长期应及时控制、防治虫害、草害和病害的发生。

【适宜种植区域】

适宜在内蒙古中、西部地区种植。

 新引 KWS2409

【审定（登记）编号】：新审甜 2005 年第 15 号

【审定（登记）年份】：2005 年 2 月

【审定（登记）单位】：新疆维吾尔自治区农作物品种审定委员会

【选（引）育单位（人）】：新疆康地公司

【品种来源与育成经过】

父母系材料均来自德国 KSW 公司种质资源库。以二倍体多粒雄性不育系为母本，以与之配对的多粒保持系为父本，按父∶母本为 2∶6 的比例配制杂交组合，繁殖亲本种子，回交选育而成。

【特征特性】

属于二倍体多粒雄性不育系杂交种。该品种一年生植株叶丛为直立型，植株自然高度 70～90cm，绿叶 40～60 片，叶片犁铧形，叶色深绿，叶面皱褶很多，叶缘波褶深。发芽势强，出苗快且整齐，早期发育快生长势强，苗期生长健壮，地上部分小，叶丛很紧凑，适合密植，功能叶寿命长，整齐度好。块根圆锥形，根皮浅白色，根沟浅，根头小，单个块根重 1kg 左右，工艺品质好。抗丛根病，耐褐斑病和根腐病，抗逆性较强。

【产量表现】

KWS2409 块根产量高，含糖较高，增产潜力大。在 2004 年生产试验中，KWS2409 平均产量 83697kg/hm²，较对照 KWS5075 增产 3.7％；平均含糖16.11％，较对照提高 1.81 度；平均产糖量 13526kg/hm²，较对照提高 16.8％。

【栽培技术要点】

实行 4 年以上的轮作，土壤持水性要好，排涝性强。适宜密植，一般保苗82500～97500 株/公顷，收获株数不低于 75000 株/公顷。应于前作收后秋季进行深耕深松，苗期适时深中耕。重施基肥，少施追肥，控制使用氮肥，适量增施磷钾肥，施用适量微肥。追肥应在 6 月中旬以前结束，后期严格控制水肥，杜绝大水大肥。KWS240 为雄性不育杂交种，只能用杂交一代进行原料生产。

【适宜种植区域】

适宜新疆各糖区种植。

 新引 KWS3117

【审定（登记）编号】：新审甜 2006 年第 18 号

【审定（登记）年份】：2006 年 2 月

【审定（登记）单位】：新疆维吾尔自治区农作物品种审定委员会

【选（引）育单位（人）】：新疆康地农业发展有限公司研究中心

【品种来源与育成经过】

父母系材料均来自德国 KSW 公司种质资源库。以自育的二倍体单粒雄性不育系 3117MS 为母本，多粒复合自交系 3117P 为父本，杂交制种时按父母本 2∶6 的比例配置亲本繁殖种子，授粉结束后割去父本植株，成熟后收获母本上的种子作为制糖甜菜生产用的种子。

【特征特性】

属丰产高糖、中晚熟二倍体雄性不育单粒杂交种。种子发芽势强，出苗快且整齐，早期发育快，苗期生长健壮。一年生植株叶丛直立型，植株自然高度 55～75cm，绿叶 40～60 片，叶片犁铧形，叶色深绿，叶面皱褶很多，叶缘波褶深，叶丛很紧凑，适合密植，功能叶寿命长。块根圆锥形，根皮浅白色，根沟浅，根头小，单株块根重 1kg 左右。块根中钾、钠离子含量低，工艺品质好。该品种抗丛根病和白粉病，耐根腐病，高抗褐斑病，抗逆性强。

【产量表现】

该品种含糖高，含糖率达 17.64％，增产潜力大。在区域试验中平均块根产量 101850kg/hm²，高于对照 18.5％～27.84％。在大田生产中甜菜产量表现良好，丰产田每公顷可达 60000kg 以上。

【栽培技术要点】

适宜栽培密度为 96700 株/公顷，收获株数不低于 80000 株/公顷。重施基肥，少施追肥。一般土壤每公顷施尿素 300～450kg，三料磷肥 150～225kg，硫酸钾 75～120kg，肥料总量的 70％作为基肥，追肥可分次进行，苗期轻施，叶丛生长期重施，中后期巧施，不宜过晚、过量追肥，应在 6 月初以前结束，根据土壤条件，施用适量微肥。特别是在甜菜块根糖分增长期进行叶面喷施，效果最显著，但一定要严格控制肥液的浓度。一般在 6 月上中旬灌头水后，视土壤持水量每隔 15～20d 左右灌一次水，从 9 月份开始，应适当少量灌水，以利块根积累糖分，收获前 20d 左右灌水宜结束。及时控制、防治虫害、草害和病害的发生。

【适宜种植区域】

适应范围广，新疆各糖区都可种植。

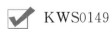 KWS0149

【审定（登记）编号】：黑审糖 2007002

【审定（登记）年份】：2007 年

【审定（登记）单位】：黑龙江省农作物品种审定委员会

【选（引）育单位（人）】：黑龙江农垦明达种业有限公司

【品种来源与育成经过】

父母系材料均来自德国 KSW 公司种质资源库。

【特征特性】

幼苗期胚轴颜色为红绿混合色；繁茂期叶片为窄长形、叶片颜色亮绿色，叶丛斜立，株高 58.5cm；叶柄较长，叶片数 22～26 片；块根为纺锤形，根头中等偏小，根沟较浅，根皮白色，根肉白色；结实密度较好，千粒重 12～14g；母本不育率 100％，单粒率 99％。褐斑病 0.7～1.0 级，根腐病发病率 0～1.5％。

【产量表现】

2004～2005 年区域试验平均根产量 47323.0kg/hm²，较对照甜单 2 号增产 27.4％；平均含糖率 16.1％，较对照提高－0.22 度。2006 年生产试验平均根产量 50013.4kg/hm²，较对照增产 41.0％；平均含糖率 14.8％，较对照提高－0.002 度。

【栽培技术要点】

在适应区选择中等肥力地块种植，采用纸筒育苗或气吸式精量点播栽培方式，每公顷保苗 7.5～8.5 万株。生长期应及时控制、防治虫害、草害和病害。收获应根据各地的气温变化情况适时晚收，以提高块根含糖率。控制 N 肥过量施用。生育期内严禁捋叶。

【适宜种植区域】

哈尔滨、齐齐哈尔、牡丹江、佳木斯、黑河等地区。

 KWS4121

【审定（登记）编号】：蒙审甜 2007003 号

【审定（登记）年份】：2007 年

【审定（登记）单位】：内蒙古自治区农作物品种审定委员会

【选（引）育单位（人）】：德国 KWS 种子股份有限公司北京代表处

【品种来源与育成经过】

父母系材料均来自德国 KSW 公司种质资源库。由 KWSMS95041 与 KWSPS36504 杂交而成。

【特征特性】

叶犁铧形，叶丛斜立，叶片淡绿色，叶柄粗细适中，叶片功能期长。块根纺锤形，根皮白净，根冠较小，根沟较浅。

【产量表现】

2006 年在自治区普通组区域试验中，平均根产 78960kg/hm²，比对照甜研 309

提高 46.6％；含糖率 15.77％，比对照减少 0.75 度；产糖量 12480kg/hm²，比对照提高 40.79％。2006 年在自治区普通组生产试验中，平均根产 79440kg/hm²，比对照甜研 309 提高 25.8％；含糖率 16.01％，比对照减少 0.85 度。

【栽培技术要点】

在适应区选择中等肥力地块种植，采用纸筒育苗或气吸式精量点播栽培方式，每公顷种植密度 82500 株左右。生长期应及时控制、防治虫害、草害和病害。收获应根据各地的气温变化情况适时晚收，以提高块根含糖率。控制 N 肥过量施用。

【适宜种植区域】

适宜包头市、呼和浩特市、巴彦淖尔市种植。

 KWS3418

【审定（登记）编号】：黑审糖 2007001

【审定（登记）年份】：2007 年

【审定（登记）单位】：黑龙江省农作物品种审定委员会

【选（引）育单位（人）】：中国农业科学院甜菜研究所

【品种来源与育成经过】

父系、母系材料均来自德国 KWS 公司种质资源库。母系 KWSM9763 由 MS8659 与异型保持系 O-8738 杂交获得。父系 KWSP7863 为多粒二倍体，母系与父系以 3：1 比例配制而成。

【特征特性】

属于多粒二倍体杂交种。苗期发育快，叶色呈浅绿色，叶片较小，叶丛斜立，叶柄较细；叶片功能期长，适收期长，有利后期产量和块根含糖率提高；光合物质分配合理，能有效降低地力消耗；块根为纺锤形，青头小，根形整齐，根沟浅、带土少；根体白净，杂质含量低，出糖率高，工艺品质好。抗丛根病和褐斑病，耐根腐病。

【产量表现】

该品种产量高，含糖适中，性状稳定。2003～2004 年区域试验，平均根产量 52115.7kg/hm²，较对照品种甜研 303 增产 31.2％，平均含糖率 17.0％，较对照提高－1.2 度；2006 年生产试验，平均根产量 53946.0kg/hm²，较对照品种甜研 309 增产 30.6％，平均含糖率 17.2％，较对照提高－0.7 度。

【栽培技术要点】

KWS3418 适合密植，公顷保苗应在 80000 株左右。注意 N、P、K 搭配施用，有些地区应注意微肥，特别是硼肥的施用。控制 N 肥过量施用，杜绝大水大肥。生长期应及时防治病、虫、草害。适时早播也属较好的一种栽培措施。

【适宜种植区域】

该品种适应性强。黑龙江的宁安，吉林的洮南，河北的张北，内蒙古的林西，甘肃的黄羊镇、酒泉，新疆等地区均可种植，是病区甜菜种植的首选品种，同时也广泛适于非病区种植。

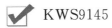 新引 KWS2125

【审定（登记）编号】：新审甜（2007）第 23 号
【审定（登记）年份】：2007 年 1 月
【审定（登记）单位】：新疆维吾尔自治区农作物品种审定委员会
【选（引）育单位（人）】：新疆康地农业科技公司
【品种来源与育成经过】

德国 KWS 种子公司以二倍体单粒雄性不育系为母本，用与之配对的单粒保持系为父本，单株成对杂交、回交选育而成。

【特征特性】

属于二倍体单粒雄性不育杂交种。该品种一年生植株叶丛斜立，植株自然高度50～80cm，绿叶 40～60 片，叶片犁铧形，叶色深绿，叶面较光滑。块根为圆锥形，根体光滑，根沟较浅，根头中等，根肉白色，工艺品质好。该品种苗期生长健壮，地上部分较小，功能叶寿命长，整齐度好。适应地区广，抗病性强。

【产量表现】

块根产量丰产性、稳定性很好。2005～2006 年两年 6 点平均含糖率为15.76%，较对照 KWS5075 提高 0.66 度，在丛根病病地种植，平均含糖率为16.22%，较对照降低 0.40 度；平均产糖量 13485kg/hm²，较对照增产 11.6%；平均产糖量为16228kg/hm²，较对照增产 1.2%。在生产试验中，5 点平均块根产量 83316kg/hm²，较对照增产 4.8%；平均含糖率 15.09%，较对照提高 0.44 度；平均产糖量 12585kg/hm²，较对照增产 8.4%。

【栽培技术要点】

适宜密植，一般土壤的保苗 82500～97500 株/公顷。重施基肥，少施追肥，控制使用氮肥，适量增施磷钾肥，适量施用微肥。追肥应在出苗后 70d 以前结束，后期严格控制水肥，杜绝大水大肥。KWS2125 为雄性不育杂交种，只能用杂交一代进行原料生产。

【适宜种植区域】

适应范围广，新疆各糖区都可种植。

✔ KWS9145

【审定（登记）编号】：黑审糖 2008002

【审定（登记）年份】：2008 年

【审定（登记）单位】：黑龙江省农作物品种审定委员会

【选（引）育单位（人）】：德国 KWS 种子股份有限公司北京代表处

【品种来源与育成经过】

父母系材料均来自德国 KSW 公司种质资源库。由二倍体单粒雄性不育系 KWSMS88739 与二倍体多粒有粉系 KWSP86357 杂交育成。

【特征特性】

幼苗期胚轴颜色为绿色，繁茂期叶片为犁铧形、叶片颜色淡绿色，叶丛斜立，株高 36～48cm。叶柄较细长，叶片数 26～30 片；块根为纺锤形，根头较小，根沟较浅，根皮白色，根肉白色。工艺品质好，出糖率高。田间自然发病，褐斑病 1.5 级，根腐病发病率 0.1％～2.7％。

【产量表现】

2005～2006 年区域试验平均块根产量为 52324.2kg/hm^2，较对照品种增产 48.9％；2007 年生产试验平均块根产量为 51073.2kg/hm^2，较对照品种增产 34.0％。块根含糖率 16.8％～17.4％。

【栽培技术要点】

选择肥力中等地块种植，结合秋整地施入基肥，用量为有机肥 4000kg/hm^2，磷酸二铵 225kg/hm^2；种肥为磷酸二铵 150kg/hm^2；应适时提早机械播种，合理密植，公顷保苗 8.3 万～9 万株；根据土壤肥力状况，定苗后可追施尿素 150kg/hm^2，常规情况下 6 月中旬后不再追施氮肥，有些地区还应注意微肥，特别是硼肥的施用。

【适宜种植区域】

适宜在哈尔滨、大庆、齐齐哈尔、牡丹江、黑河甜菜产区种植。

 KWS5436

【审定（登记）编号】：蒙审甜 2008004 号

【审定（登记）年份】：2008 年

【审定（登记）单位】：内蒙古自治区农作物品种审定委员会

【选（引）育单位（人）】：德国 KWS 种子股份有限公司北京代表处

【品种来源与育成经过】

父母系材料均来自德国 KSW 公司种质资源库。以 KWSM9881 为母本、KWSP3578 为父本选育而成。母本 KWSM9881 由 MS9382 与异型保持系 O-3761 杂交获得。

【特征特性】

叶丛直立，叶片舌形，叶色绿色。块根圆锥形，根皮、根肉白色，根沟浅。

【产量表现】

2006 年参加内蒙古自治区甜菜区域试验，平均根产量 59100kg/hm²，比对照甜研 309 增产 37.2%；平均含糖率 15.7%，比对照低 0.79 度；平均产糖量 11595kg/hm²，比对照高 30.8%。2007 年参加内蒙古自治区甜菜区域试验，平均根产量 71880kg/hm²，比对照甜研 309 增产 25.1%；平均含糖率 14.6%，比对照低 0.47 度；平均产糖量 10045.5kg/hm²，比对照高 21.1%。2007 年参加内蒙古自治区甜菜生产试验，平均根产量 72690kg/hm²，比对照甜研 309 增产 29.3%；平均含糖率 14.9%，比对照低 0.04 度。

【栽培技术要点】

一般每公顷保苗应在 82500 株左右（行距 45～50cm，株距 20～25cm），最佳收获株数应不低于每公顷 75000 株。

【适宜种植区域】

适宜在内蒙古自治区呼和浩特市、包头市、巴彦淖尔市、赤峰市等地区种植。

 KWS0143

【审定（登记）编号】：黑审糖 2008004

【审定（登记）年份】：2008 年

【审定（登记）单位】：黑龙江省农作物品种审定委员会

【选（引）育单位（人）】：德国 KWS 种子股份有限公司北京代表处

【品种来源与育成经过】

父母系材料均来自德国 KSW 公司种质资源库。由二倍体单粒雄性不育系 KWS-MS9687 与二倍体多粒有粉系 KWS-P7988 杂交育成。

【特征特性】

幼苗期胚轴颜色为绿色，繁茂期叶片为犁铧形、叶片颜色淡绿色，叶丛直立，叶柄较细长，株高 40～52cm，叶片数 28～32 片；块根为纺锤形，根头较小，根沟较浅，根皮白色，根肉白色，工艺品质好，出糖率高。田间自然发病，褐斑病 0.5～0.8 级，根腐病发病率 0.2%～1.7%。

【产量表现】

2005～2006 年区域试验平均根产量为 52379.9kg/hm²，较对照品种增产 53.3%；2007 年生产试验平均根产量为 62847.8kg/hm²，较对照品种增产 37.3%。块根含糖率 16.0%～16.4%。

【栽培技术要点】

选择中等肥力地块种植，结合秋整地施入基肥，有机肥 4000kg/hm²，磷酸二铵 225kg/hm²，种肥磷酸二铵 150kg/hm²；应适时提早机械播种，采用合理密植栽培方式，公顷保苗 8.3 万～9 万株；根据土壤肥力状况，定苗后可追施尿素 150kg/hm²，常规情况下，6 月中旬后不再追施氮肥。有些地区还应注意微肥，特别是硼肥的施用。

【适宜种植区域】

适宜在牡丹江、佳木斯、大庆、绥化、齐齐哈尔甜菜产区种植。

 KWS5145

【审定（登记）编号】：蒙审甜 2009001 号

【审定（登记）年份】：2009 年

【审定（登记）单位】：内蒙古自治区农作物品种审定委员会

【选（引）育单位（人）】：德国 KWS 种子股份有限公司北京代表处

【品种来源与育成经过】

父母系材料均来自德国 KSW 公司种质资源库。以 KWSMS0067 为母本，KWSP7203 为父本杂交选育而成。

【特征特性】

苗期发育快，叶片深绿，叶丛斜立，叶片窄长，叶柄较细长，叶片功能期长；块根圆锥形，青头较小，根形整齐，根沟较浅，块根白净。

【产量表现】

2007～2008 两年参加内蒙古自治区甜菜品种区域试验，平均根产量为 78405kg/hm²，比对照甜研 309 增产 34.9%；平均含糖 14.6%，比对照减少 0.53 度。2008 年参加内蒙古自治区甜菜品种生产试验，平均根产量为 72225kg/hm²，比对照甜研 309 增产 25.0%；平均含糖 15.0%，比对照减少 0.09 度。

【栽培技术要点】

制定合理的轮作制度，确保轮作年限在 4 年以上，避免重、迎茬和过量使用氮肥，严格杜绝大水大肥。每公顷保苗 82500 株左右。播种前用杀菌剂（如福美双、苗盛、土菌消等）和杀虫剂（如呋喃丹等）拌种，7、8 月份应十分重视叶部病虫害防治，适时喷洒农药。在湿润年份或地区，应特别注意防褐斑病。

【适宜种植区域】

适宜在内蒙古自治区巴彦淖尔市、包头市、呼和浩特市、赤峰市等地种植。

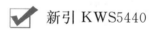 新引 KWS5440

【审定（登记）编号】：新审甜 2009 年 23 号

【审定（登记）年份】：2009 年

【审定（登记）单位】：新疆维吾尔自治区农作物品种审定委员会

【选（引）育单位（人）】：新疆康地种业科技股份有限公司

【品种来源与育成经过】

父母系材料均来自德国 KSW 公司种质资源库。

【特征特性】

属于丰产偏高糖型二倍体雄性不育多粒杂交种。叶色深绿，边缘皱褶多，绿叶50～60 片，叶片舌形，叶柄较长，叶片较小直立，叶丛繁茂直立，一年生植株自然高度 60～70cm；块根楔形，根沟浅，根头中等，根体光滑，根肉白色；前期生长发育快，后期不易发生贪青晚熟的现象；块根大小均匀，含糖率较高，加工工艺品质好；该品种抗丛根病和黄化病，耐根腐病和白粉病，中感褐斑病。

【产量表现】

据新疆 2007～2008 年甜菜区域试验结果表明，该品种块根产 88569kg/hm²，较对照品种 KWS2409 增产 10.5％；含糖率 15.15％，较对照提高 0.81 度；产糖量 13416kg/hm²，较对照增产 17.0％。在 2008 年新疆甜菜生产试验中，块根产量91340kg/hm²，较对照 KWS2409 增产 18.2％；含糖率 14.3％，较对照提高 0.68度；产糖量 10730kg/hm²，较对照增产 25.5％。

【栽培技术要点】

土壤实行 4 年以上的轮作，土壤持水性要好，排涝性强。前作收后秋季对耕地进行深耕深松，苗期适时深中耕。南疆巴州地区一般在 3 月中上旬，北疆地区一般在 4 月上旬，适墒播种，一般每公顷保苗 75000～82500 株。重施基肥，少施追肥，追肥应在 6 月初以前结束，若氮肥追施过晚过多，后期叶丛易贪青徒长，对块根含糖有较大的影响。根据土壤条件，施用适量微肥。后期严格控制水肥，杜绝大水大肥，避免后期地上部分徒长，降低含糖和产量。全生育期要控制杂草与害虫，药剂拌种防治苗期病虫，中后期应适时喷药防治褐斑病，确保高产高糖。

【适宜种植区域】

适宜南北疆甜菜区种植。

 KWS4121

【审定（登记）编号】：黑审甜 2009004

【审定（登记）年份】：2009 年

【审定（登记）单位】：黑龙江省农作物品种审定委员会

【选（引）育单位（人）】：德国 KWS 种子股份有限公司北京代表处

【品种来源与育成经过】

引自德国 KWS 公司种质资源库。由二倍体单胚雄性不育系 KWSMS0037 与二倍体多胚有粉系 KWSP8001 杂交育成。

【特征特性】

幼苗期胚轴颜色为绿色。繁茂期叶片为犁铧形、叶片颜色淡绿色，叶丛斜立，株高 40～46cm。叶柄较细长，叶片数 26～30 片；块根为纺锤形，根头较小，根沟较浅，根皮白色，根肉白色。采种株以混合枝型为主，母本无花粉，父本花粉量大。结实密度 18 粒每 10cm，种子千粒重 10～13g。块根含糖率 16.9％～17.9％。褐斑病 0.5 级。

【产量表现】

2006～2007 年区域试验平均根产量为 50375.7kg/hm²，较对照品种增产 31.8％；2008 年生产试验平均根产量为 48966.0kg/hm²，较对照品种增产 14.8％。

【栽培技术要点】

在适应区适时提早机械播种，选择中等肥力地块，合理密植，公顷保苗 8.25 万～8.5 万株。施肥应 N、P、K 合理搭配，基肥、种肥、追肥合理搭配。基肥一般结合秋整地施入，用量为有机肥 4000kg/hm²，磷酸二铵 225kg/hm²；种肥为磷酸二铵，用量为 150kg/hm²；根据土壤肥力状况，定苗后可追施尿素 150kg/hm²，常规情况下 6 月中旬后不再追施氮肥。应注意微肥，特别是硼肥的施用。种植该品种应特别注意密植和轮作倒茬，否则难以取得理想的产质量结果。

【适宜种植区域】

黑龙江省哈尔滨、齐齐哈尔、牡丹江、佳木斯、黑河甜菜产区。

二、荷兰品种

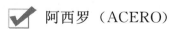 阿西罗（ACERO）

【审定（登记）编号】：黑审糖 2001002

【审定（登记）年份】：2001 年

【审定（登记）单位】：黑龙江省农作物品种审定委员会

【选（引）育单位（人）】：黑龙江省甜菜种子公司

【品种来源与育成经过】

育种材料均来源于荷兰安地公司育种资源库。

【特征特性】

属于丰产型三倍体单粒杂交种。株型斜立、一年生株高 60cm，叶长扇形、浓绿色，花青紫色，块根圆锥形，根沟浅，根毛少，根皮白色、表面光滑。耐褐斑病、根腐病。

【产量表现】

1998～1999 年参加黑龙江省区域试验，平均根产量、糖产量分别为 38025kg/

hm^2、6081kg/hm^2，分别比对照甜研 302 增产 23.5%、18.9%；2000 年生产试验，平均根产量、糖产量分别为 58965kg/hm^2、8651kg/hm^2，分别比对照增产 50.8%、34.2%。

【栽培技术要点】

种子播前拌药防治苗期病虫害。直播 4 月下旬至 5 月上旬播种、纸筒育苗 3 月 25 日至 4 月 5 日播种，每公顷栽培密度 75000～90000 株。每公顷施农家肥 30t、化肥纯氮 120kg、纯磷 250kg、纯钾 40.5kg，化肥播种前一次施入。褐斑病每 7～10d 防治 1 次，共防治 3～5 次，雨后及时补喷防治药剂，遇高温多雨年份适当增加防治次数。

【适宜种植区域】

适宜黑龙江省宁安、嫩江、友谊等甜菜产区种植。

巴士森（BASTION）

【审定（登记）编号】：黑审糖 2001001

【审定（登记）年份】：2001 年

【审定（登记）单位】：黑龙江省农作物品种审定委员会

【选（引）育单位（人）】：黑龙江省农垦总局九三分局种子公司

【品种来源与育成经过】

育种材料均来源于荷兰安地公司育种资源库。

【特征特性】

属于丰产型三倍体单粒杂交种。叶丛直立、叶半圆形、墨绿色；根部圆锥形、白色、较光滑，无侧根；有害氮、钾离子含量低，钠离子含量适中；抗褐斑病，耐根腐病。

【产量表现】

1998～1999 年参加黑龙江省区域试验，根产量、糖产量分别为 39585kg/hm^2 和 6668kg/hm^2，分别比对照甜研 302 增产 26.9%、20.6%；2000 年生产试验，根产量、糖产量分别为 72495kg/hm^2 和 12666kg/hm^2，分别比对照增产 42.5%、36.9%。

【栽培技术要点】

纸筒育苗移栽，3 月 25 至 4 月 15 日育苗，直播 5 月 1 日至 10 日播种。每公顷保苗 6.9～10.05 万株。每公顷施纯氮、磷、钾肥 300～375kg，氮肥 2/3 播前施，后期封垄前追施 1/3，磷、钾肥播前一次性施入。

【适宜种植区域】

适宜黑龙江省嫩江、讷河、友谊、宁安等地种植。

☑️ 新引 RIVAL（瑞福）

【审定（登记）编号】：新审甜 2002 年第 16 号

【审定（登记）年份】：2002 年 2 月

【审定（登记）单位】：新疆维吾尔自治区农作物品种审定委员会

【选（引）育单位（人）】：新疆种子管理站

【品种来源与育成经过】

育种材料均来源于荷兰安地公司。1986～1997 年，以二倍体单粒种雄性不育系为母本，以四倍体多粒种为父本选育而成。

【特征特性】

属二倍体多粒型三系杂交种。苗期生长势强，叶丛直立，叶色绿，叶片中等大小，根系圆锥形，根头较小，根沟较浅，根皮光滑，根内白色。抗抽薹性好，根体带土量低，种子千粒重 12.5g 左右，块根钾钠和氨态氮含量相对低，因此榨汁纯度和回收率非常高。耐丛根病，较抗白粉病、褐斑病。

【产量表现】

在 1999～2000 年，8 个品种 4 点的区域试验，较对照增产的有 3 点次，增产幅度在 6.67％～20.4％之内，列居各参试品种第 2 位，含糖率平均 15.10％，较对照增加 1.07 个糖度，居第 2 位，产糖量 10797kg/hm²，较对照增产 10％，居第 1 位。

【栽培技术要点】

播前精细整地，适当深耕，施足基肥，有机肥和化肥配合施用。适时早播，及时间苗、定苗和中耕除草。生育中期注意防治病虫害，后期控制灌水施肥，适当晚收，以增加产量和含糖率。

【适宜种植区域】

适宜新疆南北疆甜菜主产区种植。

奥维特（OVATIO）

【审定（登记）编号】：黑审糖 2003001

【审定（登记）年份】：2003 年

【审定（登记）单位】：黑龙江省农作物品种审定委员会

【选（引）育单位（人）】：黑龙江北大荒集团九三种业有限公司

【品种来源与育成经过】

育种材料均来源于荷兰安地公司范德哈福育种资源库。

【特征特性】

属于三倍体单粒杂交种。生育期 150～170d，需活动积温 2700～3500℃。胚轴绿色，叶为盾形，叶长 35～40cm，叶宽 15cm 左右。叶表有皱褶，叶色浓绿，叶面有光泽，根头微绿，根形为圆锥形。种子为瘦果，呈扁平状，每一种球内含一个种胚，千粒重 12～13.5g。

【产量表现】

在 2000～2001 年黑龙江省区域试验中，平均根产量 44491.5kg/hm²、产糖量 7321.5kg/hm²，分别较对照品种增产 25.6%、20.1%；在 2002 年生产试验中，平均根产量 45948kg/hm²、产糖量 8376kg/hm²，分别较对照品种增产 32.3%、28.5%。块根含糖率 16.5 度以上。

【栽培技术要点】

选择地势平坦，排水良好，土质肥沃，7 年以上轮作地块，每公顷施氮、磷、钾纯量 300～375kg 氮肥以播前深施 2/3，后期封垄前追肥 1/3 方法进行，磷、钾肥一次性施入。育苗时间为 3 月 25 日～4 月 15 日，移栽期为 5 月 8 日～15 日；适宜纸筒育苗及机械精密点播。适宜密植，一般每公顷保苗株数应在 70500 株以上。全生育期严禁撇掐功能叶片，封垄前再喷施一遍叶面肥。

【适宜种植区域】

适宜黑龙江省齐齐哈尔、牡丹江、佳木斯、绥化、黑河等地区种植。

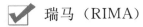 瑞马（RIMA）

【审定（登记）编号】：蒙审甜 2004002

【审定（登记）年份】：2004 年

【审定（登记）单位】：内蒙古自治区农作物品种审定委员会

【选（引）育单位（人）】：包头华资实业股份有限公司甜菜研究

【品种来源与育成经过】

育种材料均来源于荷兰安地公司范德哈福育种资源库。以二倍体雄性不育系单粒种为母本与二倍体多粒种为父本杂交而成。

【特征特性】

属于二倍体单粒杂交种。胚轴颜色为绿色，叶丛直立，叶为盾型，叶色浓绿，叶表有皱褶，繁茂期叶片数 35～40 片，株高 54.4cm，后期叶有匍匐状。收获时根部光滑，须根少，无叉根，根头微绿，根型为圆锥形。抗褐斑病，耐根腐病，抗早抽薹。

【产量表现】

该品种具有突出的丰产性状。2002 年参加内蒙古自治区抗（耐）丛根病组区域试验，平均根产量为 59835kg/hm²，比对照增产 192.6%；平均含糖率 15.38%，比对照低 0.21 度；平均产糖量 9202.5kg/hm²，比对照增加 188.7%；2003 年续试，平均根产量为 56530.5kg/hm²，比对照增产 128.1%；平均含糖率为 14.15%，比对照提高 1.09 度；平均产糖量 7999.5kg/hm²，比对照增加 147.1%。

【栽培技术要点】

合理轮作，避免重茬、迎茬及低洼地带，具备排灌条件。适宜机械化精量点播，直播及地膜栽培时应当早疏苗、早间苗、早定苗，纸筒育苗移栽时一定要适时移栽。栽培密度应在每公顷 82500 株左右，注意氮、磷、钾搭配、合理使用，避免过量施用氮肥，以施用甜菜专用种肥和追肥为宜，严格杜绝大水大肥。注意在褐斑病发生严重的年份，生长中后期应喷洒防止褐斑病发生的农药，同时叶面喷洒"肥王" 1～2 次增加含糖、提高品质。

【适宜种植区域】

适宜于内蒙古自治区呼和浩特市、包头市、巴盟等地≥10℃活动积温 2600℃以上轻度丛根病发生地区种植。

 瑞福（RIVAL）

【审定（登记）编号】：蒙审甜 2004003

【审定（登记）年份】：2004 年

【审定（登记）单位】：内蒙古自治区农作物品种审定委员会

【选（引）育单位（人）】：包头华资实业股份有限公司甜菜研究所

【品种来源与育成经过】

母本 TM6102 来源于荷兰安地集团的 SES 公司的育种资源库。利用遗传雄性可育材料 TD6202 为定向轮回亲本，1992～1994 年对 TM6102 雄不育株连续回交 3 代，对后代育性、粒性进行定向选择。父本 TD6202 是由两个高产、高纯度的群体进行集团繁殖，系统选育而成。

【特征特性】

属于二倍体单粒杂交种。叶丛直立，生长中期叶丛繁茂，叶片团扇形，中等大小，叶柄较短，叶色绿色，叶片功能期长。块根呈锤形、根皮及根肉均呈白色、青头较小、根沟浅，易于修削。种球较小，千粒重约 12.5g 左右，单粒率为 98%。耐丛根病、耐根腐病和褐斑病。

【产量表现】

2000 年参加内蒙古自治区抗（耐）丛根病组区域试验，根产量 57900.0kg/hm²，比对照甜研 303 增产 145.4%；含糖率 14.17%，比对照甜研 303 略低 0.64 度；产糖量 8302.5kg/hm²，比对照甜研 303 增加 143.7%，各项指标达到了耐病型品种标准。2002 年续试，根产量 62542.5kg/hm²，比对照增产 205.8%；含糖率为 15.75%，比对照提高 0.16 度，产糖量 9850.5kg/hm²，比对照增加 280.0%。

【栽培技术要点】

合理轮作，避免重茬、迎茬及低洼地带，具备排灌条件。适时早播，直播及地膜栽培时应当早疏苗、早间苗、早定苗，适宜纸筒育苗移栽及机械化栽培，纸筒育苗移栽时一定要适时移栽。栽培密度应在 82500 株/hm² 左右，注意氮、磷、钾搭配、合理使用，避免过量施用氮肥，以施用甜菜专用种肥和追肥为宜，严格杜绝大水大肥。注意在褐斑病发生严重的年份，生长中后期应喷洒防止褐斑病发生的农药，同时叶面喷洒"肥王"1～2 次增加含糖、提高品质。

【适宜种植区域】

适宜内蒙古自治区呼和浩特市、包头市、巴盟等≥10℃活动积温 2500℃以上轻度丛根病发生地区种植。

 普瑞宝（PRESTIBLE）

【审定（登记）编号】：黑审糖 2004002

【审定（登记）年份】：2004 年

【审定（登记）单位】：黑龙江省农作物品种审定委员会

【选（引）育单位（人）】：黑龙江北大荒集团九三种业有限公司

【品种来源与育成经过】

由荷兰安地公司选育

【特征特性】

属于三倍体多粒杂交种。胚轴绿色，叶丛直立，株高 60～65cm，犁铧形叶片，叶色浓绿；根为圆锥形；千粒重 25g 左右。褐斑病发病 1.0 级。中晚熟品种，生育日数 150～170d。

【产量表现】

2002～2003 年参加黑龙江省区域试验，平均根产量 45261kg/hm²，产糖量 7302kg/hm²，分别较对照品种甜研 303 增产 32.6%、24.1%；2003 年生产试验，平均根产量 46843.5kg/hm²，产糖量 7911kg/hm²，分别较对照增产 27.7%、23.6%。

【栽培技术要点】

在绥化、佳木斯、牡丹江等地区最佳播种期为 4 月 10 日～4 月 25 日，在齐齐哈尔、黑河地区最佳播种期为 4 月 25 日～5 月 5 日；公顷保苗 70000 株左右；每公顷施有机肥 30t，施化肥氮磷钾 375～450kg。

【适宜种植区域】

适宜黑龙江省牡丹江、佳木斯、绥化、黑河等地区种植。

☑ 普莱诺（PLENO）

【审定（登记）编号】：黑审糖 2005002

【审定（登记）年份】：2005 年

【审定（登记）单位】：黑龙江省农作物品种审定委员会

【选（引）育单位（人）】：黑龙江北大荒集团九三种业有限公司

【品种来源与育成经过】

荷兰安地公司用雄性不育母本和可育父本单交选育而成。母本是单交种，衍生自 2 个 SESVanderhave 不同的多粒二倍体群体，父本衍生自 1 个 SESVanderhave 二倍体多粒群体，每个群体经过几个世代选择和重组而获得。

【特征特性】：属于雄性不育多粒多倍体杂交种。胚轴颜色为绿色，叶丛直立，叶为犁铧形，叶色浓绿，叶表有皱褶，繁茂期叶片数为 40 片，株高 58.6cm。收获时根部光滑，须根少，无杈根。根头微绿，根型为圆锥形。千粒重 20～25g 左右；抗褐斑病、耐根腐病。

【产量表现】

该品种具有突出的丰产性状，2000～2004 年在黑龙江省区域试验和生产试验中，全省 8 个试验点平均根产量分别为 43936.3kg/hm²、50345.4kg/hm²，比对照品种甜研 303 增产 27.2％和 25.2％。平均含糖率为 16.73 度、16.9 度，平均产糖量为 7143.0kg/hm² 和 8573.8kg/hm²，比对照提高 18.8％和 15.4％。

【栽培技术要点】

该品种适应大面积机械化精密播种，在黑龙江东部地区最佳播种期为 4 月 10 日～4 月 20 日，在黑龙江西部地区最佳播期为 4 月 25 日～5 月 5 日。最佳种植密度为 7 万～7.5 万株/公顷左右。要求地势平坦，排水良好，土质肥沃，有机质含量高，并有 7 年以上轮作。前茬以麦茬为好。每公顷施有机肥 30t，施化肥氮磷钾 375～450kg。田间管理及收获做到适时播种、疏苗、间定苗。一般在 4 片真叶时疏苗，6～8 片叶时定苗。生产田做到三铲三耥，田间无大草。苗期重点防跳甲，生长中后期注意防治病虫害。

【适宜种植区域】

适宜黑河、齐齐哈尔、哈尔滨、佳木斯、牡丹江等地市种植。

 ADV0420

【审定（登记）编号】：蒙审甜 2006005

【审定（登记）年份】：2006 年

【审定（登记）单位】：内蒙古自治区农作物品种审定委员会

【选（引）育单位（人）】：包头华资实业股份有限公司甜菜研究所

【品种来源与育成经过】

荷兰安地公司用雄性不育母本和可育父本单交选育而成。母本是单交种，衍生自 2 个 SESVanderhave 不同的多芽二倍体群体，父本衍生自 1 个 SESVanderhave 二倍体多芽群体，每个群体经过几个世代选择和重组而获得。

【特征特性】

属于丰产型二倍体多粒品种。胚轴颜色 50％为绿色，50％为红色，叶丛斜立，叶片犁铧形，叶色浅绿，块根圆锥形，根皮白色，根肉白色，根沟浅。抗根腐病、褐斑病、黄化毒病及立枯病性较好，抗丛根病性较差。根体中有害灰分小，具有良好的加工价值。前期生长较快，苗期及收获期耐低温，生长期抗旱。

【产量表现】

2005 年在内蒙古自治区区域试验中，根产量为 66675kg/hm²，比对照增产 2.3％；含糖率为 15.67 度，比对照提高 0.33 度；产糖量 10018.5kg/hm²，比对照增产 5.1％。2005 年在内蒙古自治区生产试验中，根产量为 66945kg/hm²，比对照增加 23.5％；含糖率为 16.162 度，比对照减少 0.362 度；产糖量为 10815kg，比对照增加 22％。

【栽培技术要点】

西部地区的适宜播期为 3 月下旬至 4 月中旬，在内蒙古东部地区的适宜播期为 4 月上中旬；栽培密度应在 82500 株/公顷左右；避免过量施用氮肥，耕层要达到 25cm 以上，以深施甜菜专用种肥和追肥为宜；严格杜绝大水大肥。

【适宜种植区域】

适宜内蒙古巴彦淖尔市、呼和浩特市、兴安盟、赤峰市地区种植，特别适宜于生育期短的干旱地区种植。

 HI5304

【审定（登记）编号】：蒙审甜 2006004

【审定（登记）年份】：2006 年

【审定（登记）单位】：内蒙古自治区农作物品种审定委员会

【选（引）育单位（人）】：包头华资实业股份有限公司甜菜研究所

【品种来源与育成经过】

荷兰安地公司用雄性不育母本和可育父本单交选育而成。母本是单交种，衍生自 2 个 SESVanderhave 不同的单粒二倍体群体，父本衍生自 1 个 SESVanderhave 二倍体多粒种群体，每个群体是经过几个世代选择和重组而获得。

【特征特性】

属于二倍体单粒丰产型品种。叶片舌形，叶丛直立，叶片较窄，叶柄居平均状态，叶色绿色，叶面相对平滑；块根圆锥形，根皮白色，根肉白色，根沟浅；苗期及收获期耐低温，生长期抗旱；抗根腐病、耐丛根病，是内蒙古自治区甜菜产区纸筒育苗移栽及机械化栽培的优良品种，在干旱地区表现尤为突出。

【产量表现】

该品种丰产性优良，2004 年在内蒙古自治区区域试验中，根产量为 74460kg/hm²，比对照甜研 309 提高 45.11%；含糖率为 16.15%，比对照降低 0.22 度，产量排第 1 位，含糖率排第 4 位。2005 年在内蒙古自治区区域试验中，根产量为 78420kg/hm²，比对照增产 20.3%，产量排第 2 位；含糖率为 16.82%，比对照高 1.48 度，含糖率排第 1 位；平均产糖量 12880.5kg/hm²，比对照增产 33%。2005 年在内蒙古自治区生产试验中，根产量为 67185kg/hm²，比对照增加 25.1%；含糖率为 16.03%，比对照减少 0.462 度；产糖量为 10755kg/hm²，比对照增加 21%。

【栽培技术要点】

西部地区的适宜播期为 3 月下旬～4 月中旬，在东部区的适宜播期为 4 月上中旬。栽培密度应在每公顷 82500 株左右，避免过量施用氮肥，耕层要达到 25cm 以上，以深施甜菜专用种肥和追肥为宜，严格杜绝大水大肥。

【适宜种植区域】

适宜内蒙古巴彦淖尔市、呼和浩特市、兴安盟、赤峰市地区种植。特别适宜在干旱地区或半干旱地区种植。

✓ 新引 ADV0411

【审定（登记）编号】：新审甜 2006 年第 20 号
【审定（登记）年份】：2006 年 2 月
【审定（登记）单位】：新疆维吾尔自治区农作物品种审定委员会
【选（引）育单位（人）】：新疆华西种业
品种来源与育成经过：荷兰安地公司（ADVANTA）

【特征特性】

叶丛直立，叶为犁铧形，叶色浓绿；块根圆锥形，根皮白色，根肉白色，根沟浅，具有抗丛根病特性。

【产量表现】

ADV0411 参加 2004～2005 年新疆甜菜品种区试和生产示范。在区试中块根平均亩单产 78267kg/hm²，平均含糖率 15.91%，两年平均亩产糖量 12249kg/hm²，较对照 KWS5075 增产 14.1%，在全疆五点生产示范中 ADV0411 平均亩产 71145kg/hm²，平均含糖 15.92%，较对照含糖提高 0.81 度。ADV0411 平均亩产糖 11313kg/hm²，较对照增产 1.8%。

【栽培技术要点】

选择土壤肥沃，地势平坦，四年以上轮作的地块种植；适期早播：南疆以 3 月中旬至 4 月上旬，北疆以 3 月底至 4 月上旬为宜；每公顷保苗 75000～82500 株为宜；生育期适时灌水，以满足甜菜生长需要，生长后期注意控制浇水，以提高含糖率；5 月中旬至 8 月上旬及时防治三叶草夜蛾、甘蓝夜蛾为害。

【适宜种植区域】

适宜在南北疆各糖区种植。

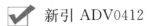 新引 ADV0412

【审定（登记）编号】：新审甜 2007 年 20 号

【审定（登记）年份】：2007 年

【审定（登记）单位】：新疆维吾尔自治区农作物品种审定委员会

【选（引）育单位（人）】：新疆华西种业

品种来源与育成经过：荷兰安地公司（ADVANTA）

【特征特性】

叶丛直立，叶为犁铧形，叶色浓绿；块根圆锥形，根皮白色，根肉白色，根沟浅，具有抗丛根病、白粉病、黄化毒病特性。

【产量表现】

ADV0412 参加 2005～2006 年新疆甜菜品种区试和生产示范。在区试中块根产量平均为 86503.5kg/hm²，较对照 KWS2409 增产 5.2%，平均含糖率 15.50%，亩产糖量 13119kg/hm²，较对照增产 5.1%。在全疆五点生产示范中 ADV0412 平均单产 90798kg/hm²，较对照增产 14.2%。平均含糖 15.37%，较对照含糖提高 0.72 度。平均产糖 13860kg/hm²，较对照增产 19.4%。

【栽培技术要点】

选择土壤肥沃，地势平坦，四年以上轮作的地块种植；适期早播：南疆以 3 月中旬至 4 月上旬，北疆以 3 月底至 4 月上旬为宜；适宜密植，每公顷保苗 75000～82500 株为宜；生育期适时灌水，以满足甜菜生长需要，生长后期注意控制浇水，以提高含糖率；5 月中旬至 8 月上旬及时防治三叶草夜蛾、甘蓝夜蛾为害。

【适宜种植区域】

适宜在南北疆各糖区种植。

 ADV0413

【审定（登记）编号】：黑审糖 2007004

【审定（登记）年份】：2007 年

【审定（登记）单位】：黑龙江省农作物品种审定委员会

【选（引）育单位（人）】：黑龙江北大荒集团九三种业有限公司

【品种来源与育成经过】

荷兰安地公司。

【特征特性】

ADV0413 属三倍体多粒杂交种。胚轴颜色为红色，叶丛直立，叶为犁铧形，叶色浓绿，叶表有皱褶，繁茂期叶片数为 40～45 片，株高 60cm；收获时根部光滑，须根少，无叉根，根头微绿，根型为圆锥形；千粒重 20～25g 左右；抗根腐病、耐丛根病。

【产量表现】

2005～2006 年区域试验平均块根产量 45521.6kg/hm²，比对照甜研 309 增产 27.3%；平均含糖率为 15.6%，比对照低 1.11 度；平均产糖量为 7109.2kg/hm²，比对照增糖 18.0%；2006 年生产试验平均根产量 52710.8kg/hm²，比对照增产 24.4%；平均含糖率 15.6%，比对照甜研 309 低 0.57 度；平均产糖量 8027.9kg/hm²，比对照提高 18.2%。

【栽培技术要点】

选择土壤 pH 值 6.8～7.2 中性土壤，要求地势平坦，排水良好，土质肥沃，有机质含量高，耕深要达到 25cm 以上，并且实现 7 年以上轮作，前茬以麦茬为好；在大庆、佳木斯、牡丹江等地区播种期为 4 月 15 日～4 月 25 日，在齐齐哈尔、黑河地区播种期为 4 月 25 日～5 月 5 日；公顷保苗 7 万～7.5 万株；一般在 4 片真叶时疏苗，6～8 片叶时定苗；每公顷施有机肥 30t，施化肥氮磷钾纯量 375～450kg 为宜，化肥氮肥以播前深施 2/3，后期封垄前追施 1/3 方法进行，磷钾肥播前一次施入，有条件的地方可进行测土配方施肥。

【适宜种植区域】

适宜哈尔滨、齐齐哈尔、牡丹江、佳木斯、大庆、黑河等地区种植。

 爱丽斯（IRIS）

【审定（登记）编号】：黑审糖 2008006

【审定（登记）年份】：2008 年

【审定（登记）单位】：黑龙江省农作物品种审定委员会

【选（引）育单位（人）】：黑龙江北大荒集团九三种业有限公司

【品种来源与育成经过】

荷兰 Kuhn&Co 选育而成。

【特征特性】

幼苗期胚轴颜色为绿、红色概率各为 50%，叶柄长短适中；繁茂期叶片为犁形、叶片颜色深绿色，叶丛斜立，叶片数 26～30 片，株高 53cm；块根为圆锥形，根头小，根沟浅，根皮白色，根肉浅黄色；前期块根增长快，糖提取率较高，适合于加工；田间自然发病下褐斑病 0.5～1.0 级，根腐病发病率 0.2%～2.9%。

【产量表现】

2005～2006 年区域试验平均根产量为 42512.7kg/hm²，较对照品种增产 27.8%；2007 年生产试验平均根产量为 52005.7kg/hm²，较对照品种增产 36.4%；块根含糖率 16.4%～16.8%，

【栽培技术要点】

选择中等肥力地块种植，产量在 40500～70500kg/hm²，施肥量 N 肥 120～195kg/hm²，P₂O₅ 肥 90～150kg/hm²，K₂O 肥 120～210kg/hm²，MgO 肥 45～60kg/hm²。底肥、种肥 85%，追肥 15%。采用机械或人工播种栽培方式，公顷保苗 7.5～10 万株。

【适宜种植区域】

哈尔滨、齐齐哈尔、牡丹江和绥化甜菜产区。

 普罗特（PLUTONE）

【审定（登记）编号】：黑审糖 2008001

【审定（登记）年份】：2008 年

【审定（登记）单位】：黑龙江省农作物品种审定委员会

【选（引）育单位（人）】：黑龙江北大荒集团九三种业有限公司

【品种来源与育成经过】

荷兰安地公司由二倍体多粒细胞质雄性雄不育系母本与多粒二倍体可育父本材料杂交而成。

【特征特性】

幼苗期胚轴颜色为红色；繁茂期叶片为盾形、叶片颜色深绿色、叶丛斜立，叶片数 40～45 片，株高 60cm；块根为圆锥形，根头较小，根沟浅，根皮地上部绿色地下部白色，根肉白色；田间自然发病下褐斑病 1.5 级，根腐病发病率 0.5%～1.6%。

【产量表现】

2005～2006 年区域试验平均根产量 46918.2kg/hm²，较对照品种增产 34.9%；2007 年生产试验平均根产量 47078.2kg/hm²，较对照品种增产 57.6%；块根含糖率 16.5%～17.1%。

【栽培技术要点】

该品种适应肥力中上等地块，秋施肥起垄。N∶P₂O₅∶K₂O 为 1∶1∶0.3，施肥量 500kg/hm²。适应机械精密播种地区，采用直播栽培方式，公顷保苗 7～7.5 万株。

【适宜种植区域】

适宜哈尔滨、牡丹江、齐齐哈尔、黑河甜菜产区种植。

三、美国品种

 Beta 807

【审定（登记）编号】：国审糖 2002002

【审定（登记）年份】：2002 年

【审定（登记）单位】：国家农作物品种审定委员会

【选（引）育单位（人）】：中国种子集团公司

【品种来源与育成经过】

父系母系材料均来自于美国贝特赛特（BETASEED）种子公司种质资源库。母系 BTSM85691 由单粒二倍体 MS8569 与异型保持系 O-911 杂交获得。父系 BTSP76338 为多粒二倍体，母系与父系以 3∶1 比例配制而成。

【特征特性】

该品种属二倍体遗传单粒种。叶根比较小，叶色淡绿色，叶丛斜立，叶片尖、窄、长，叶柄较粗、长，苗期发育快，叶片功能期长；块根纺锤形，根头较小，根形整齐，根沟较浅，块根白净；耐丛根病，耐褐斑病和根腐病。

【产量表现】

2000、2001 年参加国家甜菜品种区试，在全国三个大区 17 个试点中，连续两年超对照点 14 个，增产幅度 4.6%～133.2%；含糖率 15.20%，含糖量超对照点次 6 个；产糖量较对照增产 20% 以上的点次为 17 个。2001 年参加在吉林、黑龙江、内蒙古、新疆 8 个试点的生产试验，在所有试点均表现增产，产糖量有 7 点超对照，其中 4 点超对照 15%。

【栽培技术要点】

适时早播，每公顷保苗 75000 株以上；施肥应注意氮磷钾搭配，个别地区应注意微肥尤其是硼肥的施用，应控制氮肥的过量施用，一般在封垄前不应追施氮肥；生长期应及时防治虫害、草害和病害。

【适宜种植区域】

适宜黑龙江东部、吉林洮南、内蒙古包头、新疆石河子甜菜产区种植。

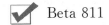 Beta 811

【审定（登记）编号】：蒙认甜 2002001

【审定（登记）年份】：2002 年

【审定（登记）单位】：内蒙古自治区农作物品种审定委员会

【选（引）育单位（人）】：内蒙古甜菜制糖工业研究所

【品种来源与育成经过】

美国贝特赛特（BETASEED）种子公司以单粒二倍体不育系 CMS90 为母本，多粒二倍体授粉系 P88-1 为父本杂交选育而成。

【特征特性】

叶丛直立，叶柄细长，叶片中等大小，叶缘平展，叶片较薄；苗期生长迅速，有利于保苗，形成壮苗；适应性较强，对土壤肥力和灌溉条件要求不严；总体上地上部不太繁茂，块根长圆锥形，根皮黄白色，根肉白色；钾、钠、有害氮含量低，有利于减少加工过程中的糖分损失。单粒率高，品种性状整齐，无论地上部还是块根均匀整齐一致，表明其亲本的纯合度很高。具有显著的抗丛根病能力且兼抗褐斑病。

【产量表现】

丰产性好，含糖量中等。1999～2000 年两年区域试验，平均根产 48165kg/hm²，含糖率 14.72%。2001 年生产试验，平均根产 63090kg/hm²，含糖率 16.05%。

【栽培技术要点】

平作区，适宜密度为每公顷 82500～90000 株；在肥水条件好的地区，控制氮肥施用量。一般追肥（尿素）不超过 225～300kg/hm²，要尽量采用化学防治褐斑病。

【适宜种植区域】

适宜内蒙古西部中度丛根病病区种植。

 Beta 580

【审定（登记）编号】：蒙审甜 2008003 号

【审定（登记）年份】：2008 年

【审定（登记）单位】：内蒙古自治区农作物品种审定委员会

【选（引）育单位（人）】：中国种子集团公司

【品种来源与育成经过】

该品种由美国贝特赛特（BETASEED）种子公司以 BTSM85787 为母本、

BTSP35278 为父本选育而成。母本 BTSM85787 由 MS87850 与异型保持系 O-955 杂交获得。

【特征特性】

叶丛直立，叶片舌形，叶色绿色；块根圆锥形，根皮、根肉白色，根沟浅。

【产量表现】

2007 年参加内蒙古自治区甜菜区域试验，平均产量 68310kg/hm²，比对照甜研 309 增产 18.8%；平均含糖率 14.7%，比对照低 0.35 度；产糖量 10057.5kg/hm²，比对照高 16.1%。2007 年参加内蒙古自治区甜菜生产试验，平均产量 73740kg/hm²，比对照甜研 309 增产 31.2%；平均含糖率 15.1%，比对照高 0.06 度。

【栽培技术要点】

每公顷保苗 75000～82500 株（行距 45～50cm，株距 20～25cm），最佳收获株数应不低于 75000 株/公顷。

【适宜种植区域】

内蒙古自治区呼和浩特市、包头市、巴彦淖尔市、赤峰市等地区种植。

 新引 Beta 218

【审定（登记）编号】：新审甜 2005 年第 13 号
【审定（登记）年份】：2005 年
【审定（登记）单位】：新疆维吾尔自治区农作物品种审定委员会
【选（引）育单位（人）】：新疆农科院经作所

【品种来源与育成经过】

父系、母系材料均来自（美国）BETASEED 公司种质资源库。母系 BTSM88779 由多粒二倍体 MS88748 与多粒二倍体异型保持系 O-756 杂交获得。父系为 BTSP86323，母系与父系以 3：1 比例配制而生成。

【特征特性】

属多粒二倍体杂交种。叶片淡绿色，叶丛斜立、叶片尖长、叶柄较粗；苗期发育快，叶片功能期长；纺锤形块根，青头小，根形整齐，根沟较浅、带土少，块根白净。抗褐斑病和丛根病，耐根腐病。

【产质量表现】

该品种适应性广，丰产性突出。2003～2004 年，在 20 个试验点参加了全国甜菜品种区域试验，根产量全部高于对照，平均增产 26.5%；含糖率 16.3%；产糖量 19 个试验点高于对照；20 个试验点平均增加产糖量 17.3%。2004 年该品种在 6 个试验点进行生产试验，根产量和产糖量在 6 个试验点全部高于对照，分别增产

17.8%和 14.5%；含糖率平均 17.6%。

【栽培技术要点】

适时早播，适合密植，公顷保苗应在 82500 株左右。应注意 N、P、K 搭配施用，有些地区需增加微肥，特别是硼肥的施用。控制 N 肥过量施用，杜绝大水大肥。生长期应及时防治病、虫、草害。

【适宜种植区域】

适宜黑龙江的宁安，河北的张北，内蒙古的林西、包头、呼和浩特，甘肃的酒泉、黄羊镇，新疆等地区种植。

 Beta 356

【审定（登记）编号】：黑审甜 2009002

【审定（登记）年份】：2009 年

【审定（登记）单位】：黑龙江省农作物品种审定委员会

【选（引）育单位（人）】：黑龙江大学农作物研究院

【品种来源与育成经过】

该品种父系、母系材料均来自美国 BETASEED 公司种质资源库。母系 BTSM87789 由单粒二倍体 MS87848 与单粒二倍体异型保持系 O-965 杂交获得。父系为 BTSP75238，母系与父系以 3：1 比例配制而成。

【特征特性】

属于单粒二倍体杂交种。叶片淡绿色，叶丛斜立，叶片尖长，叶柄较细、短，苗期发育快，叶片功能期长；纺锤形块根，根冠部小，根形整齐，根沟较浅，块根白净；抗褐斑病和丛根病。

【产质量表现】

丰产性突出，适应性广。在 2004～2005 年 18 个试验点的区域试验中，根产量全部高于对照，增产幅度为 13.9%～97.0%；含糖率在河北张北、甘肃酒泉和新疆塔城分别高于对照 0.4、0.2、0.2 度，在其余试点均低于对照；产糖量全部高于对照，增产幅度为 3.6%～68.1%。在 2005 年 13 个试验点的生产试验中，根产量在 11 个试验点高于对照，增产幅度为 2.9%～58.0%；含糖率在 3 个试验点高于对照，提高幅度为 0.3～2.3 度；产糖量在 9 个点高于对照，增产幅度为 15.4%～69.0%。

【栽培技术要点】

适时早播，适当密植，公顷保苗在 75000～82500 万株；应注意 N、P、K 搭配施用，有些地区需增加微肥，特别是硼肥的施用。控制 N 肥过量施用，杜绝大水大肥；生长期应及时防治虫害、草害和病害。

适合黑龙江省哈尔滨、齐齐哈尔、牡丹江、大庆、绥化、嫩江地区种植。

 Beta 464

【审定（登记）编号】：黑审甜 2009003

【审定（登记）年份】：2009 年

【审定（登记）单位】：黑龙江省农作物品种审定委员会

【选（引）育单位（人）】：黑龙江大学农作物研究院/中国农业科学院甜菜研究所

【品种来源与育成经过】

从美国 BETASEED 公司种质资源库引进。由二倍体单粒雄性不育系 BTSMS89989 与二倍体多粒有粉系 BTSP86345 杂交育成。

【特征特性】

幼苗期胚轴颜色为绿色。繁茂期叶片为犁铧形、叶片颜色绿色，叶丛斜立，株高 32～41cm。叶柄较细短，叶片数 28～33；块根为纺锤形，根头较小，根沟较浅，根皮白色，根肉白色。采种株以混合枝型为主，母本无花粉，父本花粉量大。结实密度 22 粒每 10cm，种子千粒重 11～14g。块根含糖率 16.5%～17.5%。褐斑病 0.5 级。

【产量表现】

2006～2007 年区域试验平均根产量为 50641.5kg/hm²，较对照品种增产 33.7%；2008 年生产试验平均根产量为 49054.1kg/hm²，较对照品种增产 23.8%。

【栽培技术要点】

在适应区适时提早机械播种，选择中等肥力地块种植，采用合理密植栽培方式，公顷保苗 8.5 万～9.0 万株。施肥应 N、P、K 合理搭配，基肥、种肥、追肥合理搭配。基肥一般结合秋整地施入，有机肥 4000kg/hm²，磷酸二铵 225kg/hm²；种肥为磷酸二铵，用量为 150kg/hm²；根据土壤肥力状况，定苗后可追施尿素 150kg/hm²，常规情况下 6 月中旬后不再追施氮肥。有些地区还应注意微肥，特别是硼肥的施用。在生产中应制定合理的轮作制度，确保轮作年限，避免重、迎茬；控制 N 肥过量施用；生育期内严禁擗叶。

【适宜种植区域】

黑龙江省哈尔滨、齐齐哈尔、牡丹江、黑河甜菜产区。

四、瑞士

 新引 HM1631（华丹 2 号）

【审定（登记）编号】：新审甜 2003 年第 29 号

【审定（登记）年份】：2003

【审定（登记）单位】：新疆维吾尔自治区农作物品种审定委员会

【选（引）育单位（人）】：新疆昌吉华西种业

【品种来源与育成经过】

该品种由瑞士先正达公司选育。母系单粒二倍体 MS216 由 MS121 与异型保持系 O-16 杂交获得，父系为多粒二倍体 POLL-20Y。该品种由母系与父系按 3∶1 比例配制成。

【特征特性】

属于丰产型二倍体遗传单粒种。发芽势强，出苗快，苗期生长势强；叶片功能期长，叶丛斜立，呈犁铧形，叶根比较小，叶片深绿色；根冠比例协调，株型紧凑，适宜密植；根为圆锥形，根头小，根形整齐，根沟较浅，根皮光滑，皮质细致；耐丛根病、褐斑病和根腐病。

【产量表现】

2000、2001 年参加国家甜菜品种区试，在全国三个大区 17 个试点中，连比对照增产幅度 6.8%～180%，绝大多数点增产 30% 以上。在两年区试中，产糖量比对照增加 20% 以上的试点 19 个。2001 年在吉林、内蒙古、甘肃、新疆 6 个试点参加生产试验，块根产量在所有试点均超对照，增产幅度 1.3%～186.8%；含糖率 15.21%，有 4 点超对照；产糖量在 5 个试点超对照。

【栽培技术要点】：播种期适宜在 4 月上、中旬播种；每公顷播种量 6000～7500g，适合机械化精量点播和纸筒育苗移栽。每公顷保苗 82500～90000 株；每公顷带种肥磷酸二铵 225kg，头水前施尿素 150kg；作物生长期应及时防治虫害、草害和病害。

【适宜种植区域】

适宜在内蒙古、新疆等丛根病区种植。

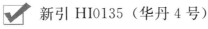 新引 HI0135（华丹 4 号）

【审定（登记）编号】：新审甜 2005 年第 14 号

【审定（登记）年份】：2005 年 2 月

【审定（登记）单位】：新疆维吾尔自治区农作物品种审定委员会

【选（引）育单位（人）】：新疆华西种业

【品种来源与育成经过】

瑞士先正达公司是以单粒二倍体雄性不育系 MS-314 为母本，多粒种二倍体 poll-0131 品系为父本，按 1∶3 比例配制而成的二倍体杂交种。

【特征特性】

该品种为二倍体遗传单粒型雄性不育杂交种。该品种发芽势强，出苗快，苗期生长势强；叶丛斜立、叶片少、呈犁铧形；根冠比例协调，株型紧凑，适于密植；根为楔形，叶痕间距小，青头小，根沟浅，根皮光滑，皮质细致；有害灰分低，糖汁纯度高，工艺品质好；抗丛根病和褐斑病性强，有较强的耐根腐病性。

【产质量表现】

属标准偏丰产型、多抗（耐）品种，块根产量高，含糖中等偏高。2003～2004 年在 20 个试验点参加了国家甜菜品种区域试验，丰产性状突出。根产量在 20 个试验点全部高于对照，平均增产 22.3%；含糖率平均 16.8%；产糖量在 18 个试验点高于对照，20 个试验点平均增加产糖量 16.8%。2004 年该品种在 6 个试验点进行生产试验，根产量在 5 个试验点高于对照，在 6 个试验点平均增产 26.9%；含糖率平均 17.1%；产糖量在 4 个试验点高于对照，在 6 个试验点平均增产 23.2%。

【栽培技术要点】

该品种适宜于纸筒育苗移栽及机械化栽培，栽培密度 82500 株/公顷左右为宜。应注意氮磷钾肥的搭配使用，避免过量施用氮肥，杜绝大水大肥。

【适宜种植区域】

该品种是褐斑病、丛根病及根腐病兼有甜菜产区的首选品种，也适于适宜吉林的洮南，河北的张北，内蒙古的林西、包头、呼和浩特，甘肃的酒泉、黄羊镇，新疆等地区种植。

 HI0141

【审定（登记）编号】：黑审糖 2006002

【审定（登记）年份】：2006 年

【审定（登记）单位】：黑龙江省农作物品种审定委员会

【选（引）育单位（人）】：黑龙江北大荒集团九三种业有限公司

【品种来源与育成经过】

该品种从瑞士先正达公司引进。该品种是以单粒二倍体雄性不育系 MS-0130 为母本，以多粒二倍体 poll-0285 为父本杂交育成。

【特征特性】

该品种属于二倍体遗传单粒杂交品种。种子发芽势强，出苗快，苗期生长势强；叶片较小且平展，叶色浓绿，叶丛斜立，叶片功能期长；株型紧凑，适宜密植；根为纺锤形，青头小，根型整齐，根沟较浅，根皮光滑，皮质细致，易于切削；抗褐斑病性中等。

【产量表现】

块根产量较高，含糖高。在 2004 年生产试验中，平均根产量为 28817.0kg/hm²，较对照品种甜单 2 号增产 19.1％；含糖率为 15.9％，较对照提高 0.5 度；产糖量为 4580.5kg/hm²，较对照品种增产 24.3％。

【栽培技术要点】

适合机械化精量点播和纸筒育苗用种，一般公顷保苗应在 82500～9000 株左右；一般每公顷施农家肥 40t 左右，磷酸二铵 250kg，底肥以磷肥为主；实行三产三趟或机械中耕，化学除草，确保土壤通气透水。

【适宜种植区域】

适宜黑龙江省牡丹江、齐齐哈尔、佳木斯、哈尔滨等甜菜产区种植。

 HM1629

【审定（登记）编号】：黑审糖 2007003

【审定（登记）年份】：2007 年

【审定（登记）单位】：黑龙江省农作物品种审定委员会

【选（引）育单位（人）】：黑龙江北大荒集团九三种业有限公司

【品种来源与育成经过】

品种来自 SYNGENTASEEDSAB 种质资源库。

【特征特性】

叶柄长短适中，幼苗期胚轴颜色为绿色；繁茂期叶片为犁铧形、叶片颜色深绿色，叶丛斜立，叶片数 26～30 片，株高 52.5cm；块根为圆锥形，根头较小，根沟较浅，根皮白色，根肉浅黄色；结实密度 22.5 粒/10cm，千粒重 11～13g；褐斑病 0.9～1.4 级；根腐病发病率 1.0％～3.4％。

【产量表现】

2001～2002 年区域试验，平均根产量 49696.9kg/hm²，较对照品种甜单 2 号增产 36.2％；平均含糖率 15.8％，较对照甜单 2 号提高－0.35 度；2006 年生产试验平均根产量 45967.5kg/hm²，较对照品种增产 42.2％；平均含糖率 15.5％，较对照提高 0.05 度。

【栽培技术要点】

在适应区选择中等肥力地块种植，采用纸筒育苗或气吸式精量点播栽培方式，适宜密植，每公顷保苗 82500 株左右；适时进行田间管理。一般在一对真叶期疏苗，二对真叶期间苗，三对真叶期定苗，疏、定苗后应及时进行中耕锄草；生长期应及时控制、防治虫害、草害和病害；底肥、种肥 85％，追肥 15％，控制 N 肥过量施用，杜绝大水大肥；生育期内严禁掰叶。根据各地的气温变化情况适时晚收，以提高块根含糖率。

【适宜种植区域】

适宜哈尔滨、齐齐哈尔、牡丹江、佳木斯、大庆、黑河等地区种植。

 HI0474

审定编号：蒙审甜 2010003 号

【审定（登记）年份】：2010 年

【选（引）育单位（人）】：先正达（中国）投资有限公司隆化分公司

【品种来源与育成经过】

该品种以 MS-06201 为母本，POLL-40200 为父本杂交选育而成。

【特征特性】

叶为犁铧形，叶丛斜立，叶柄短，叶色浅绿。块根为圆锥形，叶痕间距小，根沟浅。在三级丛根病地，病情指数 0.19，褐斑病发生 2.0 级，丛根病罹病率 100%。

【产量表现】

2008 年参加内蒙古自治区甜菜区域试验，平均根产 67050kg/hm²，比对照甜研 309 增产 14.7%；平均含糖率 12.87%，比对照低 1.27 度。2009 年参加内蒙古自治区甜菜区域试验，平均根产 82929kg/hm²，比对照甜研 309 增产 44.6%；平均含糖率 17.04%，比对照低 0.36 度。2009 年参加内蒙古自治区甜菜生产试验，平均根产 79278kg/hm²，比对照甜研 309 增产 41.5%；平均含糖率 17.63%，比对照高 0.29 度。

【栽培技术要点】

一般育苗移栽 90000 株/公顷，机械化直播 99000 株/公顷为宜，收获株数不低于 70000 株/公顷。苗期注意防治立枯病和跳甲、象甲等苗期害虫，中后期防治甘蓝夜蛾和草地螟。

【适宜种植区域】

内蒙古自治区包头市、呼和浩特市、巴彦淖尔市、乌兰察布市等适宜地区种植。

五、丹麦品种

 HYB-74

【审定（登记）编号】：吉审甜 2001006

【审定（登记）年份】：2001 年

【审定（登记）单位】：吉林省农作物品种审定委员会

【选（引）育单位（人）】：吉林省甜菜种子公司

【品种来源】

丹麦丹尼斯克种子公司（DaniscoSeed）以单粒二倍体雄性不育系 MS-158 为母本、poll-145 为父本，经多年轮回选择选育而成的遗传单粒型雄不育二倍体杂交种。

【特征特性】

叶丛斜立，叶片犁铧形、深绿色，叶缘多皱褶，根体圆锥形，根头小，根沟浅，根皮光滑，标准偏丰产型抗根病品种，遗传单粒型杂交种；抗丛根病能力强，较耐根腐病；平均含糖量 14.17％。

【产量表现】

1999 年参加吉林省区域试验，公顷根产量、糖产量分别为 35595kg 和 4885.5kg，分别比对照 HYB-13 增产 17.9％和 26.0％。

【栽培技术要点】

纸筒育苗移栽及机械化栽培，每公顷栽培密度 840000 株；喜水肥，应适量施氮肥，多施磷、钾肥。

【适宜种植区域】

适宜吉林省中西部甜菜产区种植。

 HYB-96

【审定（登记）编号】：吉审甜 2005005

【审定（登记）年份】：2005 年

【审定（登记）单位】：吉林农作物品种审定委员会

【选（引）育单位（人）】：吉林省华瑞甜菜种子有限责任公司

【品种来源与育成经过】

丹麦丹尼斯克种子公司（DaniscoSeed）以单粒二倍体雄性不育系 MS-055 为母本，多粒二倍体 poll-021 为父本，按母父本 3∶1 杂交育成。母本 MS-055 是经多年成对回交转育而成的单粒不育系，单粒率达 99％，不育率 98％。父本 poll-021 是经多年轮回选择选育而成。

【特征特性】

HYB-96 是遗传单粒型雄性不育杂交种，出苗快、苗期生长势强，叶丛斜立，叶片少，叶淡绿色，呈犁铧形，叶缘平展。根为圆锥形，根头小，根沟浅，根皮光滑，皮质细致。抗褐斑病、耐根腐病，符合标准偏丰产型甜菜新品种标准。

【产量表现】

经 1997～1999 年，连续 3 年全国不同甜菜产区引种试验结果表明：与当地对照品种相比，HYB-96 平均块根产量增产 18.5%，含糖比对照提高 0.31 度，产糖量比对照增加 20.9%；2001～2003 年，在黑龙江、内蒙古和吉林 3 省区 3 年共 6 个点次进行生产试验。HYB-96 平均根产量 41050.0kg/hm²，比当地对照增产 10.8%，平均含糖率 16.13%，比当地对照提高 0.35 度，平均产糖量 6731.5kg/hm²，比当地对照增加 14.2%。

【栽培技术要点】

选择平岗和排水良好的玉米、大豆或小麦茬地块种植为宜。在吉林甜菜产区及类似气候条件下，纸筒育苗最佳播种期为 4 月上旬，最佳移栽期为 5 月上旬，最佳直播播种期为 4 月末。种植密度：80000 株/公顷左右为宜。底肥施农家肥 30～50t/hm²，种肥以磷酸二铵为主，用量为 300～350kg/hm²。二年生制种要求父母本栽植比例为 1:3，盛花期过后一周，需及时砍掉父本，单收母本种子。

【适宜种植区域】

适宜吉林、黑龙江、辽宁等褐斑病多发区以及新疆、内蒙古等无丛根病地区种植。

第二章　饲用甜菜品种的类型及其评价

饲料甜菜（*Beta vulgaris L. Var. Cicle*），专门作为牲畜饲料的作物，其块根产量可达 60000～82500kg/hm² 。但饲料甜菜的块根含糖率较低，通常仅为 5～10 度。目前，在欧洲种植面积较大，且有专门的育种机构从事饲料甜菜品种的选育工作。

第一节　国内育成饲料品种

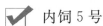 内饲 5 号

【审定（登记）编号】：种审证字第 0227 号

【审定（登记）年份】：1994 年

【审定（登记）单位】：内蒙古自治区农作物品种审定委员会

【选（引）育单位（人）】：内蒙古农科院甜菜研究所

【品种来源与育成经过】：内饲 5 号从西德饲用甜菜、波兰饲用甜菜、美国饲用甜菜选育而成。

【特征特性】

苗期生长迅速，中后期繁茂，株型斜立；叶柄较粗，叶片大，有皱褶，呈心形，叶色深绿；根皮为红色，根形呈长筒形，后期根部三分之二裸露在地上，易起；微量元素含量高，氨基酸比较完善，适口性好，是牛、马、羊、猪、禽喜食的多汁饲料，尤其是奶牛补饲的优质多汁饲料。对褐斑病、根腐病、黄化病有一定的抗性，抗旱、耐低温、耐盐碱。

【产量表现】

在水肥充足的条件下，块根产量 75000kg/hm² 以上，一般条件块根产量 45000kg/hm² 左右。单株块根平均 2.5kg，最大的块根达 10kg。

【栽培技术要点】

整地需深耕，清除土中杂草残根，耙平整细，再开沟作畦。一般要求畦宽 1.5～2m，沟宽 0.4～0.5m。在整地时应施足基肥。一般每公顷施农家肥 37500～75000kg；条播的行距 50～60cm，点播行距 50～60cm，株距 30～40cm，覆土深度

3～4cm，由于该地区春季多旱，覆土后应镇压。

【适宜种植区域】

内饲 5 号对土壤的适应性很强，适宜在华北、东北、西北推广种植。

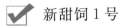 甜饲 1 号（陇饲 1 号）

【审定（登记）编号】：甘种审字第 316 号

【审定（登记）年份】：2000 年 12 月

【审定（登记）单位】：甘肃省农作物品种审定委员会

【选（引）育单位（人）】：甘肃省农业科学院经济作物研究所

【品种来源与育成经过】

甜饲 1 号是以从地方上征集来的"红甜菜"为原始亲本，采用单株选择、混合授粉采种方法培育而成的饲用甜菜新品种。

【特征特性】

甜饲 1 号属二倍体多粒饲用甜菜品种。叶柄及叶脉均为红色，叶片浓绿；叶丛繁茂，高 47～68cm；块根肥大，呈长圆锥形，根长可达 50cm 左右；根皮为红色，根体干物质含量为 11.87％；含有动物生长必需的各种营养物质，适口性较好，是奶牛、羊、猪、鸡等家畜家禽非常喜爱的多汁饲料；具有抗甜菜白粉病和黄化毒病的特性。

【产量表现】

在平均根产量达到 99000kg/hm² 时，还可以收获 84000kg/hm² 的茎叶用作青鲜饲料，二者相加，经济产量可达 183000kg/hm²；在水肥、热量条件较好的情况下，根产量最高可达 183000kg/hm²，茎叶产量可达 220500kg/hm²，经济产量可高达 403500kg/hm²。

【栽培技术要点】

播前整地施肥，播种量为 22.5kg/hm²，宜采用条播，行距 50cm，开沟将种子撒入踩实后覆土，播种深度 3～4cm，保苗 6.75 万～8.25 万株/公顷；定苗时清除杂草，灌区在定苗后及时灌苗水，并施追肥，灌后中耕锄草。

【适宜种植区域】

适宜甘肃省中、东部地区以及内蒙古、宁夏、新疆、西藏部分地区大面积推广种植。

✔ 新甜饲 1 号

【审定（登记）编号】：新审甜 2005 年第 18 号

【审定（登记）年份】：2005 年

【审定（登记）单位】：新疆维吾尔自治区品种审定委员会

【选（引）育单位（人）】：新疆农业科学院经济作物研究所

【品种来源与育成经过】

以多粒四倍体自交系 NXSL-4 为母本，多粒二倍体授粉系 SL-2 和 SL2-J08 为父本，按 2∶6 配制比例杂交选育而成。

【特征特性】

新甜饲 1 号属于饲用多粒多倍体杂交种。叶片肥大，叶丛高大；块根粗壮，呈长圆桶形，块根 2/3 以上长出地表，易收获；属多汁饲料，其根、茎、叶中富含粗蛋白、粗纤维、粗脂肪、甜菜碱及铁、钙、镁等矿质营养成分，饲喂奶牛可明显提高产奶量，并有预防奶牛瘫痪病的特殊效果。

【产量表现】

该品种丰产性好。如栽培管理得当，一般每公顷产 120～150t/hm^2。干基粗蛋白含量 13.73%，牛、羊等饲用适口性好、消化率高，饲喂奶牛产奶量提高 10% 以上，对育肥牛日增重 0.8kg，对羊、鸡都有增重作用。

【栽培技术要点】

选择 4 年以上没种过甜菜的地块，土壤肥力中等，不宜在低洼地、黏重地、地下水位高的下潮地种植；播前整地以"墒"字为中心，适墒耙糖，适时整地，要求耙深 6cm。整地质量达到"墒、平、松、碎、净、齐"六字标准；春季 5cm 地温稳定 5℃ 以上，且墒情好时为最佳播种期；每公顷种植密度 52500～60000 株。春灌地应根据灌水时间和土壤质地。

【适宜种植区域】

适宜在新疆乌鲁木齐、昌吉、塔城、伊犁、阿克苏、喀什等地区大面积推广种植。

 中饲甜 201

【审定（登记）编号】：319

【审定（登记）年份】：2005 年 11 月

【审定（登记）单位】：全国牧草饲料作物品种审定委员会

【选（引）育单位（人）】：中国农业科学院甜菜研究所

【品种来源与育成经过】

通过对引进饲用甜菜材料进行有选择的杂交改良、采用轮回选择技术方法选育而成的高生产力多系品种。

【特征特性】

地上部形态比较整齐，叶丛斜立、叶数较少、繁茂度中等，叶片舌形、色绿；前期植株根部膨大快速，并且明显向地上部生长；根皮颜色为上部青绿色下部橘黄色，根形为圆柱形，根体的一半部分生长在地表上，根体比较光滑无明显根沟，须根较少，易于收获；该品种中抗甜菜褐斑病，耐根腐病和窖腐病。

【产量表现】

该品种在黑龙江省区域试验中，平均根产达 66800kg/hm²，超对照 21.1%；在生产试验中，平均根产达 83600kg/hm²，超过对照 25.7%；茎叶产量达 15600kg/hm²，比对照略高；含糖量为 9.13%，比对照低 4.39 度；在粗纤维、粗蛋白和粗灰分等指标上明显高于对照，而在粗脂肪指标上则明显低于对照。

【栽培技术要点】

选地势平坦、易排水、中等以上土壤肥力的耕地为宜；有条件的可施农家肥 45～60t/hm² 为底肥，种肥以磷酸二铵 150～225kg/hm² 为宜；适于春播单种，亦可春夏期间种、套种、复种。春播以机械精量穴播或条播为首选，夏播则可以选择育苗移栽技术，公顷收获株数应达到 6 万～6.75 万株；定苗后封垄前追尿素 150kg/hm² 为宜，如遇旱情可实施灌溉；春播地 8 月中旬以后可以采摘部分叶片做青饲料。

【适宜种植区域】

适于在东北、西北内蒙古东部畜牧养殖区推广种植。

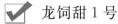 龙饲甜 1 号

【审定（登记）编号】：黑审糖 2006005

【审定（登记）年份】：2006 年

【审定（登记）单位】：黑龙江省农作物品种审定委员会

【选（引）育单位（人）】：黑龙江大学农作物研究院

【品种来源与育成经过】

以二倍体品种 S204 位母本，以二倍体品种 T208 为父本，按 3∶1 比例自然杂交育成。

【特征特性】

株丛斜立，叶色淡绿，株丛中等繁茂；块根以楔形为主，柱型次之，根体 1/2 生长在地上，根皮淡红色为主；穗形为聚伞花序，种子为聚合果，多粒性；含糖量和干物质含量适中；耐瘠薄、耐旱、耐轻盐碱。营养生长 120d 以后可随时收获茎叶或根用于喂饲。

【产量表现】

在 2004～2005 年区域试验中，平均根产量为 65272.0kg/hm²，较对照品种内饲 5 号增产 20.8%；2005 年生产试验中，平均根产量为 66825.0kg/hm²，较对照增产 17.8%。

【栽培技术要点】

选地势平坦、易排水、中等以上土壤肥力的耕地；有条件的可施农家肥45000～60000kg/hm² 为底肥，种肥以磷酸二铵 150～225kg/hm²；公顷保苗 6 万～6.8 万株。

【适宜种植区域】

适宜黑龙江省哈尔滨、绥化、大庆等地区推广种植。

 新甜饲 2 号

【审定（登记）编号】：新审甜饲 2007 年 22 号

【审定（登记）年份】：2007 年

【审定（登记）单位】：新疆维吾尔自治区品种审定委员会

【选（引）育单位（人）】：新疆农业科学院经济作物研究所

【品种来源与育成经过】

以多粒四倍体自交系 NXSL-4 为母本，多粒二倍体授粉系 SL-2 和 SL2-J08 为父本，父母本按 2∶6 的配制比例杂交选育而成。

【特征特性】

属饲用多粒多倍体杂交种。出苗快，易保苗，生长势强，整齐度好，叶丛高度60～80cm，叶丛直立，叶片为犁铧形，叶色浓绿，叶柄较长，叶缘中波；块根呈长圆桶形，根冠大，根沟浅，根体较光滑，根皮浅橘黄色，根肉白色细致多汁液，根体长达 50cm 以上；块根 2/3 生长在地面以上，易收获，生育期 160d 左右；需要≥10℃的积温 2400℃ 以上；采种株开花期较为一致，种株多为混合型，结实密度及结实率一般，成熟种子颜色为黄褐色。种子千粒重 19～20g；耐甜菜褐斑病、白粉病。

【产量表现】

丰产性强，2005～2006 年参加省饲用甜菜品种区域试验，平均块根产量152104.5kg/hm²，较对照新甜饲 1 号增产 20.0%；平均含糖率 6.22%，较对照提高 0.22 度；块根干基粗蛋白含量 13.95%。

【栽培技术要点】

选择 4 年以上没种过甜菜的地块，土壤肥力中等，不宜在低洼地、黏重地、地下水位高的下潮地种植，前茬作物以麦类、豆类、油菜、苜蓿等作物为佳；可正播、复播。春季正播5cm 地温稳定在 5℃，并且土壤墒情适宜即为播种时间，复播可在冬麦收获后 6 月底整地后播入。采用干播湿出法，还可在果树行、葡萄行间套播；种植密度 45000～60000 株/公顷；8～10 片叶时浇头水，不需要蹲苗，9 月初至 10 月底可根据需要收获，在封冻之前收完。

【适宜种植区域】

适宜新疆乌鲁木齐、昌吉、塔城、伊犁、阿克苏、喀什等地区推广种植。

甜饲 2 号

【审定（登记）编号】：甘认甜菜 2009001

【审定（登记）年份】：2009 年 3 月

【审定（登记）单位】：甘肃省农作物品种委员会

【选（引）育单位（人）】：甘肃省农业科学院经济作物研究所/甘肃省啤酒原料研究所

【品种来源与育成经过】

甜饲 2 号是以从地方上征集来的"红甜菜"为原始亲本，采用单株选择、混合授粉采种方法培育而成的饲用甜菜新品种。

【特征特性】

甜饲 2 号属于二倍体饲用甜菜 F_1 代杂交种。叶柄及叶脉均为红色，叶片浓绿，叶丛繁茂，高 45～65cm；根肥大，呈圆锥形，根长可达 45cm 左右；根皮红色，根肉细致多汁液，根头小，不易开裂；生育期 190～200d，田间生长整齐一致；蛋白质含量和含糖率较高，营养丰富，利用价值高；根体干物质含量为 13％左右；抗甜菜褐斑病和黄化毒病。耐中度盐碱，耐寒性良好。

【产量表现】

在达到 113511.3kg/hm² 的平均根产量时，还可以收获 9638.3kg/hm² 的茎叶用作青鲜饲料，二者相加，经济产量可达 123149.6kg/hm²；在水肥、热量条件较好的情况下，根产量最高可达 123963.0kg/hm²，合理打叶时，茎叶产量累计可达 105340.0kg/hm²，经济产量可高达 229303.0kg/hm²。

【栽培技术要点】

前茬最好是小麦茬或油菜茬，每公顷施农家肥 60～75t，磷肥 750～1500kg，尿素 300kg 或磷铵 225kg 做基肥；播前耙糖整地，力求平整；一般在 3 月下旬或 4 月上旬播种，播种量为 22.5kg/hm²；宜采用条播，行距 50cm，每公顷留苗 4.5 万～5.85 万株；灌区在定苗后及时灌苗水，并施追肥，灌后中耕锄草。7、8 月份是生长繁茂期，应视具体情况灌水 2～3 次，生长后期可适当减少灌水。

【适宜种植区域】：广泛适合于甘肃省内外较湿润的中温带地区种植。

第二节　国外引进饲料品种

TAMAR

该品种由甘肃景泰县种子管理站从德国 KWS 公司引进。叶簇半直立，叶片心脏形、浅绿色，叶脉呈红色，叶柄下部紫红色，块根的 1/3 露出地表，块根表面及肉质均呈红色。经测定，鲜根中干物质含量为 12.0%，全糖量为 8.0%～10.0%。每公顷产鲜块根约 150～180t，鲜叶 20～30t。每公顷产干物质（含块根及叶）13.5～21t，干物质中含粗蛋白 13.7%、矿物质 13.9%、粗纤维 10.0% 以及一定量的粗脂肪。广泛适合于甘肃省内外较湿润的中温带地区种植。

☑ 甜宝

该品种由北京奥瑞新高科种子公司从丹麦丹农种子公司引进。甜宝是杂交的三倍体品种，叶量丰富，块根粗大，块根黄色，表面非常光滑，起收时很少带土。55%～60% 的块根在地表上，易于人工起收；产量大大高于经多年繁育品质已严重退化的二倍体甜菜。甜宝可以饲喂牛、羊、猪等各种家畜，适口性好。甜菜的叶片也是极好的饲料。甜宝有较强的抗病虫害能力。中国各甜菜产区均表现良好，每公顷产鲜块根约 135～172.5t，鲜叶 30～60t，干物质 15～21.9t。

☑ 海神

该品种由陕西省杨凌职业技术学院从丹麦丹农种子公司引进。该品种属于三倍体饲用甜菜新品种。块根在地表下的颜色为浅黄色，地表上的颜色为青灰色，60% 以上的块根在地表上，易于人工起收，干物质含量约 8.8%～10.8%，种子为丸衣单粒种，其种子在 4～8℃ 可以萌发，在长到 2～3 片叶以前幼苗不耐冻。最适生长温度为 15～25℃，秋季气温低于 6℃ 以下停止生长。极适于饲喂牛、羊、猪、兔和家禽，利用形式多样，是优良的多汁高能饲料。抗病虫能力较强。块根约 135～157.5t/hm²，鲜叶 30～45t/hm²，干物质 15～21.9t/hm²。块根干物质中的粗蛋白含量 12.81%，粗纤维为 8.24%，粗脂肪为 0.36%，粗灰分为 13.34%，消化率为 80% 以上，利用价值极高。适宜东北、西北、华北及安徽北部、苏北地区广大农区种植。

☑ 宁引饲甜 2 号（FF10000）

该品种由宁夏绿博种子有限公司从德国引进。植株生长旺盛，具有粗大块根和肥厚的叶片，叶柄呈长圆形，叶片长卵形，绿色，叶缘无齿；块根地上部分 3/4，地下部分 1/4，地上部分呈圆筒状，地下部分呈圆锥状，皮色呈黄红色；种子属多粒种，每个种球 2～3 粒种子。2003、2004 两年区域试验平均产量 180652.2kg/hm²，比对照增产 44.25%；2002～2004 年多点生产示范，单种块根产量 234000kg/hm²，叶片 4700kg；套种块根产量 150750kg/hm²，叶片 4200kg；复种块根产量 45000kg/hm²，叶片 1200kg；含糖量 5%～6%，干物质含量 8.3%。适宜引黄灌区及山区有灌溉条件，土质较好、排灌方便、肥力水平中上等、土壤盐碱轻、地下水位低、畜牧业发达的地区推广种植。

☑ 武士

该品种由新疆农科院经作所从丹麦丹农种子公司引进，为三倍体饲用甜菜新品种。第一年生长粗大块根和繁茂的叶丛，产量极高。块根黄色，表面非常光滑，起收时很少带土。55％～60％的块根在地表上，易于人工起收；饲用甜菜的消化率为80％以上，具有极高的干物质含量。较强的抗病虫害能力。适合生长温度为15～25℃。每公顷产鲜块根约135～157.5t，鲜叶30～45t，干物质15～22.5t。其块根的干物质含量8.8％～10.8％，适宜条件时可达到13％～16％，块根干物质中的粗蛋白含量12.81％，粗纤维为8.24％，粗脂肪为0.36％，粗灰分为13.34％。适宜种植区域：

☑ 马尔斯（Mars）

该品种由新疆农科院经作所从波兰引进。叶形为犁铧形，叶色浓绿，叶柄较长，呈粉红色；块根呈圆桶型，根头大，根皮不光滑，呈淡红色，根沟较浅，在生长中后期，块根的2/3生长在地表以上，易收获。具有丰产、优质、适应性强、适口性好、易消化等特点，是猪、兔、禽、奶牛秋冬春三季最理想的多汁饲料。生长90～100d左右块根质量即可达到2.0kg以上，一般单产可达120～150t/hm²。一般栽培条件下每公顷根叶180～255t，高产的可达300t以上。

适于在我国温带和亚热带山地推广种植。

☑ COSMA

该品种由甘肃酒泉市农科所从德国KWS公司引进。该品种属二倍体单粒饲用甜菜品种。该品种具有长势良好、产量高、耐盐碱、适应性强、营养品质高、饲喂牲畜适口性好、贮存饲喂期长的特点。种子发芽率在98.0％以上，千粒重10g左右。经对试验田取样测定，该品种平均根长为48.20cm，根粗为50.76cm，根重为5.16kg，根平均含糖率为4.56％，根、茎叶平均产量为34.12t/hm²，其中块根产量为258.2t/hm²，鲜茎叶产量为83.0t/hm²。适宜在甘肃安西县及同类气候条件地区推广种植。

☑ 营养型饲用甜菜1号

该品种由新疆农科院经作所从法国引进。块根呈圆桶型，根头大，根皮不光滑，呈淡红色，根沟较浅，在生长中后期，块根的 2/3 生长在地表以上，易收获。叶形为犁铧形，叶色浓绿，叶柄较长，呈粉红色，属较早熟型品种。生长 90～100d 左右，块根质量可达到 2.0kg 以上，一般单产可达 120～150t/hm^2。适宜种植区域：适宜在乌鲁木齐、昌吉、伊犁、塔城、博州、阿克苏、喀什等地区推广种植。

第三章 其他用甜菜品种的类型及其评价

栽培甜菜有 4 个变种，除糖用甜菜、饲料甜菜外，还有叶用甜菜和火焰菜。叶用甜菜（*Beta vulgaris L. Var. Cicle*），俗称厚皮菜，叶片肥厚，叶部发达，叶柄粗长。具有较强的抗寒性及耐暑性，它可作为蔬菜食用或作为草药及饲料。在公元 5 世纪从阿拉伯引入我国，主要在长江流域及黄河流域种植；火焰菜（*Beta vulgaris L. Var. craenla Alef.*），俗称红甜菜，根和叶为紫红色，块根可食用，也称食用甜菜，此外，还可作为观赏植物，红甜菜也是一种保健菜。目前，在前苏联等国仍有较大面积种植。

✅ 新红甜菜 1 号

【审定（登记）编号】：新登甜菜 2005 年 013 号

【审定（登记）年份】：2005 年 4 月

【审定（登记）单位】：新疆农作物品种审定委员会

【选（引）育单位（人）】：新疆农科院

【品种来源与育成经过】

采取引进资源、运用离子注入和人工杂交创新育种材料，利用系谱、轮回选择微繁殖等技术手段和方法改良和创新红甜菜育种材料 11 份。然后通过轮回选择和自交选择，选育出了综合性状优良的食用红甜菜新品种。

【特征特性】

新红甜菜 1 号是我国首个食用红甜菜品种。富含钴、碘、镁、铁、锰等元素和大量的甜菜碱、皂角苷、维生素 U。这些成分可以有效防治多种疾病，并改善肝功能、加速人体蛋白质吸收。从食用红甜菜中提取出的天然红色素可以用于食品加工，无毒无害。该品种一年可种植两季，较耐甜菜丛根病、根腐病和褐斑病。

【产量表现】

含糖率达 11.8%，每 100g 甜菜中含红色素 415mg。

【栽培技术要点】

选择中等肥力地块种植，采用直播或移栽的栽培方式，公顷保苗 75000～85000 株。有条件的可施农家肥 60t/hm² 为底肥，种肥施磷酸二铵 150～230kg/hm²。定苗后封垄前追施尿素 150kg/hm²。苗期疏苗及时定苗，适时追肥。及时防治病虫害。

【适宜种植区域】

适宜在东北、内蒙古、西北等地区种植。

 甜研红 1 号

【审定（登记）编号】：黑审糖 2007006

【审定（登记）年份】：2007 年

【审定（登记）单位】：黑龙江省农作物品种审定委员会

【选（引）育单位（人）】：黑龙江大学农作物研究院

【品种来源与育成经过】

该品种是以保加利亚的 S203 为母本，以乌克兰 Y219 为父本杂交选育而成。

【特征特性】

幼苗期胚轴颜色为红色。繁茂期叶片为柳叶形、叶片颜色红绿相间色，叶丛斜立，株高 50～75cm。叶柄深红色，叶片数 24～28；块根为圆形或椭圆形，根头较小，根沟浅，根皮红色，根肉深红色。结实密度中等，千粒重 17～21g。品种中抗甜菜褐斑病和根腐病，耐窖腐病。丰产性好，适应性广，营养丰富，适口性好。营养生长 90～120d 即可食用。

【产量表现】

该品种 2005～2006 年在黑龙江省品种区域试验中，平均根产量达 45000kg/hm²，较对照品种 S203 增产 18.9%；平均含糖（锤度）为 8.8%，高于对照 0.4 度。

【栽培技术要点】

在适应区条播或精点播种，选择中等肥力地块种植，采用直播或移栽的栽培方式，公顷保苗 75000～85000 株。有条件的可施农家肥 60t/hm² 为底肥，种肥施磷酸二铵 150～230kg/hm²。定苗后封垄前追施尿素 150kg/hm²，如遇旱情可实施灌溉。苗期疏苗及时定苗，适时追肥。铲趟及时。及时防治病虫害。不可种植在丛根病侵染田及前作使用对甜菜有害的除草剂地块上。

【适宜种植区域】

适宜在东北、内蒙古、西北等地区种植。

 工大食甜 1 号

【审定（登记）编号】：黑审糖 2007005

【审定（登记）年份】：2007 年

【审定（登记）单位】：黑龙江省农作物品种审定委员会

【选（引）育单位（人）】：哈尔滨工业大学食品科学与工程学院

【品种来源与育成经过】

该品种是以日本食用红甜菜为母本，以俄罗斯食用甜菜为父本杂交选育而成。

【特征特性】

幼苗期胚轴颜色为红色，叶柄较粗，繁茂期叶片为犁铧形，叶片颜色红色，叶丛斜立，叶片数24～27片；株高45～55cm；块根为圆或扁圆形，根头小，根沟特别浅，根皮红色，根肉红色；结实密度中等偏低，千粒重17～19g。块根含糖率6.0%，粗蛋白19.35%，粗纤维12.73%。褐斑病0.75～1.0级；根腐病发病率1.6%～11%。生育日数为150～125d左右，需不小于10℃活动积温2400～2700℃左右。块根既可以直接生鲜凉拌食用，也可以熟后食用。

【产量表现】

2005～2006年区域试验平均根产量35802.7kg/hm²，较对照品种日本红增产20.0%，平均含糖率17.5%；2006年生产试验平均根产量35375.2kg/hm²，较对照品种日本红增产19.0%。

【栽培技术要点】

在适应区直播播种或育苗移栽，应选择中等以上肥力地块种植，公顷保苗株数8.0万～10.0万株。在一般肥力条件下，底肥施农家肥40～60t/hm²。或磷酸二铵300kg/hm²；种肥磷酸二铵220～300kg/hm²。及时疏苗、定苗，早铲早耥，注意防虫防病。适时收获。不可种植在丛根病侵染田及前作有豆磺隆类除草剂的地块上。

【适宜种植区域】

适宜哈尔滨、牡丹江等地区种植。

叶甜一号（红梗叶甜菜）

该品种由北京市农业技术推广站小汤山地区地热开发公司从荷兰引进。该品种主根发达，外观漂亮，叶片绿色，长卵圆形，叶片肥厚，表面光滑有光泽，叶柄紫红色。白天生长适温18～20℃，夜间为7～8℃，喜冷凉湿润气候，宜在疏松、肥沃、保水、保肥力较强的沙壤土上生长，需要氮、磷、钾完全肥料，适宜的土壤pH值为5.5～7.5。耐寒，耐热，露地春、夏、秋季及温室四季均可栽培，供应期长。播后30～40d可采收。以成株剥叶采收者，定植后40～60d开始陆续采收，每次摘取外层2～3片大叶，则内叶继续生长，一般10d左右采摘一次。每次摘叶后结合浇水施速效肥一次，每公顷225～300kg，促进新叶的形成与生长。适宜春、秋露地及保护地栽培。

第四章　我国甜菜育种研究的回顾及展望

前苏联 П. B. 卡尔平科认为，糖甜菜由起源于地中海沿岸的野生种演变而来。经长时期人工选择，到公元 4 世纪已出现白甜菜和红甜菜。公元 8～12 世纪，糖甜菜在波斯和古阿拉伯已广为栽培，其栽培品种后又由起源中心地传入高加索、亚细亚、东部西伯利亚、印度、中国和日本。但当时主要以甜菜的根和叶作蔬菜用。1747 年，德国普鲁士科学院院长 A. 马格拉夫首先发现甜菜根中含有蔗糖，1786 年，他的学生，被誉为甜菜糖业之父的德国人阿恰德（F. K. Achard），对野生饲料甜菜进行了驯化和选育，育成了世界第一个糖用甜菜品种-西里西亚甜菜（White Silesian Beet）即为以后制糖甜菜的来源，此时块根含糖率仅 6％～7％。这是栽培甜菜种中最重要的变种。1802 年，世界上第一座甜菜制糖厂在德国建立。19 世纪初，法、俄等国相继发展了甜菜制糖工业。现在世界甜菜种植面积次于甘蔗而居第 2 位，分布在北纬 65°到南纬 45°之间的冷凉地区。其中俄罗斯、法国、美国、波兰、联邦德国和中国等种植较多，中国 1985 年的总产量为 809.1 万吨。但 1988 年后二十年内，我国甜菜种植面积日益减少，从八百多万亩减少到现在不足三百万亩。

法国植物育种家威尔蒙瑞（Louis de Vilmorin）于 1850 年前后建立了系统的甜菜育种方法。此时主要是多粒二倍体甜菜的选育。20 世纪 30 年代，俄国育种家萨维斯基（V. F. Savitsky）发现了甜菜单粒种，后经不懈努力，至 20 世纪 50 年代，开始选育甜菜遗传单粒种，1966 年欧洲培育出第一个甜菜单粒种。1937 年以后，植物育种家认识到秋水仙碱对细胞分裂的作用，掌握了人工创造多倍体的技术方法，甜菜是较早进行多倍体育种的作物。1942 年美国育种家欧文（F. V. Owen）发现了甜菜细胞质雄性不育性，并应用于育种。到了 20 世纪 70 年代，世界大多数甜菜生产国基本使用了遗传单粒雄性不育杂交种。与此同时 20 世纪 70 年代，生物技术在甜菜育种上的应用已悄然兴起，日本学者番场宏治、我国学者罗翠娥首先研究了甜菜花药培养，并成功获得了花药培养单倍体、双单倍体植株。拓宽了甜菜育种途径，尤其是近期基因工程的研究完全打破了物种间原有的界限，其基因来源是各种植物、细菌、真菌、病毒甚至是动物以及人工合成的基因，范围极大地扩展，为甜菜育种者提供了多种选育途径。

我国大面积引种糖用甜菜始于 1906 年。先在东北试种，1908 年建立第一座机制甜菜糖厂后渐向其他地区推广。主产区在北纬 40°以北，包括东北、华北、西北三个产区。这些地区都是春播甜菜区，无霜期短、积温较少、日照较长、昼夜温差较大，甜菜的单产和含糖率高、病害轻。在西南部地区，如贵州省的毕节、威宁，四川省的阿坝高原，湖北省的恩施和云南省的曲靖等地，虽纬度较低，但由于海拔高、气候垂直变化大，也均属春播甜菜区。

我国的甜菜育种技术在建国前近半个世纪和建国后 20 多年主要以引种繁殖、系统更新选种与常规杂交育种为主，70 年代末至今，以杂交优势利用育种为主。通过几代人的努力，培育出了适应甜菜生产需要的大批甜菜良种和育种新资源，为促进我国甜菜事业的发展做出了重大贡献，为今后甜菜育种及良繁事业奠定了坚实的基础。下面回顾一下我国甜菜育种事业。

第一节　我国甜菜育种工作的回顾

我国甜菜育种工作始于解放初期，经历了几十年的发展，大致可以分为以下五个阶段。

一、第一阶段——甜菜自育品种的选育始期（20 世纪 40 年代末～60 年代初）

解放初期，百废待兴，甜菜科研处于创业期。由于甜菜育种基础极为薄弱，人力、财力投入极为有限，种质资源极度匮乏等原因，这一时期，我国甜菜育种以农家品种的收集、种质资源的引进评价、整理保存、改良预选为主要工作，同时进行国外商业品种的引进鉴定、推广工作。这期间收集到国内各类甜菜农家品种 30 余份，如顺天根、丰荣、本育 48 等，引进甜菜种质资源近百份，其中绝大多数来自前苏联、东欧和美国等，分别保存在国内不同的农业科研单位，这些甜菜种质资源为我国甜菜育种起步起到了重要作用。在这期间还相继引进鉴定了一些优良的外国甜菜商业品种，如 CLR、BRP、Aj1 等，为当时我国甜菜生产提供了及时有效的品种支持。甜菜种质资源的改良、预选工作在 50 年代后期已经开始，选育出许多优良的育种基础材料和品系，为以后的甜菜育种工作奠定了基础。

二、第二阶段（20 世纪 60 年代初～70 年代初）

这一时期我国甜菜育种工作主要是继续大量引进国外甜菜种质资源，在评价、整理的基础上广泛进行育种改良。由于计划经济以及当时甜菜育种和生产水平低等客观因素，"标准根、高抗病、高含糖"是当时甜菜新品种选育的目标；育种方法则以系谱法为主，混合选择和集团选择为辅。选择指标的鉴定和数据的处理分析技术较为粗糙，品种以单一优良近交品系或若干个优良近交品系混合而构成，育成品种均为多粒型二倍体类型。这期间育成并大面积推广应用的代表品种有甜研三号、洮育1号、双丰一号、双丰三号、内蒙古三号、工农一号、范育一号等。这些品种主要特点是抗褐斑病、含糖率高、根体瘦长、耐瘠薄等，比较适合我国当时的生产关系和生产力水平。

这一时期我国自育的甜菜新品种不仅满足了我国当时甜菜生产的最基本需求，结束了依赖进口甜菜品种的历史，而且在较长的时间里发挥着不可替代的作用。同时这一时期所积累的选育经验，引进评价、育种改良的种质资源和基础材料等为以后的甜菜育种工作奠定了基础。

三、第三阶段（20世纪70年代初～80年代中期）

这一时期以我国第一个甜菜多粒型多倍体杂交种的育成为起始标志。在这个阶段中，我国甜菜育种仍坚持"标准根、高抗病、高含糖"的新品种选育目标。甜菜选育方法与技术手段有了明显进步，如甜菜四倍体品系的诱变技术及鉴定方法的成功利用、杂种优势育种理论的引入与实践以及数量遗传育种理论的普及与应用等。在系谱法选种的同时，广泛开展了杂种优势育种，并获得了突破性的成就。这一时期育成并大面积推广应用的甜菜品种有二倍体系选品种双丰八号、甜研4号、新甜2号、工农3号、工农5号，普通多倍体杂交种双丰303、双丰304、双丰305等，这些甜菜品种均为多粒类型。这一时期我国甜菜生产仍以二倍体系选品种为主栽品种，普通多倍体杂交种为辅助品种。由于我国普通多倍体杂交种制种是采用父母本混收的方法，这些杂交种的理论杂交率（即三倍体率）应为55%（实际上仅达到35%～50%），难以充分发挥其杂种优势，所以上述杂交种在抗病和含糖等主要经济性状方面尚显不足。但是，这些普通多倍体杂交种表现出很好的丰产性。这一阶段育成的甜菜优良品种为我国当时不断增长的甜菜生产与原料需求做出了很大贡献。其中丰产性强、抗褐斑病性强、适应性广泛的双丰305号品种一经推出，深受糖厂及用户欢迎，并列为当时主推品种，在黑龙江、吉林、内蒙古、宁夏、甘肃及新疆等省区大面积栽植，累计推广面积100万公顷。

在进行上述工作的同时，在国家"六五"甜菜科技攻关项目的指导和支持下，国内各甜菜育种单位开始进行科技合作，开展了甜菜多粒雄性不育性和遗传单粒雄性不育性的联合攻关研究，育成了一些性状优良的甜菜单、多粒雄性不育系和保持系，这是我国的甜菜育种工作取得的具有历史意义的突破，为未来我国甜菜育种研究的深化打下了坚实基础。

四、第四阶段（20世纪80年代中期～20世纪末）

这一时期正值"七五"～"九五"期间，在国家"六五"甜菜科技攻关的基础上，国家将甜菜育种课题继续列入国家"七五"、"八五"、"九五"重点科技攻关项目，我国的甜菜育种事业此阶段得到了前所未有的发展。甜菜雄性不育系的选育、甜菜杂种优势利用方法与技术的研究以及甜菜育种基础材料的创新研究成为我国这一时期甜菜育种的主要内容，获得了一些重大科技成果。这期间我国共选育出甜菜单、多粒雄性不育系和保持系 80 多对并通过国家验收；选育出不同类型的甜菜品种 60 多个，其中大面积应用的多粒型普通多倍体杂交种有甜研 301、甜研 302、甜研 303、甜研 304、吉甜 301、双丰 309、新甜六号等；多粒型雄不育多倍体杂交种有工农 302、工农 303、双丰 308、双丰 310、甜研 305、甜研 306、新甜 4 号等；多粒型雄不育二倍体杂交种有甜研 201、甜研 202、吉甜 202、吉甜 203、工农 201、工农 202、内蒙古 201、内蒙古 202 等；多粒型普通二倍体品种有甜研七号、甜研八号、吉甜 201、石甜一号、新甜 5 号等；遗传单粒型杂交种有双单一号、甜单一号、甜单二号、双吉单一号、新甜八号、新甜九号等。上述品种中，甜研 201（1987 年）、工农 301（1989 年）是我国首次育成的甜菜多粒型雄不育二倍体和多倍体杂交种；双单一号（1990 年）、甜单一号（1993 年）是我国首次育成的甜菜遗传单粒型普通二倍体和多倍体杂交种；甜单二号（1996 年）是我国首批育成的甜菜遗传单粒型多倍体杂交种。我国的甜菜生产用种类型与比例也在这一期间发生了变化，已由二倍体品种为主向多倍体品种为主的方向逐步转化，到世纪末，多倍体品种的覆盖率已达到 90％左右，这是我国甜菜品种类型的重要更替期。甜菜遗传单粒型品种也在生产中与机械精点和育苗移栽等技术相配套而逐步推广使用。这一时期育成的甜菜品种具有较好的丰产性、单抗性和高含糖率等性状，最具代表性的优良品种有甜研 301、甜研 302、甜研 303 和甜研 304，它们分别获得了国家发明奖和国家科技进步奖。

在本阶段中，我国的甜菜育种目标随着国家"八五"甜菜科技攻关的方向定位、产业发展和市场需求而发生变化，"丰产优质兼抗"取代"标准高糖高抗"而逐渐成为我国新的甜菜选育目标。这一选育目标的形成也是由于以下诸多因素影响的结果，即随着我国农村所有制改革的不断深入，种植业生产关系发生了巨大变化，甜菜原料生产由指令性向指导性逐步转变；甜菜糖业在这一时期发展过热，宏观失控，制糖企业盲目上马，甜菜原料需求不断增加；甜菜单位面积产量偏低，甜菜生产的比较经济效益下降，种植者积极性不高等。上述这些因素导致我国大多数甜菜制糖企业的原料供应始终不稳，多数年份严重不足，抢购原料事件时有发生，推动原料价格的不断攀升，使食糖成本居高不下，市场竞争无力，最终导致全国甜菜生产和甜菜糖业进入恶性循环的怪圈。因此，这一新的甜菜育种目标已成为我国多数甜菜育种工作者的共识。这些经验教训不仅为我国甜菜育种方向的调整，同时也为我国甜菜生产和甜菜制糖业的体制和结构的改革与调整提供了有价值的借鉴与参考。这一时期我国的甜菜育种工作还在甜菜生物工程技术育种应用、抗甜菜褐斑病、丛根病的转基因技术、甜菜野生种及糖用甜菜近缘种利用和分子分析技术在甜菜性状遗传多样性研究等方面也都取得了不同程度的进展，其中部分研究成果达到世界先进水平。

五、第五阶段（本世纪初～现在）

这一阶段我国甜菜育种主要侧重了产糖量指标、同时兼顾抗病性，这一时期多粒种和单粒种并存，育种方法均为杂交育种，但是应用不育系作为杂交母本的选育越来越多，因为不育系作为母本可以大大地提高杂交率，目前多粒种数量仍然占优势，但单粒种有逐步取代多粒种的趋势，甜菜育种家加大了雄性不育系和保持系的选育工作，借鉴了国外的一些成熟经验，这一时期育种单位也加强了和国外育种单位的合作，利用国外优良的不育系和国内的授粉系育成新的甜菜品种填补国内市场。这一时期主要育成的普通多粒二倍体品种有 7 个，分别是甜研 206（2002 年）、中甜 207（2004 年）、内甜抗 201（2002 年）、农大甜研 4 号（2005 年）、内甜抗 202（2006 年）、内甜抗 203（2006 年）、内甜 204（2007 年）；多粒二倍体雄性不育杂交种有 6 个，分别是 ZD204（2001 年）、吉甜 209（2001 年）、ZD210（2005 年）、新甜 18 号（2008 年）、包育 302（2002 年）、工大 320（2002 年）；普通多粒多倍体品种有 5 个，分别是新甜 15 号（2003 年）、中甜-工大 321（2003 年）、吉洮 303（2004 年）、甜研 310（2006 年）、吉甜 304（2006 年）；多粒多倍体雄性不育杂交种有两个，分别是 ST9818（2005 年）、吉甜 303（2005）；单粒二倍体品种有 5 个，分别是 ZD202（2002 年）、内糖（ND）39（2004 年）、工大甜单 1 号（2004 年）、吉洮单 202（2005 年）、新甜 16 号（2005 年）；单粒多倍体品种有 8 个，分别是中甜-吉洮单 302（2001 年）、甜单 301（2002 年）、甜单 302（2002 年）、中甜-内糖（ND）37（2003 年）、甜单 303（2004 年）、吉洮单 162（2006 年）、新甜 17 号（2006 年）、甜单 305（2008 年）。

第二节　我国甜菜育种面临的主要问题

目前我国糖甜菜行业处于低迷阶段，国外甜菜种子大量的涌入中国，给国产的种子造成了很大的冲击，目前国家甜菜产业体系项目已经展开，每年投入上千万的资金来发展甜菜产业，这就要求我们育种工作者广泛收集、整理、研究和利用国内外一切可利用的甜菜种质资源，丰富基因库，通过多种途径、综合利用各种方法，培育出具有自主知识产权的丰产、高糖、优质、抗病新品种，替代外国品种，这是当前育种工作的迫切需要，我国甜菜育种目前存在的问题主要如下几个方面。

（1）缺少丰产优质抗病品种，缺少适应我国生态气候条件，具有自主知识产权的优质、抗病品种，品种推广布局缺乏科学性，造成品种推广呈多、乱、杂、差，褐斑病、根腐病等发病日趋严重。

（2）单产不稳含糖低，国外发达国家甜菜单产在 4 吨/亩以上，含糖率 16％以上。由于气候土壤原因，引入我国的国外甜菜品种的生产水平在不同年际、不同区域、不同地块间差异较大，由于没有自主知识产权，良种繁育体系与品种纯度质量监控体系无法控制，抗病性差，含糖率明显降低。

（3）栽培技术滞后，国内外甜菜栽培研究配套的成功技术难以应用到位，如种子精选加工、平衡施肥、节水灌溉、病虫害综合防治技术、全面实现机械化、精量播种等方面。

（4）我国已育成的品种，绝大多数是利用 20 世纪 50～60 年代引进的材料培育而成的。目前我们的育种基础材料大都已经配过组合，因此要想在育种上取得突破性进展，仅靠已有的育种材料很难办到。

第三节　新时期拓宽甜菜育种途径与方法

目前我国甜菜育种落后一个主要的原因就是缺少行之有效的高效育种技术，因此广泛运用高效的育种技术尤为重要，目前比较行之有效的育种技术有以下几个方面。

一、利用远缘杂交创造异源新类型和培育多抗性品种

利用远缘杂交创制新种质，这是一般常规育种与其他育种手段根本不能相比的。在常规育种中，由于糖用甜菜亲本固有特性的局限，不可能有更多的创新，即使获得某些抗性遗传（比如品种对某种病害的抵抗性），由于这种抗性是一种隐性性状，所以也只能在某些特定的环境条件下才能表现出来。抗病品种通过良种繁育往往表现为不抗病，国外许多著名的抗褐斑病品种引到我国后表现不抗病，就是明显的例证。这里除了可能因病原菌产生新的生理小种外，也不能排除隐性基因干扰的可能。远缘杂交就可以从根本上解决这类常规育种根本无法解决的问题。特别是创造多抗性品种类型，离开远缘杂交与遗传工程，几乎完全不可能，而遗传工程在甜菜育种上的利用，还是个遥远的将来，远缘杂交，在我国不仅具有开展工作的基本条件，而且已经有了良好的开端，有理由在今后的育种工作中予以极大的注意。

二、利用甜菜多粒保持系对单粒雄性不育系及保持系同步快速改良技术研究

利用国内育成或从国外引进的单粒雄性不育系及 O 型系作为改良对象，以我国自育的高糖抗病多粒 O 型系作轮回父本，同时对单粒两系进行回交改良，以导入高糖、抗病基因，同步完成细胞核置换。对后代进行鉴定、淘汰和选择，使单粒两系的含糖率和抗病性得到同步提高，从而育成丰产、高糖、抗病等各种类型的优良单粒雄性不育系及 O 型系。

三、利用二环系技术对甜菜单粒雄性不育系的改良和制种研究

采用玉米自交系的二环系选育技术，对甜菜雄性不育系的经济性状进行强化和改良，包括两种方法，一是以甲不育系与乙保持系杂交后，再以甲不育系与多粒授粉系杂交制种；二是以两个以上保持系相互杂交后，优选出经济性状及配合力更好的单粒保持系，然后连续回交育成同型单粒不育系。由于二环系是在优良自交系间杂交种的基础上选出来的，因此耐自交能力强，自交衰退现象不严重，而且经济性状一般较好，因而从这类原始材料中选出优良品系的比率较高。随着育种水平的提高，二环系的利用是必然趋势。该育种方法具有杂交优势递增作用。

四、利用一年生雄性不育系快速准确鉴定二年生保持系的技术研究

包括利用从国外引进的一年生多粒型不育系与国内的一年生多粒品系成对杂交，筛选出适应我国生态特点的国产一年生雄性不育系和保持系。以及利用一年生雄性不育系作测验种与二年生单粒品系或多粒自交系成对杂交，鉴定选择二年生 O 型系。

五、利用红甜菜测验种测定亲本品系一般配合力的技术研究

这种技术是利用杂交和回交手段将栽培甜菜导入食用红甜菜的红色显性基因 RR，兼顾抗病性和抗窖腐性及高糖性状选择。各红甜菜品系分别与各类型甜菜品系（不育系、二倍体、四倍体）配制测交组合，分别鉴定红甜菜和被测品系的配合力，优选出专用测验种红甜菜品系。以及利用红甜菜测验种鉴定亲本品系一般配合力：在同一个测交圃内，一个红甜菜测验种可同时与大量的不同类型的被测品系（不育系、二倍体、四倍体）配制测交组合，各被测品系种子分别单收，第二年鉴定各被测品系产质量，选择一般配合力好的品系，用于今后配制杂交组合的亲本。

六、利用航天育种技术，加快育种进程

航天育种是利用卫星、飞船等返回式航天器将作物的种子、组织、器官或生命

个体搭载到宇宙空间，在强辐射、微重力、高真空等太空综合诱变因子的作用下，在一段时间内使作物的染色体发生畸变，DNA 内部发生重组，导致生物遗传性状的变异，返地后结合常规育种利用有益变异，培育出农作物新品种。航天育种是航天技术与生物技术、农业育种技术相结合的产物，作为农作物诱变育种的新兴领域，航天育种可以创造出新的种质资源、创造新物种，培育出新的优良品种。随着我国航天科技的不断进步，太空农业是继物理农业、化学农业、生物农业之后崭新的农业领域，利用航天技术发展农业，是当今农业领域最尖端的科学课题之一，有着十分诱人的广阔前景。目前世界上只有中、美、俄三个国家掌握航天器返地技术，我国是利用航天技术进行农作物诱变育种进展最快的国家。航天育种在其他大田作物育种上已早有应用，并取得一定成绩。近两年来甜菜育种工作者也纷纷尝试航天育种，并已经取得了一些成绩，相信在不久的将来会有航天甜菜新品种问世。

七、单倍体育种

甜菜是二年生异花授粉作物，通过常规的系谱法和自交手段获得纯合材料往往需要 8～10 年的时间，耗时长，而且在选育中还存在自交结实率低、种子发芽率低以及生活力弱等缺点，而采用未授粉胚珠和花药（花粉）培养产生单倍体植株，经过自然或人工加倍，在 2～3 年中就可以获得纯合的二倍体，时间短，见效快，并且对甜菜抗性及品质的改善能在植株水平上表现出来，是获得育种基础材料的有效方法之一。1988 年中国农业科学院甜菜研究所邵明文等通过甜菜未授粉胚珠培养获得了相当可观的单倍体植株，单倍体植株再生率高达 30％以上，使得单倍体育种成为可能。到 2000 年，由中国农业科学院甜菜研究所张悦琴等人通过单倍体培养技术选育出高糖、抗病的花培新品种——中甜花培 1 号，这是迄今为止中国甜菜育种研究领域的第一例甜菜花培品种。

八、体细胞无性系变异

体细胞无性系变异是利用在组织培养过程中存在着广泛的变异现象，对突变体进行定向筛选，从而获得品质、抗性等发生改变的突变体。体细胞无性系变异由于取材方便，绿苗得率高，潜在隐性性状活化，在育种上具有巨大的应用潜力。如 2000 年中国农业科学院甜菜研究所马龙彪等人报道，利用甜菜褐斑病菌毒素作为选择压力，对毒素毒性活力进行生物学测定后，设置不同的浓度梯度，诱导未授粉胚珠的抗性愈伤组织，进而诱导再生植株，经筛选淘汰后，壮苗生根，进行移栽加倍，获得纯合株系，经抗病性检测后，从中选育抗病品系。

九、利用原生质体培养与融合技术

原生质体增减是体细胞杂交的基础，只有原生质体培养技术具有实际操作的可能时，才有可能开展细胞融合。甜菜原生质体融合又称之为体细胞杂交。甜菜体细胞杂交用于育种的一个重要途径是将糖用甜菜与相关的野生种作为亲本，经过融合选择与再生，从而获得野生种的抗病耐逆特性。体细胞杂种与传统的常规杂交育种结合起来，回交与自交，最终获得有实际价值的品系。1988 年中国农业科学院甜菜研究所邵明文等首次在国内获得甜菜原生质体产生的愈伤组织，此后，李兴锋（1992）、郭九峰（1993）相继报道由甜菜原生质体培养直接获得体细胞胚，但未得到再生植株；直到 1994 年我国学者郭九峰等才初步报道了从甜菜愈伤组织再生原生质植株的结果。

十、利用基因工程手段育种，转入所需基因，提高育种效率

基因工程育种，是指利用离体培养的植物组织、细胞及原生质体作为受体，通过某种途径和技术将外源基因导入植物细胞，获得能使外源基因稳定表达的转基因植株的技术。植物细胞遗传转化的目的，是以某一植物种的优良栽培品种或有希望推广应用的品种作起始材料，针对其某一缺陷或不足之性状转入一个特定的基因，如抗病、抗虫、抗除草剂等基因，使转基因植物既保留原有的各种优良农艺性状，同时又增加一个新的目的基因控制的优良性状，因此，植物细胞的遗传转化不仅在理论上具有重要意义，而且在植物的品种改良上具有广阔的应用前景。目前在甜菜上已经取得了一些成功。

1. 甜菜抗病基因工程

甜菜抗病基因工程主要集中在抗丛根病和根腐病的研究上。甜菜丛根病是由甜菜多黏菌（*Polymyxa beate*）传播甜菜坏死黄脉病毒（beet necrotic yellow vein virus，BNYVV）所致的一种毁灭性土传病害。抗病育种是对付该病唯一有效的途径，但也只能引起基因重组而不能创新。植物基因工程的应用在很大程度上弥补了常规育种引入基因的缺陷，并可创造出新基因。最初的抗性基因是在美国霍利糖业公司的育种品系中发现的，叫做 Holly 基因，现改称 *Rzl* 基因，已被广泛应用于世界各地的甜菜育种中。甜菜抗根腐病基因工程方面，吴旭红对甜菜高抗品种及其后代采用 BSA 和 RAPD 法进行分析，获得了与甜菜抗根腐病基因连锁的 RAPD 标记，并进一步将其转化为更快捷、容易检测的 ISSR 标记，可以用于甜菜杂种幼苗期根腐病基因的 DNA 分子标记鉴定。

2. 甜菜抗虫基因工程

在诸多甜菜害虫中抗甜菜夜蛾转基因研究已经取得进展。20 世纪 80 年代，Schnepf 等首次成功地克隆了 1 个编码 Bt 杀虫晶体蛋白基因，并且经修饰的毒素基因最早在烟草和番茄中表达，率先获得了基因工程抗虫植株，揭开了利用基因工程培育抗虫植物的序幕。甜菜抗虫转基因研究是利用转基因技术将 *Bt* 基因导入甜菜

中获得转基因植株。日本甜菜协会一直进行 Bt 基因导入甜菜、开发抗甘蓝夜蛾的材料研究，已将 2 个基因整合到甜菜野生种中，使该基因的功能得以在甜菜中充分发挥，育成了日本第 1 例甜菜基因重组植株。另外，已成功地从 Bt 菌中分离出对甘蓝夜蛾具有高效杀伤力的基因，并进行了甜菜导入试验。

3. 甜菜抗除草剂基因工程

20 世纪 90 年代初开始抗除草剂作物研究受到广泛的关注，迄今已培育出多种抗除草剂作物，甜菜抗除草剂研究也已取得进展。Halluin 以松脆型愈伤组织为材料导入 pat（提供除草剂 Basta 的活性成分膦化麦黄酮）和 als（提供绿黄隆抗性），转基因甜菜在温室或田间表现出对草铵膦和氨基磺酰脲类的抗性。目前，利用基因工程手段已经获得对几种主要除草剂（如草甘膦）抗性的转基因甜菜。

十一、诱变育种

它包括辐射诱变和化学诱变剂相结合等方法，其中秋水仙素诱变和 γ 射线辐射等在甜菜育种上应用都取得了一定成绩。

1. 秋水仙碱诱变多倍体

就是以二倍体品种为基础材料、用秋水仙碱处理种球诱变成四倍体。经几代提纯选育，成为稳定的四倍体品种。诱变育种中使用最多的材料为作物干种子。我国 60 年代后开始利用自己诱变的四倍体材料，如"双丰 303"就是以二倍体品种（$2x=18$）为基础材料，用秋水仙碱处理种球诱变成四倍体（$4x=36$）的例子。经 3 代提纯选育，成为稳定的四倍体品种。

2. 辐射育种

辐射育种利用射线诱发生物遗传性的改变，经人工选择培育新的优良品种，具有打破性状连锁、实现基因重组、突变频率高、突变类型多、变异性状稳定和方法简便等特点，是作物育种的一种重要技术手段。我国自 20 世纪 50 年代后期开始进行植物辐射诱变育种技术的研究。γ 射线、x 射线照射甜菜干种子时，其适宜剂量是 $10\sim20kR$，照射顶芽的适宜剂量是 $1\sim3kR$。它们接受诱变处理后，一般第一代 M_1 生长势弱，产质量明显下降，其变异大部分为不能遗传的表现型变异，因此不进行选择，M_2 代发生性状分离，此时是选择由于主基因突变而引起的变异性状如株型、叶形、雄不育等的关键时期。M_2 代产质量有所恢复，但一般并不比亲本好，且分离幅度大。M_3 代继续发生性状分离，产质量明显提高。此时是选择由众多微基因突变而引起的变异性状如根产量、含糖率的关键时期。以后随着世代的推移，性状分离减少。有些突变性状一经获得即可迅速稳定。大量的育种实践表明，辐射在早熟性、抗病性、不育性上比较明显而且可以稳定遗传，也可以将辐射与远缘杂交相结合，这样不仅能打破遗传障碍，克服杂交不亲和性、提高杂交结实率和后代育性，而且能够促进抗病基因转移。

3. 离子束诱变育种

自 1986 年余增亮等发现离子注入的生物学效应后，低能离子与生物体系相互作用的研究迅速兴起，在生物品种改良及其作用机理方面取得了较大进展，初步明确了离子注入生物效应原初过程具有能量沉积、动量传递、粒子注入和电荷交换 4 个方面。目前离子注入植物品种改良已涉及几乎所有主要的粮食和经济作物。安徽省农科院利用该技术育成的 3 个水稻新品种 D9055 和 S9042、中粳 63 米质优、抗性好，已用于生产，甜菜的相关实验也在进行中。

第四节　提高我国甜菜育种水平的方法与途径

第一，首先必须大量引进欧美新的育种材料，主要是成对的不育系和保持系，用我们的优良授粉系配制组合，筛选杂交种，这是选育优良甜菜品种较快的途径。另外国内各个甜菜育种单位要精诚合作，互换育种材料，大量配置组合，加快育种进程。

第二，积极与外国育种公司（如 KWS、Maribo 等）合作，引进先进的育种、甜菜加工等技术，例如在转基因方面的分子标记辅助选择（MAS），这对选择特殊抗性材料十分重要，目前 KWS 公司是世界最大最强的以甜菜种子经营为主业的经营公司，业务范围覆盖世界甜菜种植的各个国家，年生产和经营甜菜种子 7000 吨，实施甜菜种子科研、良繁、加工、销售一体化。

第三，针对各种生态类型的选择方法，各种病害的抗性检测方法等。目前，我国甜菜产区的病害日趋严重，除褐斑病、根腐病外，丛根病、白粉病、立枯病等也有漫延之势。另外，随着化学除草剂的推广应用，抗除草剂品种的选育也应予以考虑。

第四，强化我国已有雄不育单粒种材料的应用。我国自 20 世纪 70 年代开始了单粒种选育工作，目前也有少数杂交种在生产中应用，但这些品种的推广受到了其抗性差、块根含糖低、丰产性表现不明显等方面限制。所以应对这些品种的亲本材料应用我们现有的骨干系强化改良，以便尽早地在生产上应用，促进我国甜菜制糖业发展。

第五，选育单粒种。目前我国多粒种还占有大部分的甜菜市场，而单粒种不仅能改进甜菜农艺性状，而且能提高品种的丰产性和根型整齐度，单粒种早期发育快，这对于生育期相对较短、病害发生频繁的我国甜菜生产更具有现实意义。

甜菜的块根产量与含糖率在很大程度上呈负相关关系，但在产量 60 吨/公顷以下，含糖 17％以下，此负相关关系并不很显著，所以在此范围内，可同时提高产量和含糖。今后应着重培育及推广使用标准型品种，着重提高含糖率，同时提高抗（耐）褐斑病、丛根病能力。品种选育目标为小区试验产量达 $67.5 \sim 75 t/hm^2$，含糖 $16.5\% \sim 17.5\%$，大面积推广应用后应达到产量 $52.5 \sim 60 t/hm^2$，含糖 $16.0\% \sim 16.5\%$。

　　2009 年国家甜菜产业体系建设项目启动，国家甜菜产业技术体系由 1 个国家甜菜产业技术研发中心和 6 个国家甜菜产业区域综合试验站构成。其中，国家甜菜产业技术研发中心依托建设于黑龙江大学的中国农业科学院甜菜研究所，下设育种与良种繁育、甜菜栽培技术和甜菜病虫害防治 3 个功能研究室，聘任科学家岗位 14 个。6 个国家甜菜产业区域综合试验站分别是九三、玛纳斯、石河子、伊犁、包头和赤峰综合试验站。随着国家甜菜产业体系建设项目的开展，国家投入力度的加大，各个研究所之间的合作加强，未来几年内，通过产业体系的协调，专家的努力，培育出适合甜菜产区的新品种，完善精量播种、灌溉技术、配方施肥、疫情监控、突发灾情的监控、机械化收获等技术在甜菜生产上的应用，我国的甜菜事业也会越来越好。

第五章 国内外甜菜种子生产的比较

甜菜是甜菜制糖工业的基础，甜菜制糖工业要取得较好的经济效益，在很大程度上取决于甜菜的产量和含糖率。而这一切与甜菜品种的种性和种子质量的优劣都有直接的关系。因此，当今世界甜菜主要生产国家都极为重视甜菜种子生产工作。

品种是决定甜菜产量和质量的关键因素。甜菜属于两年生作物。甜菜品种更新速度慢的主要原因不仅在于育种周期长，更主要的是繁殖速度低，第一年繁种，第三年才能作生产用种。目前，我国甜菜品种繁育、推广的相对滞后影响着甜菜生产的发展，不能很好地适应国民经济发展的需要。多年来，与国外相比，我国甜菜单产一直很低，同时，甜菜含糖率下降较严重。造成甜菜单产及甜菜含糖率下降的因素很多，主要是品种和种子生产问题。因此，深入研究和探讨国内外甜菜种子生产的差别，对于进一步发展我国甜菜生产具有重要意义。

第一节 种子繁殖基地建设方面的比较

甜菜良种繁育是推广优良品种和实现高产栽培的重要前提，是联系育种和栽培两个学科的纽带。世界各甜菜糖生产国极为重视甜菜种子工作，他们都有自己的种子生产基地，其生产的甜菜种子不仅供应本国的需要，而且还向国外输出。如前苏联是世界上最大的甜菜糖生产国，甜菜种子生产规模也很大。全苏甜菜科学研究所和全俄甜菜糖业科学研究所等单位承担甜菜育种任务。全苏有 12 个原种繁殖场，245 个良种繁殖场，19 座种子加工厂，其中有一座专门加工原种种子。其他如美国、法国、德国等都设有大型的甜菜种子公司，并设有现代化的种子加工厂，每年为甜菜生产提供优良品种和大量的优质种子。

解放初期，我国甜菜生产用种大部分依赖国外进口。与此同时，我国北方的黑龙江、吉林、内蒙古等省区先后开始用进口种子培育母根，通过单株抗病性、根型、锤度选育繁殖"代用原种"和生产用种，开始了新品种的选育工作。到 20 世纪 80 年代形成了苏北、鲁南、皖北、晋南四大良种繁殖基地。1983 年开始，中央与地方共同投资建立糖料生产基地。"八五"期间，在国家计委和农牧渔业部的共同努力下，国家把糖料基地县的建设纳入了农业基本建设投入。之后国家分期分批在甜菜主产区建立了甜菜产业化基地和糖料原良种繁育基地。通过糖料基地建设项目，基地县的糖料面积稳定发展，基地县的糖料年总产增加 10% 以上，良种率达到 90% 以上，糖料含糖率比非项目区提高 0.5%～1%，取得了显著的社会效益和一定的经济效益。但是，过去我国在甜菜糖业的发展上，着重在甜菜生产基地建设、甜菜丰产高糖新品种的培育和甜菜增产增糖新技术的推广方面投入了大量的人力、物力和财力。而生产、加工和科研之间的衔接不紧密，也没有形成产加销一体化的利益连接机制。"九五"期间，国家农业部和国家发展计划委员会拨出专款先后建成 11 个糖料基地，其中 5 个为甜菜生产基地，在一些糖厂开始探索产业化经营路子，包括实行"订单农业"、"契约生产"以及企业兴办生产基地等，并已初见成效。为了科学准确地推荐、繁育、供应甜菜良种，在黑龙江、内蒙古和新疆等省区分别建立"三田"，即"八五"命名品种展示田、'九五'审定品种示范田、品系抗性鉴定田。"十五"期间，国家农业部和国家发展计划委员会投资 5000 万元人民币建设"十五"第一批糖料生产基地，着重改善糖料生产的基础条件，提高糖料生产的科技含量，促进糖料区域布局的进一步优化。糖料产业化示范基地以糖厂为龙头，以基地建设为纽带，促进糖厂与生产基地、科研与农户的联合，推动基地县糖料产业化发展。通过各项目承担单位的共同努力，促进了糖料优良种子（种苗）的培育与推广，加速了品种的更新换代工作，使我国糖料品种的研究、试验、示范和推广进入了有序化的轨道。目前，我国甜菜采种区主要分布在苏北、皖北、鲁西等中部地区及新疆、甘肃、内蒙古等地。据王长魁等报道，2000～2004 年在张掖市甘州区、高台县、民乐县雄性不育单粒型甜菜制种的成功经验；提出了雄性不育单粒型甜菜制种技术规程；建立了高产优质的良繁体系与基地。其制种产量可达到 1500～3000kg/hm^2，发芽率达到国家行业标准 2 级以上。但是，不同地区由于气候原因存在一些问题：中部地区收获期常遇雨涝灾害，近几年还存在母根遭受冻害、越冬率低等风险；西北采种区甜菜种株开花期常遇干热风危害，导致发芽率降低等。此外，一些主产区甜菜种子生产基地仍然建在原料区或靠近原料区，既种原料甜菜，又搞种子繁殖，这对控制病虫害的传播，保持优良品种的种性，杜绝私繁种子都是不利的。

第二节　种子繁殖体系建设方面的比较

建立稳定、规范的甜菜单粒种良繁体系是保证甜菜品种质量和品种种性的关键环节。欧美国家经过长期生产实践，建立起独立的种子繁殖体系，从甜菜新品种选育、研究直至各级种子繁殖，由一个公司（机构）统一管理经营，实现甜菜种子的科研、生产、销售"一体化"。国家性质不同，农业体制和种子经营方式不同，其体系有多种形式，例如美、法等国：种子公司的农场繁殖原种、亲本→特约农户繁殖商品种子。通常采用四级种子繁殖体系。①育种家种子（breeder seed）：是指掌握在育种者或品种所有人手中，用于繁殖其他类别注册种子的原原种；②基础种子（foundation seed）：是一类按注册机构制定的繁殖程序，由育种家种子繁殖而来的种子。这类种子通常挂白色标签；③登记种子（registered seed）：育种家种子和基础种子的繁殖后代，通常挂紫色标签；④注册商品种子（certified seed）：经由以上三类种子繁殖而来的种子，通常挂蓝色标签。为保护品种的纯度，依据不同作物的遗传特性和繁殖系数，育种家或品种所有人对每一级种子的繁殖代数和年限都有明确的限定。除去基础种子类的个别情况外，其繁殖代数现一般不应超过2年。加拿大：种子协会组织→农户（注册的种子生产者）→农业部门检验、发证；日本：政府、县农业试验场繁殖保存原原种、原种→种子中心获得原种→委托农户繁殖生产用种。

总之，国外良种繁育工作具体表现出以下特点：①重视高级良种繁育体系建设，原种都安排在种子公司直属的专业农场繁殖，基础种子质量高，过程连续性强；②从基础抓起，确保原原种质量，原种由育种单位或育种者提供；③狠抓防杂保纯，保证原种繁殖的各个世代不会混杂退化；④实行种子生产专业化，保证原种繁殖的数量和质量；⑤重视并加强检验工作。

我国于1896年开始试种甜菜，甜菜种子进口的历史从新中国成立前一直延续到1965年才实现我国甜菜种子的自给有余。在漫长的岁月里，我国甜菜种子生产一直采用母根窖藏，翌年栽植采种的方式。20世纪60年代才开始大规模探索露地越冬繁种技术并取得成功，70年代以后该项技术大面积推广，形成了我国北方窖藏法和中部地区露地越冬法相结合的良种繁殖体系。目前，我国甜菜生产区都已建立了"超级原种－原种－生产种"三级甜菜种子繁殖制度，并具有相当规模的种子繁殖能力。建立了一支具有较高技术水平和有丰富实践经验的专业科技队伍。但是，我国在甜菜种子繁殖体系建设方面与国外差距很大。据孙嘉安报道，目前，我国一些甜菜主产区甚至没有一个从育种到良种繁殖、种子加工直到销售的专业管理机构，目前的现状是工业有工业的育种单位，农业有农业的育种机构，有的大型糖厂从育种直到良种繁殖有自己的系统，甚至有些小厂也有自己的种子基地。由于种子生产缺乏统筹安排，时多时少的现象经常发生。当种子不足时，则出现盲目引种，造成经济损失，影响制糖工业的经济效益，当种子出现过剩积压时，不仅带来经济上的损失，而且影响到优良新品种的正常繁殖，直接影响甜菜生产和制糖工业。"九五"全国糖料优良品种原种基地建设项目明确项目实行合同制管理办法，各项目单位与种植业管理司直接签订合同，按合同履行各自的权利与义务。并引入激励机制，采用滚动管理办法，对年度任务完成好的单位优先安排续建项目，以加强对项目计划的宏观指导和组织协调工作，从而进一步努力完善我国的种子繁殖体系。

第三节　种子繁育基本程序上的比较

一个品种按繁育阶段的先后、世代的高低所形成的过程，叫做良种繁育程序。良种繁育程序的应用关系到种子的数量和质量，直接影响制种单位的经济效益和甜菜生产，同时又是品种保纯防杂、防止品种退化的重要手段。当今世界各国的种子生产都采用分级繁育和世代更新制度，但有两种不同的繁育程序或者说"技术路线"。在国外，不同国家将种子划分为不同类别。法国：原始种子—原种—基础种—合格种；美国：育种者种子—基础种—登记种—检验种；日本：原原种—原种—检验种子。目前，甜菜良种繁育的基本本程序主要为以下 5 种方法。重复繁殖法、循环选择法、自交混繁法、品种内品系间杂交与单交双配法、杂种优势品种及单粒种的良种繁育程序。

发达国家中广泛应用重复繁殖法。育种者将种子低温长期保存，每年分出一部分繁殖基础种子，进一步繁殖生产种供大田使用，直至该品种淘汰。一般一个品种使用年限为 5～7 年，这种程序方法简单，不产生混杂，但存在设备、管理问题，成本高；品种内品系间杂交与单交双配法的基本本程序主要是同一品系（自交系）内分化出有些区别的姊妹系，应用自交混繁法分系繁殖（基础种子田），混合授粉（原种田），利用姊妹系间杂种优势，提高制种产量，同时又不致影响到品系的配合力；培育雄性不育基础上的甜菜杂交种，可以提高杂交率和杂种优势，而且可以加强品种管理。甜菜杂交种普遍采用多系号授粉者、O 型系和雄性不育系。丹麦 Maribo 公司应用不育系与另一保持系（即二元不育系）杂交，不育系的保持系与另一保持系杂交，不同不育系与一个保持系配制不育系间单交种，恢复不育系的生活力，提高杂种优势。

长期以来，我国普遍采用循环选择法，即三级繁育程序：超级原种—原种—生产用种。具体程序是：育种单位培育超级原种，经单株检糖，选出 5％的最优单株留作超级原种，30％～45％的优良单株作为原种，其余淘汰；以后原种站用超级原种种子培育原种，单株检糖入选 40％～50％的优良单株繁殖原种，采种站繁殖生产用种。从总体上看，我国现有的露地越冬基地气象条件基本适宜，交通运输方便，繁殖系数较高，占用土地时间短，种子产质量较好，成本比较低，这些都是应当肯定的。其弱点是原种生产的起点不稳定，选择标准不易掌握，种子质量不稳定，繁育周期长达 6 年，限制了原种的生产规模，投入高、效益低，而且选择对数量性状的提高往往事倍功半。王占才等研究表明，品系内集团选择后代性状的遗传力较品系明显下降。20 世纪 80 年代初，南京农业大学陆作楣教授提出了自交混繁法良种生产技术，已广泛用于棉花、油菜、玉米等异花授粉作物的种子生产。这种方法的基本路线是，在连续自交的条件下，以系谱选择为基本手段，选择优良单株自交，使个体纯合，边纯合边选择，建立起一个纯合度高、个体间整齐一致和性状优良、稳定的基础群体，并在严格隔离条件下进行繁殖。该繁殖法具有起点高、动手早、材料稳定的特点，株行、株系单株检糖量少，但要多留系，一亩田 50～100 个（至少 20 个），逐步鉴定，适当淘汰，以新品种原种优良种子为基点材料建保种圃，可以与区域试验同步进行，待品种审定通过即可大面积推广，为杂种品种的快速繁育带来了希望。应用结果表明，容易扩大生产规模，产种量高，生产的原种质量高而稳定，田间长势整齐，产量、品质及抗逆性得到一定的提高，而且方法简单易行，大量节省工本。

第四节　种子繁殖技术上的比较

1923 年世界首例用露地越冬法繁殖甜菜种子在美国的新墨西哥州试种成功。这是自 1876 年世界第一个糖用甜菜品种诞生 47 年之后，人类又一次在甜菜糖业上的重大贡献，从此揭开了甜菜良种繁育技术新的一页。以后各主要种植甜菜的国家都利用本国的自然条件或与国外合作的方式开展了甜菜露地越冬采种。据有关部门试验表明，露地越冬繁殖一般比北方窖藏繁殖的甜菜种子授粉好，种仁饱满，繁殖系数高，发芽率高，而且单位面积产量高，节省原种，成本低。露地越冬种子在北方播种，原料甜菜含糖率一般可提高 0.2%～0.5%，充分显示了露地越冬法繁殖甜菜种子的优越性。

目前，世界各国在研究部门和种子公司都设有专门的良种繁殖研究机构。如波兰块根作物研究所就专门设有胚胎和良种繁殖研究室，开展胚胎发育和良种繁殖新技术研究工作。在应用新技术方面，国外主要开展营养生理、水分生理、种子丰产栽培技术、提高种子繁殖系数、机械化栽培、病虫害防治技术、种子加工技术、种子包衣新配方等，以提高种子质量。还有一些专家从事提高甜菜母根耐冻性和旱生构造的锻炼与选择，选育适于露地越冬的甜菜品种。如美国早期的 U.S.1 号品种就是一个既抗曲顶病又适于越冬的品种。为了保证甜菜种子质量，他们采取了一系列技术措施。国外提高种子发芽率采取的措施，一是从育种开始到良种繁育阶段，对育种材料及各级种子均进行严格的发芽试验，然后进行选择和淘汰，二是对原种和生产用种均进行加工精选，淘汰劣质种子。经过加工种子发芽率一般可以提高8%～10%。例如，KWS公司重视种子加工的各个环节，包括清洁、精选、药剂处理、包衣等以提高种子质量。此外，试验农场大面积试种以提供有说服力的田间试验数据，为农民提供实践经验、栽培技术以及农业咨询，确保农民获得好收成；荷兰的甜菜种子研究和生产主要由Vander-Have公司进行，该公司在种子繁殖中定期检查指导、收获、检验加工以及加工阶段的抽样检查，都严格的系列操作，所以淘汰率很高，从收获的种子到最后成为商品种子，只有20%～30%最后成为商品种子，充分保证种子的质量；法国、丹麦等应用机制单粒种精细点播；磁场、静电、快中子处理提高了种子品质及生产力。包衣种子种壳外包有肥衣和杀菌剂，可以提高田间出苗率和使幼苗生长健壮；丹麦Maribo公司已应用胚珠培养技术快速繁殖保持系原种；据张春来报道，通过体细胞-胚状体生产人工甜菜种子的研究已有报道，该方式繁殖快，且利于固定杂种优势和筛选突变体，摆脱种子生产中自然条件和人为因素对种子质量的干扰，可以实现机播，使种子生产向室内工厂化发展。采用优良的栽培条件和技术，使品种的优良性状得以发挥，也是保持品种种性的措施。总结国外提高种子质量关键性的技术措施有以下几个方面。

一、在适宜的气候地带进行种子繁殖

欧美各国经过多年的生产实践认为，不一定坚持每一个甜菜制糖原料生产区都要繁殖自己的生产用种，而应该把甜菜生产用种的繁殖集中于种子产量高、品质好、成本低，远离甜菜原料区并能露地越冬的地区建立甜菜种子繁殖带。如西、北欧各国都在法国西南地区和意大利建立种子繁殖基地；美国在太平洋岸边的俄勒冈州建立种子繁殖基地。这些地区冬、春季气候温暖，夏季干燥、凉爽、少雨，适宜于甜菜露地越冬采种。

二、提高种子繁殖系数

种子繁殖系数的高低在一定程度上反映良种繁殖技术的高低。如法国母根培育繁殖系数可达1：17，其种子繁殖数系可达1：(1500～2000)；丹麦种子繁殖系数达1：(500～1000)；比利时母根培育繁殖系数为1：10～15以上。世界各国都倡导适度密植，使种根较小，采用施捷克林法（Steeklings）加大母根培育密度并采用第二年春季增加移栽面积可以扩大繁殖系数等。应用纸筒育苗移栽技术，可提高繁殖系数，使新品种迅速应用于生产。

三、合理施肥，确保种株营养

采种植株营养条件的好坏与种子的产质量密切相关。在以露地越冬为主的生产条件下，国外很重视越冬前母根和越冬后种株的不同施肥技术。主要采取了氮、磷、钾三要素的合理配比，又有十分充足的施肥量，并注意微量元素的配合，从而保证了种子的高产和优质。

在漫长的几十年岁月，我国甜菜种子生产一直采用母根窖藏、翌年栽植采种的方式。1957～1958年在安徽省嘉山县平湖农庄，随着当时兴起的大规模甜菜南移和在中部地区兴建小糖厂的浪潮，却意外地获得了甜菜露地越冬采种试种成功。多年来，我国各地通过试验研究和生产实践，提出了一套比较完整的适应各地自然条件的甜菜种子丰产、优质的栽培技术和管理措施。具有中国特色的闷窖为主要形式的北方母根窖藏越冬采种技术、母根夏播和复播技术以及露地越冬采种的栽培技术。20世纪80年代初，黑龙江省还建立了我国第一座机械化程度较高的甜菜种子加工厂。80年代后，黑龙江省集中技术力最抓紧开发繁育新技术，利用我国中部地区可露地越冬采种的自然优势，建立良繁基地，将育种部门提供的超级原种用11个月时间繁殖出原种，再用11个月时间繁殖出生产用种，把四年繁殖时间缩短为二年，大大地加快了新品繁殖推广速度。在良种繁殖技术研究方面，内蒙古自治区通过试验研究和总结实践经验，先后提出采种适宜栽植期、栽植密度、人工辅助授粉、切主薹、打顶尖、合理灌溉、提高繁殖系数、氮磷化肥配比、种子适期收获、脱粒方法、种子检验等一整套基本生产技术，还提出了夏播与复播母根采种技术；在母根窖藏技术上提出了母根假贮藏、闷窖管理技术，为促进甜菜良种繁殖工作，获得高产优质的种子起到了积极的作用。

一系列的科研生产成就和推广应用新技术，为发展和促进我国的甜菜种子繁殖事业起到了十分重要的作用。甜菜原种基地1997年筛选鉴定高产抗病高糖材料46份，1998年又收集育种亲本材料54份，在全国三大甜菜产区12个试验点上进行鉴定筛选，两年共繁殖良种37.1t，生产种2100t；但是，我们应该看到，与国外相比，从自然的气象条件与甜菜种子繁育所要求的气温、水分和日照来看，和世界主要甜菜露地越冬采种基地比较仍有明显的差距。我国目前甜菜种子繁殖系数较低，甜菜种子质量同发达国家比也有较大的差距。此外，我国从事甜菜种子繁殖的科技力量十分薄弱。不仅人力不足，而且技术素质差，甜菜种子生产的技术装备也很落后，基本上处于国外20世纪四五十年代的水平。这些方面必须尽快得到改善和解决。

第五节　品种特性及产质量的比较

甜菜制糖工业要取得较好的经济效益，在很大程度上取决于甜菜的产量和含糖率，而这一切与甜菜品种的种性和种子质量的优劣都有直接的关系。

欧美、日本等发达国家早在20世纪70年代就已广泛采用单粒型甜菜品种。国外遗传单粒品种的特点是根产量较高，并且具有稳定而较高的含糖率，品种纯度很高，遗传性稳定，根外形、根结构有利于收获及加工，适应于纸筒育苗移栽和机械化栽培。在抗病性方面，目前，西欧许多国家都育成了相应的耐病品种应用于生产，对缓解甜菜丛根病的危害起到了非常重要的作用。90年代以来，法国、美国、日本等发达国家的单产为为 $60\sim67.5t/hm^2$，普遍比国内品种块根产量提高10％～40％。目前，国外品种占我国甜菜面积90％左右。德国 KWS 公司是外国公司在我国甜菜种子方面开展活动时间最长、范围最广、引进品种及育种材料最多、种子繁殖及销售量最大的公司。据介绍，KWS 公司品种在各主要甜菜产区都表现出很显著的丰产优势。KWS 公司通过区试的5个品种比对照品种甜研303块根产量高出28.3％，美国参试的品种产量比对照甜研303高20.1％，荷兰品种产量比对照甜研303高26.3％。KWS 公司的品种有的抗白粉病，有的抗褐斑病，有的抗丛根病，也有兼抗丛根病和褐斑病的品种，抗性很强，要严格区分。另据介绍，90年代中期，丹尼斯克种子公司与新疆昌吉州种子公司合作，选育出华丹1号块根产量比国内品种显著高，含糖与国内品种持平；荷兰-英国安地旺特集团公司成员之一的原荷兰范德霍夫公司，1999年提供6个品种参加新疆的品种区域试验，有2个品种根产量及含糖率比对照高，产糖量提高10.8％和15.6％，另外3个品种根产量和含糖率都比对照低；1996年，法国德力帮公司的6个遗传单粒种在新疆石河子进行大面积生产示范中表现出极显著的优势。经鉴定，在同等水肥条件下法国品种保苗株数多，块根大小均匀，根皮光滑，根沟浅，青头小，易于收获，块根产量、含糖率、产糖量均显著高于对照（新甜6号）。法国品种为单粒种，可以不定苗，仅中耕、培土各1次，具有省工、省时、减少田间作业次数，降低劳动强度，提高劳动生产率等特点，适合大面积推广种植。

自1959年我国育成第一个甜菜品种双丰一号开始，到2010年，我国已培育出多种类型、适应不同区域的甜菜品种二百余个。我国自育品种一直以多粒型品种为主，父母本混栽混收，种子产量和发芽率都没有太大问题（特殊气候年份，假、劣种子除外），具有含糖高、抗褐斑病和根腐病能力强等特点。但与国外品种相比，丰产性差，2001年单产为 $26.8t/hm^2$，而世界平均单产为 $34.5\sim37.5t/hm^2$；叶型、株型及根型的整齐度较差；饲用甜菜品种表现为产量较低，口感较差等；色素用甜菜表现为色素含量低等；商品种加工粗糙，净度、纯度、芽率、芽势等技术指标低，种子深加工，例如包衣、丸粒化等的比例也很小，种子商品化程度较低，销量、利润远低于国外包装精美的同类种子。因此，我国甜菜生产表现了单产不高、总产不稳的状态。"九五"期间，农业部和国家计委利用糖料基地建设投资在加强

"原种基地"建设工作的同时，着力解决品种推广中如何统一品种评价、原种和生产用种的质量控制、抗性检测等关键技术问题，以达到品种资源优化配置的目的，迅速扩大良种覆盖面。

第六节　我国甜菜种子生产的策略

一、进一步规范甜菜良种繁育体系

建议有关部门根据甜菜生产规划制定甜菜种子生产计划，规范甜菜良种繁育体系，防止种子企业各自为政、盲目安排甜菜种子生产，造成种子数量人为波动；认定甜菜种子经销企业和优良品种的生产布局，注册国外品种，监督种子产销计划的实施；检测种子质量等。保证在社会主义市场经济条件下，认真落实种子法，充分发挥优良品种在生产中的作用。

二、实施多种良繁制度

良种繁育制度可以试行"三级繁育"、"二级繁育"及"原种母根不检糖"等多种良繁制度。目前，我国实行"三级良种繁育"制度，如果将超级原种直接繁殖生产种，即为二级良种繁育制度。研究表明，一般超级原种比原种含糖率高约 0.3 度，生产种比原种低 0.4 度。因此，二级繁育制度对提高含糖率是有益的，能减少繁育代数，缩短繁育周期，有利于保持良种种性。但缺点是所需超级原种量比三级良种繁育制度多 100 多倍，还需要培育大量的母根以及增加超级原种母根检糖量，因此，相应增加了成本。实际上，依检糖和根重选择的各级种子间的甜菜原料产糖量无显著差异，因此，通过改善和加强繁育过程的重要环节，实行原种不检糖的三级繁育制度，不会降低品种的种性和生产力，却可降低良繁成本。但此项制度实行宜慎重，这需要完善的管理和先进的科学技术作保障。

三、改进良种繁育技术和加工技术，增强种业的核心竞争力

我国目前甜菜种子繁殖系数、种子质量同发达国家比都有较大的差距。因此，应加强研究母根越冬管理，提高越冬率和成苗率技术，探讨种株个体、群体结构的生态状况及其相互关系，使种子繁殖系数平均达到 600 以上，提高甜菜繁种的综合效益和比较效益。此外，随着甜菜雄性不育遗传单粒种的推广普及，我国甜菜良种繁育必须实现"两个提高"，即提高单粒种的单粒率和发芽率，提高种子的商品化率。因此，必须加快种子精选加工技术、种子包衣技术、种子包装技术等方面的研

究，尽快提高种子的科技含量和使用价值。

四、提倡品种的区域性繁殖和使用

品种在最佳的生态区才能发挥本身高产、高糖、高抗性的潜力，从而获得最佳的资源利用率。我国三大甜菜主产区生态环境差异较大，因此，选育出适应不同生态区的区域化品种非常必要。建议在以往政策的基础上提倡区域性品种出台，这个区域依据气候、土壤等条件来划分；出台的区域性品种的产质量标准要适当提高；繁育的区域性品种种子限定在该区域使用，由种子管理部门和地方政府进行监督。相关事宜由种子管理部门组织相关部门专家论证确定。同时，甜菜品种区域试验必须选用当前生产上大面积推广的品种作对照。

五、政府应加大支持力度，加强良种的繁育推广工作

黑龙江、内蒙古、新疆等甜菜主产区要发挥所在省的农业厅的行政推动作用，在保持原有科研单位的投资规模不变的前提下，拿出专项资金，联合有关糖厂，以省为单位建立国家级的糖料良种示范和扩繁基地，通过基地的辐射带动作用，加快全国糖料高产高糖品种的更新步伐，加大新品种的繁育、推广力度。

综观国外品种在各地种植的实际表现，还没有哪一个品种在各地区都获得较好的结果。国外生产用种既有优势的一面，也有不足的方面。今后，无论在哪一个地区，不论用国产品种还是用国外品种，都应该合理搭配，各占一定面积。在国外品种大量进入的情况下，对国外品种应严格遵循试验鉴定（3年）——示范（1～2年）——推广的路线，完全合格后，再进行大面积推广。在引进国外品种时，引种部门，如种子公司、糖厂、育种部门以及种子管理部门，应主动、积极，有时甚至通过行政管理手段引进其育种材料，尽快培育出自己的优良品种，或进行合作育种。

第六章　我国甜菜主产区甜菜品种更新及推广情况的研究

作为制糖工业的主要原料之一，甜菜在我国作为糖料栽培有 100 多年的历史。20 世纪 80 年代前，甜菜生产主要在黑龙江、内蒙古、吉林、辽宁、新疆、甘肃、山西、宁夏等北方 8 省。80 年代开始，由于产业结构调整，糖料产地西移，甜菜向黑龙江、内蒙古、新疆转移，优势区域布局基本形成。

甜菜是二年生异花授粉作物，受产量、含糖双项指标约束，甜菜育种难度较大，育成一个新品种需花费 8~10 年时间。新品种育成后又需经三年区域化鉴定，二年生产试验，各项指标达标后方能通过审定命名，一个通过审定命名的品种与生产见面又需四年时间，二年一个生产周期的良繁程序严重地制约了新品种繁殖推广速度。优良的种子是甜菜丰产高糖的内因，甜菜品种的更新与推广应用速度快慢，选用品种对路与否，以及新品种的种性优劣都直接影响制糖工业的经济效益。深入了解我国不同甜菜产区品种的更新、技术管理及推广应用情况，对于发展甜菜生产，促进我国制糖工业的发展具有重要意义。

第一节　黑龙江甜菜品种更新及推广情况

黑龙江省位于世界三大黑土带之一亚欧带上，土壤多为淋溶性黑钙土，土质肥沃。$\geqslant 10℃$ 有效积温 2100~2800℃，平均无霜期 122~145d，日照长，昼夜温差大，年降雨量 500~600mm，全年降水量的 80%~85% 集中在作物生长季节。土壤和气候特点正适合甜菜生长，是理想的甜菜种植区，也是甜菜种子生产、销售大省。但单产水平较低，平均单产 28~35t/hm²，与先进省市相比还有一定差距。

一、黑龙江省甜菜品种更新情况

20 世纪 50 年代，黑龙江省无自育甜菜品种，所需种子全部依赖进口，不仅花费了大量外汇，而且多数品种不适应我省自然条件，病害严重，产量及含糖均不稳定。因此，60 年代始，黑龙江省即着手研究北方种子生产技术，在全国首先开展原种检糖，解决了多年困扰种子生产发展的难题；60 年代末育种部门培育新品种已初见成效，但因数量少，满足不了生产需要，仍需进口部分种子补充。70 年代我国首批多倍体类型品种和经济性状优良的双丰八号二倍体品种在黑龙江省育成，推动了甜菜生产的发展，至 80 年代中期，先后育成了二倍体品种甜研 4 号，普通多倍体杂交种双丰 303、双丰 304、双丰 305 等，其中丰产性强、抗褐斑病性强、适应性广泛的双丰 305 号品种一经推出，深受糖厂及用户欢迎，并列为当时主推品种，在黑龙江、吉林、内蒙古、宁夏、甘肃及新疆等省区大面积栽植，累计推广面积 100 万公顷。80 年代中期至 20 世纪末，在黑龙江省大面积应用的主要是甜研301、甜研 302、甜研 303、甜研 304、甜研 305、甜研 306、甜研 201、甜研 202、甜研七号、甜研八等"甜研系列"品种；其次是双丰 308、双丰 309、双丰 310 等"双丰系列"品种；遗传单粒型杂交种有甜单一号、甜单二号等。上述品种中，甜研 201（1987 年）是我国首次育成的甜菜多粒型雄不育二倍体和多倍体杂交种；甜单一号（1993 年）是我国首次育成的甜菜遗传单粒型普通二倍体和多倍体杂交种；甜单二号（1996 年）是我国首批育成的甜菜遗传单粒型多倍体杂交种。这一时期育成的甜菜品种具有较好的丰产性、单抗性和高含糖率等性状，最具代表性的优良品种有甜研 301、甜研 302、甜研 303 和甜研 304，分别获得了国家发明奖和国家科技进步奖。从 20 世纪 90 年代至今，我国的甜菜品类型与比例已由二倍体品种为主向多倍体品种主打的方向逐步转化。到 20 世纪末，多倍体品种的覆盖率已达到90％左右，这是我国甜菜品种类型的重要更替期。这一时期育成的普通多粒二倍体品种有甜研 206、中甜 207、农大甜研 4 号；多粒二倍体雄性不育杂交种有 ZD204、ZD210、工大 320；普通多粒多倍体品种有中甜-工大 321、甜研 310。甜菜遗传单粒型品种也在与机械精点和育苗移栽等技术相配套中应运而生并逐步推广使用。育成的单粒二倍体品种有 ZD202、工大甜单 1 号；单粒多倍体品种有甜单 301、甜单302、甜单 303、甜单 305。1995～2000 年，全省普及甜研 303、甜研 304、双丰305 等甜菜新品种，占全省总面积的 90％以上。2000～2004 年，甜研 303、甜研307、甜研 309 等甜研系列品种，占全省种植面积的 60％，双丰系列占 30％，其他品种为 10％。目前，国外品种占 90％以上。主要有德国的 KWS 公司、其次是美国、荷兰、法国、波兰、丹麦等品种。黑龙江省甜菜品种数量多，类型齐全，生产力强，是黑龙江制糖行业一大优势，甜菜品种的不断更新，促进了黑龙江省甜菜生产的发展。

二、黑龙江省甜菜品种繁育情况

甜菜的良种，要具有优良的经济性状、抗逆性强、适应性广，并且具有良好的工艺品质。甜菜良种实行三级繁育制即由超级原种繁殖原种，再由原种繁殖生产用种。20 世纪 70 年代开始，黑龙江省着手开发露地越冬法采种新技术，解决了繁殖倍数与速度的难题；进入 80 年代，黑龙江省集中技术力量开发繁育新技术，利用我国中部地区可露地越冬采种的自然优势，建立良繁基地，将育种部门提供的超级原种用 11 个月时间繁殖出原种，再用 11 个月时间繁殖出生产用种，把四年繁殖时间缩短为两年，大大加快了甜菜新品种繁殖推广速度。甜菜生产基地的建立，有利于甜菜生产的可持续发展，可以最大限度地满足制糖企业原料需求，保证原料供给。90 年代，在国家计委和农业部扶持下，黑龙江省甜菜基地县和良原种基地建设改善了甜菜生产条件，有些甜菜产区的糖业集团引进购置了大型的甜菜播种机、收割机等机械设备，使甜菜生产从种植到收获实现了机械化。完善了良种繁育体系和高产高糖标准化示范体系，提高了农民技术素质和管理水平，促进了优良品种和先进技术的推广应用，大大提高了甜菜单产和生产效益。目前已经形成嫩江、讷河及附近国营农场的北部主产区、富锦、宝清和三江地区东部主产区、海伦、望奎等南部主产区、依安、拜泉、北安等中部主产区。这 4 个甜菜主产区，占黑龙江省甜菜种植总面积的 85%，已经形成稳定、丰产、高糖的生产基地。

三、黑龙江省甜菜品种推广情况及问题

1. 黑龙江省甜菜品种推广情况

甜菜在黑龙江省种植有近百年的历史，建国后我省的粮食单产不断提高，但是，我省的甜菜单产多年来却一直徘徊在 13.5～18t/hm² ，含糖平均在 14.57% 左右。甜菜产量低、含糖率低对我省的甜菜糖业发展十分不利。20 世纪 80～90 年代我省曾是我国甜菜生产大省，甜菜种植面积达 66.7 万 hm² 以上，由于种植结构调整，从 90 年代开始，甜菜种植面积呈下降趋势。但现在仍然在全国占一席之地，为三大主产区之一。90 年代以后，黑龙江省在甜菜生产上已经摈弃了以面积求总产的落后生产方式，而开始了以科技促增产，在推广国内优良品种基础上，逐步引进适合省内栽培的国外良种，实现品种应用类型多样化，基本满足不同生态区、不同栽培方式的需要，全省优良品种覆盖率达到 90% 以上，良种增产达到 20%。同时，以实用的常规技术和新技术进行科学化、系统化的综合组装配套，建立标准化栽培技术体系，制定出甜菜纸筒育苗移栽、地膜覆盖、直播高产标准化栽培技术规程。例如，依安、富锦、讷河产区纸筒育苗面积占总面积的 50%，单产达到 30t/hm² 以上，宁安单产达到 45t/hm²。此外，采用有效的农业推广方法，发挥高产、高糖示范区的辐射作用，促进甜菜新品种的推广。这些措施大大提高了黑龙江省甜菜单产和含糖，2001 年以后平均每年以 1.5t/hm² 的幅度增长，到 2004 年全省平均单产达到 22.5t/hm²，2005 年黑龙江省甜菜播种面积 7.33 万公顷，比上年播种面积增长 1 万公顷，增长 13.5%，其中纸筒育苗、地膜覆盖面积达到 2.4 万公顷，比上一年增加 0.8 万公顷，增长 34%，总产甜菜 160 万吨。"十一五"期间黑龙江

省甜菜产业进入稳步、快速发展时期。目前，黑龙江南华糖业集团、黑龙江博天糖业集团成为两大龙头企业，两大糖业集团进入后，黑龙江省糖业有了新的生机，2010/2011 制糖期黑龙江的甜菜种植面积约为 6.66 万公顷，较去年的种植面积 4.77 万公顷增加了 1.89 万公顷。2010 年主要推广的国内品种有甜研 309、甜研 206、中甜 207；国外品种主要有德国的 KWS 公司的 9419、3418、9145、0143、1409 等品种，美国 BETA 公司的 BETA807 等品种，丹麦丹尼斯克种子公司 HYB74、HYB96 以及荷兰安地公司的巴士森、阿西罗等。其中，德国 KWS 公司的品种约占播种面积的 65%，其次是美国、荷兰、法国、波兰、丹麦等品种。2010 年主要推广的甜菜栽培技术一是纸筒育苗移栽技术：全省纸筒育苗移栽面积预计 2.3 万公顷以上，占总播种面积近 30%；二是良种良法配套技术：随着引进不同国家品种较多，根据每个品种的生物特性，配以相适应的栽培技术，如机械深松精细整地、精量点播、合理密植、科学施肥、田间管理等增产技术措施，充分发挥良种的增产作用；三是缩垄增行密植栽培技术：将我省常规 65～70cm 大垄改为 50cm 分小垄，公顷保苗由 6 万株增加到 8 万株，采用全程机械化作业，可增产 30% 左右；四是病虫害综合防治技术：针对国外品种在我省易感染根腐病和褐斑病的特点，加速普及病虫害的防治技术，采用以防为主、防治结合的立体防治措施，将病害控制在最低程度。

2. 现阶段黑龙江省甜菜品种推广中存在的主要问题

（1）甜菜推广面积不稳，生产波动性很大　从 20 世纪 50 年代到 60 年代之间甜菜生产发展很快，种植面积平均每年以 33% 的速度增长。60 年代初由于三年自然灾害的影响，甜菜种植面积大幅度下降。70 年代甜菜种植面积呈比较稳定的上升趋势。80 年代，甜菜的种植面积有些年份有所回落，但总的趋势是上升的。从 90 年代开始，甜菜种植面积呈下降趋势。进入 21 世纪后，由于国际糖价的变化，甜菜种植面积略有回升。

（2）甜菜生产基础条件薄弱，抗御自然灾害能力较差　我省农业气候特点是"十年九春旱"，对甜菜产量影响较大，而我省甜菜大部分农田水利设施薄弱，田间水利设施不配套，全省甜菜可灌溉的面积不到 10%，综合生产能力不强，抗灾能力弱。

（3）甜菜效益和粮食效益的可比效益不突出，影响农民种植积极性　近年来，国家加大对粮食良种直补力度，制定最低收购保护价，粮食效益增长较快。虽然甜菜亩效益高于除水稻以外的粮食效益，但甜菜存在生产和技术管理环节多，机械化程度水平低，比粮食费工费事，对后茬作物影响较大，即使亩增加几十元效益，甜菜效益和粮食效益差距不明显，对农民吸引力不大。

（4）重迎茬现象严重制约甜菜种植　我省甜菜主产区大部分在豆麦产区，使用长残效农药面积大，轮作困难，重迎茬现象严重，不仅制约了甜菜规模生产，也使先进增产措施难以实施。

第二节　内蒙古甜菜品种更新及推广情况

内蒙古甜菜生产水平在20世纪50~70年代一直居于全国前列。进入80年代以来，由于产区病虫危害加重，光热资源劣于西北，甜菜生产水平低于中国西北产区，但仍高于东北产区。经过50多年的发展，全区现已形成河套、土默川平原，西辽河平原，嫩江平原三大甜菜产区。甜菜生产和制糖工业也由小到大，逐步发展成为内蒙古重要的经济作物和支柱产业。

一、内蒙古甜菜品种更新情况

内蒙古在甜菜品种更新大致经历了三个阶段。

第一阶段——引种鉴定阶段（1952~1955年）：通过国外引种和搜集地方种进行鉴定，确定波兰"AB"品种为当时内蒙古甜菜生产上主要推广品种。

第二阶段——推广自育新品种阶段（1956~1995年）：先后育成新品种有内蒙古三号、内蒙古五号、二农一号、工农二号、工农三号等。进入80年代，育成了两个块根产量和含糖率兼优的新品种即工农四号和工农五号。此后，多粒型雄不育多倍体杂交种工农302、工农303，多粒型雄不育二倍体杂交种工农201、工农202、内蒙古201、内蒙古202等相继问世。1979年内蒙古甜菜制糖工业研究所育成了自治区第一个多倍体甜菜新品种——工农301，由于适合本区自然条件和特点，自育新品种在生产上很快取代了国外引进品种在区内大面积推广，受到广大糖农的欢迎。

第三阶段——引种与合作育种阶段（1996年至今）：为考察国外甜菜品种在内蒙古自治区各地种植的适应性，寻求和开辟新的甜菜种子市场。从1996年开始至今，先后引进德国KWS种子有限公司的KWS9490、KWS9522、KWS9130、KWS6231、KWS8459、KWS9400、KWS9148、KWS0149、KWS9102、KWS4121、KWS5145等10余个"KWS系列"品种；荷兰安地公司的BASTION、OVATIO、RIVAL、PIENO、RIMA、GENEAL、PASADENA、PLENO、PRESTIBEL等10余个品种；以及美国贝特赛特种子公司的Beta811、Beta580等品种。目前，内蒙古自治区也以推广使用国外品种为主。实践表明，国外遗传单粒品种的特点是根产量较高，并且具有稳定而较高的含糖率，品种纯度很高，遗传性稳定，根外形、根结构有利于收获及加工，适应于纸筒育苗移栽和机械化栽培。这一时期内蒙古自治区各育种单位也加强了和国外育种单位的合作，利用国外优良的不育系和国内的授粉系育成新的甜菜品种丰富国内市场。普通多粒二倍体品种有内甜抗 201（2002 年）、内甜抗 202（2006 年）、内甜抗 203（2006 年）、内甜抗 204（2007 年）；多粒二倍体雄性不育杂交种有包育 302（2002 年）；单粒二倍体品种有内糖（ND）39（2004 年），单粒多倍体品种有中甜-内糖（ND）37（2003 年）等的推广应用取得了较好的经济效益。

二、内蒙古甜菜品种繁育情况

内蒙古甜菜生产最早可追述于新中国成立之前。1936 年绥远省农林部门开始引入甜菜种子在巴盟五原县试种和繁殖。1952 年国家轻工部在包头市沙尔沁建立了新中国成立后第一个甜菜试验站——沙尔沁甜菜试验站（今内蒙古农科院甜菜研究所前身），这个试验场从 1953 年开始，对国外引进的优良高糖品种"C"进行了较大面积的繁殖采种工作。当年，收获自产甜菜种子 25.3t。1954 年用自繁种子播种甜菜 400 余公顷，平均含糖率高达 22.96％。1955 年建立包头糖厂，从此，内蒙古甜菜生产和制糖工业走上了健康发展的道路。1956 年又兴建第二座大型糖厂——呼和浩特糖厂。随着甜菜种植面积的扩大，种子繁殖工作也随之发展和加强。由于在良种繁殖中采取了"代用原种"扩大繁殖的措施，从而促进了甜菜种植业的发展。到 1956 年共栽植采种甜菜 172.7hm²，收获甜菜种子 450t。1958 年采种面积扩大到 305.7hm²，收获种子 490t，居国内领先地位，结束了依赖国外种子种植甜菜的历史。内蒙古甜菜种子良繁工作进入 80 年代发展较快，全区在苏北、鲁南沿黄河一线建立了自己的甜菜种子繁育基地。90 年代后，又在自治区境内和西北等地相继建立了新的甜菜种子繁育基地，每年为全区甜菜生产提供 3000t 甜菜种子。

在良种繁殖技术研究方面，通过试验研究和总结实践经验，先后提出采种适宜栽植期、栽植密度、人工辅助授粉、切主薹、打顶尖、合理灌溉、提高繁殖系数、氮磷化肥配比、种子适期收获、脱粒方法、种子检验等一整套基本生产技术，还提出了夏播与复播母根采种技术；在母根窖藏技术上提出了母根假贮藏、闷窖管理技术，为促进甜菜良种繁殖工作，获得高产优质的种子起到了积极的作用。

三、内蒙古甜菜品种推广现状及问题

1. 内蒙古甜菜品种推广现状

目前，全区建立了完整甜菜的"科研、教学、推广体系"，选育推广了一批优良品种和栽培新技术，促进了内蒙古甜菜生产和制糖工业迅速发展。2009/2010 制糖期，内蒙古平均单产 34.65t/hm²，平均产糖率为 12.7％，甜菜收购面积 1.47 万公顷，收购甜菜53.2万吨，产糖共7.01万吨。2009年由于内蒙古油料作物受旱严重，使得油料价格涨幅较大，农户在今年安排种植油料作物时，增大了高产高效的向日葵葵种植比例，这也抑制了甜菜种植面积的增长。据统计，2010/2011制糖期内蒙古甜菜种植面积约为3万公顷，较上制糖期增加了1.3万公顷。

2. 现阶段内蒙古甜菜品种推广中存在的主要问题

（1）缺少育种到良种繁殖、种子加工直到销售的专业管理机构　由于没有专管机构，种子生产缺乏统筹安排，时多时少的现象经常发生。当种子不足时，则出现盲目引种。多年来，内蒙古自治区各地向广大糖农提供的甜菜生产用种，大多仍是带有花萼的原始种子。根据国外经验和黑龙江省的实践表明，未经加工的甜菜种子规格不一，种球带有花萼，不利播种。发芽率低、发芽势弱。为了保苗只好增加播种量，全区每年播种甜菜百万亩，要消耗种子1600t，是通常用种量的2倍，大大增加了甜菜生产成本。

（2）甜菜种子生产基地建设存在问题　内蒙古自治区甜菜种子生产基地，多数建在原料区或靠近原料区临河狼山甜菜种子繁殖场、土默特右旗包头糖厂种子站等都是在同一区域内，既种原料甜菜，又搞种子繁殖，这对控制病虫害的传播，保持优良品种种性，杜绝私繁种子是不利的。

（3）缺乏适应现阶段的甜菜良种繁育制度和规程，良种繁殖的科技力量薄弱　20世纪50年代末和60年代初，轻工业部和自治区有关部门曾制订和编制了甜菜良种繁殖制度和技术规程，虽经部分修订，而适应新情况的三级良繁殖制度和技术规程还没有及时制订，种子繁殖的管理体系也没有进一步健全和完善。现有的科学研究部门中既没有良种繁殖的研究机构，也没有良种繁殖的专门科研人员，甜菜种子生产的技术装备也很落后远远适应不了甜菜种子生产进一步发展和提高种子质量的需要。

第三节　新疆甜菜品种生产及推广情况

新疆气候冷凉，光照充足，昼夜温差大，又发展灌溉农业，机械化程度高，十分适宜发展甜菜生产。目前，新疆甜菜平均单产可达52.5t/hm²，平均含糖率14.60%，是全国甜菜糖产区的"龙头老大"。甜菜制糖业占新疆轻工业产值的1/4以上，发展甜菜生产对新疆经济有着重大影响。

一、新疆甜菜品种更新情况

新疆解放以后才开始大面积种植甜菜。20世纪50～60年代，新疆甜菜栽培品种都是外引的品种，主要是从前苏联引入的拉蒙系列品种，由于品种的丰产潜力所限和当耕作栽培粗放，甜菜平均单产仅 $8688kg/hm^2$，70 年代更换为石甜 1 号，由于是自育品种，生态适应性增强，产量和含糖率有较大幅度地提高，尤其是含糖率一般可达 17％～18％，高者达 19％～20％。80 年代相继育成了杂交优良品种新甜 2 号、新甜 4 号、新甜 5 号、新甜 6 号等一系列品种，这些品种的推广应用极大地促进了新疆的甜菜生产和制糖工业的发展，甜菜平均单产上升到 $23880kg/hm^2$，超过了全国平均单产。90 年代又陆续育成了二倍体雄性不育杂交种新甜 7 号，遗传单粒种新甜 8 号、新甜 9 号、新甜 10 号。这些品种抗病性强、增产潜力大、含糖率高、工艺品质优良，它们的大面积推广应用，尤其是新甜 7 号的推广（1997年该品种已在新疆推广种植 1 万公顷）使新疆甜菜生产再上一个台阶，1998 年新疆甜菜平均单产已达 $37.5t/hm^2$，居全国先进水平。2000 年以后，新疆陆续选育出新甜 11 号、新甜 12 号、新甜 13 号、新甜 14 号、新甜 15 号、新甜 16 号、新甜 17 号、新甜 18 号。此外，新疆还加大饲料甜菜和食用甜菜的选育，王燕飞等选育出的饲用甜菜新品种新甜饲 1 号、新甜饲 2 号集高产、粗蛋白含量高、适应性强为一体，大田生产种植最高可达 $195t/hm^2$，单株块根最高重量 16.5kg；选育出的综合性状优良的食用红甜菜新品种新红甜菜 1 号，块根产量 37.5～$52.5t/hm^2$，蛋白质含量 2.25％，红色素含量 415mg/100g～425mg/100g 鲜重。1998 年开始，新疆引入德国 KWS2409、KWS9103、KWS0143、KWS9419、KWS5075 等 "KWS 系列" 品种，目前，约占全区种植面积的 90％以上；其次是来源于从美国 BETAS-EED 公司、荷兰安地公司及瑞士先正达等公司引进的品种。这些国外品种增产潜力大，单产可达 52.5～$90t/hm^2$。国外品种大多属于中糖型品种，喜水肥，肥大水大产量会更高，但是产量高糖分会下降。新疆自育的品种主要缺点是杂交优势不强，产量低，根型不好，植株过于繁茂；优点是适应性好，可在盐碱荒地种植，价格便宜。

二、新疆甜菜品种繁育情况

稳定的生产基地是甜菜发展的基础。1983 年开始，中央与地方共同投资建立糖料生产基地。"八五"期间，在国家计委和农牧渔业部的共同努力下，国家把糖料基地县的建设纳入了农业基本建设投入。之后国家分期分批在甜菜主产区建立了甜菜产业化基地和糖料原良种繁育基地。"十五"期间，国家农业部和国家发展计划委员会投资 5000 万元人民币建设"十五"第一批糖料生产基地，着重改善糖料生产的基础条件，提高糖料生产的科技含量，促进糖料区域布局的进一步优化。糖料产业化示范基地以糖厂为龙头，以基地建设为纽带，促进糖厂与生产基地、科研与农户的联合，推动基地县糖料产业化发展。新疆种植甜菜适宜较冷凉的山间盆地和湿润的下潮地，因此，新疆在糖业发展中，采取糖厂建设与甜菜基地建设并肩发展的思路，加快了甜菜良种繁育速度，使新疆的甜菜生产很快走在国家前列。

国外品种和种子的引入对促进我国甜菜育种和良种繁育事业的发展具有重要的意义。我国甜菜良种繁育一直以多粒型品种为主，父母本混栽混收，种子产量和发芽率都没有太大问题（特殊气候年份，假、劣种子除外）。但是随着国外雄性不育遗传单粒种的推广普及，同国外相比，同一等级的种子由于商品化程度低，销量、利润远低于国外包装精美的同类种子。因此。我国甜菜良种繁育必须要实现"两个提高"，即提高单粒种的单粒率和发芽率，提高种子的商品化率。目前，新疆一些地方引种仍然存在工作不规范，引种单位从各自利益出发乱调、乱引的现象，造成种子混杂退化，质量不高；还有的地区存在农民自繁、自种的混乱局面，采种地和原料地间隔太近，对产量品质都有影响，甚至有的未经多点生产试验就大面积推广使用，给甜菜生产造成不良影响，并会导致检疫性病虫草害传入我国。

三、新疆甜菜品种推广情况及问题

1. 新疆甜菜品种推广情况

新疆现已成为全国最大的甜菜糖生产基地，甜菜生产及制糖生产水平在全国都名列前茅。目前，新疆甜菜品种来源与育成经过有自育的"新甜系列"品种，有内地的"甜研系列"、"双丰系列"等，还有德国、法国、波兰、丹麦等国外品种。其中，德国 KWS 品种种植面积最大，占全区总面积的 90% 以上；品种特性上有二倍体、三倍体品种，有杂交种、系统选育品种；种子形态上有多粒种、遗传单粒种和机械单粒种；种子外观上有裸粒种子，也有丸衣化种子。进入新世纪，新疆地区通过科学管理和推广优良品种，从 2000 年，甜菜种植面积 5.8 万公顷，单产 46.5t/hm^2，发展到 2010/2011 制糖期，新疆甜菜种植面积约为 8 万公顷。目前，甜菜含糖率高达 17.88%，是全国的甜菜高糖区，最高单产已经突破 90t/hm^2。

新疆的甜菜糖业，虽然在我国处于先进水平，但与世界先进水平相比，不论甜菜生产，还是制糖生产，都有很大差距。目前欧盟的甜菜单产在 52.5～60t/hm^2，含糖在 16.0%～18.0%。糖厂加工糖分的工艺损失在 2 个糖度之内。而新疆甜菜含糖在 14%～16%，工艺损失在 3 个糖度以上。20 世纪 90 年代以来，甜菜单产水平在逐年上升，但含糖却在逐渐下降，工艺损失也居高不下，给新疆甜菜糖业生产造成了很大影响，已逐渐成为制约甜菜糖业发展的关键因素之一。甜菜含糖下降，涉及品种、种子、栽培技术等多方面的因素。以往发展甜菜生产，主要考虑的是提高单产，所培育及大面积推广应用的品种基本上是丰产型，对含糖考虑很少，应用丰产型品种，产量提高很快，但含糖提高难度较大，而且因栽培方面的原因，很容易造成含糖停滞不前或下降的状况。

2. 现阶段新疆甜菜品种推广中存在的主要问题

（1）品种问题　目前，甜菜品种在各地区的种植情况差异较大，各地都以原种引进为主，甜菜品种主要以德国"KWS 系列"、荷兰"安地公司系列"、瑞士"先正达系列"为主，只有少部分自育品种。新疆甜菜品种处在由常规品种向杂交种过渡，由多粒种向单粒种过渡的转轨时期，品种更新换代越来越快。自育和引进的品种良莠不齐，主要表现在：一是抗病能力差；二是含糖率低；三是纯度低；四是抗逆性差；五是品种类型单一；六是一些品种没有进行试种、示范，没有按生态、生产及土坡条件合理引入即大面积推广。

（2）耕作制度不科学　甜菜重茬、连作不仅土壤养分过度消耗和土壤营养比例失调，导致后茬作物减产，更主要的是前茬作物的病菌虫卵通过土壤传播途径，使虫害越冬基数和病情指数增大，病虫危害加剧，导致甜菜的块根含糖率大幅度下降。

（3）栽培管理粗放　新疆丰富的光热资源使得甜菜单产在国内较高，但与国外先进的甜菜种植水平相比仍有较大差距。如栽培模式及栽培密度不合理，偏施氮肥，施肥过晚，磷钾肥及微肥使用很少，有的地区打叶等造成产量、含糖下降。

（4）病虫害防治不力　随着种植时间延长，轮作周期变短，国内外引种、调种日趋频繁，甜菜病虫害日益增多。但是，由于防治措施不力，防治体系不健全，许多病虫害得不到及时预报及有效防治，致使多种病害发生，危害严重。

（5）种子生产体系落后　目前，新疆甜菜种子繁殖、生产加工也存在一些问题。有些品种乱调、乱引，混杂退化，种子质量不高；还有的地区存在农民自繁、自种的混乱局面，采种地和原料地间隔太近，对产量品质都有影响。

第四节　促进甜菜新品种推广健康、稳定发展的建议

甘蔗和甜菜是制糖的二大原料，我国的甘蔗糖主要在南方生产，南方的地少，发展的空间不大。甜菜糖的主要产区在新疆、黑龙江和内蒙古。要充分利用国家振兴东北老工业基地和西部大开发的政策，进一步优化产业结构，增加甜菜种植面积，提高甜菜产量。抓住甜菜糖业调整的机遇，大力发展我国的甜菜糖业，争取在"十二五"期间使甜菜糖产量占到全国食糖总产量的 10% 左右。

近年来，我国甜菜糖业结构调整已初见成效，一批企业规模小、甜菜原料少、技术设备落后、资产负债率高的糖厂已经退出甜菜制糖行业的舞台。制糖企业的体制发生了根本的变化，国营、民营、中外合资的三种体制并存，逐步实现企业集团化、规模化经营。目前，有 47 家制糖厂：新疆 14 家、黑龙江 17 家、内蒙古 9 家，

甘肃、河北、山西等省共有 7 家。有近 30 家分属于中粮新疆屯河集团、南华集团和博天集团之下。通过行业结构调整，企业的生产规模不断扩大，行业的综合竞争能力有了较大的提高。建议今后可以从以下几方面着手。

一、加大甜菜新品种育种选育、繁殖和推广的力度

甜菜种子是甜菜生产重要的生产资料，甜菜原料的成本占整个甜菜制糖成本的70%左右。与外国先进的甜菜生产国相比，我国的甜菜产量低，我国的甜菜单产只是世界平均单产的 60%。我国不同地区之间甜菜产量的差异较大，新疆的甜菜平均产量是 $60t/hm^2$ 左右，而内蒙古东部和黑龙江省的甜菜平均单产是 $30t/hm^2$，只是新疆的 1/2。世界上甜菜生产发达的国家早在 20 世纪 70 年代就已普及使用了甜菜单粒种，我国是目前世界上少数几个在大量使用普通多粒种的国家。近年来，我国引进的外国甜菜品种有些抗病性差、含糖低，影响产糖量，使糖厂的经济效益受到影响。目前，我国育种家已选育出的单粒种如双丰单粒 1 号、双丰单粒 2 号、双吉单粒 I 号等已应用于生产，含糖率和抗病性均优于国外品种，主要弱点是丰产性能较差。建议在"十二五"期间，加大对国产甜菜品种育种特别是单粒种的选育、繁殖和推广的力度，并且重点在提高甜菜产量上下工夫，培育具有我国自主知识产权的甜菜新品种。要争取国家对我国甜菜新品种培育经费和科研力量的支持，加大对甜菜育种科技投入，增加科研人员和科研经费、科研力量和设施。建议在有关单位的协调和组织下，成立有约束力的联合攻关组织，将各单位好的品种、组合、种质资源等在自愿互利的基础上进行重组，从而培育出适合我国不同地区土壤、气候、种植特点、高产高糖的甜菜新品种，缩短品种的使用周期。

二、积极开发、推广甜菜增产增糖新技术

甜菜是消耗地力较大的作物，而地膜甜菜又比直播甜菜多从土壤中吸收 30%的营养物质。建议大力推广纸筒育苗移栽技术、缩垄增行密植栽培技术、病虫害综合防治技术及良种良法配套技术；合理施肥，提倡施农家肥，增施磷肥，控制氮肥用量，这是全世界甜菜生产国稳定甜菜含糖率有效办法。近年来，很多甜菜种植区使用甜菜增糖剂，以提高甜菜含糖率，使用增糖剂方法简单、用量少、价格便宜，农民易掌握，一般增糖 0.5 度以上，效果较好。

三、加强甜菜生产基地建设，完善甜菜品种推广体系

我国的甜菜产区主要在东北、华北、西北。东北是我国甜菜的老产区，甜菜生产上应以提高产量和含糖率为主，以提高单位面积产量来提高总产量。西北地区，以新疆的北疆和内蒙古的河套地区为主，这些地区气候条件如温度、光照、昼夜温

差、生长周期都优于东北，利于甜菜的生长和糖分积累。新疆还有很多宜农荒地和有利的灌溉条件，对于甜菜生产具有很大的生产潜力和发展前景。因此，在新世纪之初，应把西北特别是新疆作为我国重要的甜菜生产基地。加强甜菜生产基地基础设施和灌溉、机械化生产条件。设立专项资金用于基地建设和专项技术措施，地方政府在人力、物力上应给予支持。要加强甜菜生产基地的专业人员和农民的科技水平，进一步完善农机服务体系、良种繁育体系和高产高糖标准化示范体系，促进优良品种和先进技术的推广应用。

四、加强甜菜种子市场管理，保证用种质量

甜菜种子是甜菜生产的基础，关系到农民的收入和糖厂的兴衰。国家建立及完善国家和行业对甜菜种子的管理，严格控制甜菜种子进口，对国外好的品种资源，要严格试验、示范、推广程序，实行有计划引进。今后甜菜种子应进行工业化加工，进行磨光、包衣，提高种子的质量，使最终销售的商品种子室内试验发芽率达90％以上，并进行药剂包衣。

五、政府、糖厂应加大对甜农的支持力度，促进甜菜新品种的推广

农民种植作物时，首先考虑的是可以获得的经济效益如何。现阶段，我国主要粮食作物价格均有不同程度的提高，由于粮食价格的提高和市场的放开及种植粮食作物有补贴，近年来全国的甜菜种植面积下降。因此，建议国家制定有利于甜菜生产发展的经济政策，合理调控粮食和甜菜的价格。甜菜生产省区也可以考虑根据本省的实际情况，邀请国家和甜菜生产省区的经济、财政和农业、制糖行业专家、管理人员、甜菜生产者等研究对甜菜生产实行补贴和补贴的标准。可以研究在应用甜菜高产高糖新品种、应用甜菜专用肥、推广甜菜纸筒育苗栽培等方面实行补贴及补贴的标准。糖厂可采取向农民预付一定的甜菜收购款，在化肥、农药的价格上糖厂也可给农民一定的优惠等，杜绝给农民打"白条"，保证农民的收益，提高农民种植甜菜的积极性。

六、扩大经营规模，注重规模效益

目前，我国甜菜平均单产低于国外，而生产成本较高。主要原因之一是各家各户的分散种植，不能实现甜菜的规模种植、集约化经营、机械化作业，农民抵御甜菜病虫害、自然灾害和市场风险的能力也很弱。建议在现阶段，大量引进大型甜菜专用机械，积极探索甜菜生产规模式化栽培之路。可以在农户间提倡土地有偿转让，使甜菜生产大户从事甜菜规模生产经营，在农业技术推广上有利于各项增产技术措施的落实和劳动生产率的提高。要探讨创新经营机制，改进经营管理方法，依

托资源优势，以"企业＋基地＋农户"合作的经营模式，实现甜菜集约化种植，以利于甜菜纸筒育苗移栽、地膜覆盖栽培、大垄双行覆膜栽培等先进栽培技术的推广。

七、建立"甜菜种子、甜菜生产、甜菜科研"联合体

在全国建立建立西方那样的"甜菜种子、甜菜生产、甜菜科研"联合体，该联合体的科研课题来源于生产，直接为甜菜生产服务，科研成果直接应用于生产。将种子培育、繁殖生产与销售三大任务融为一体，实行企业管理，使"科研、示范、推广"配套成龙。

参 考 文 献

[1] 聂绪昌，田凤雨. 甜菜育种与良种繁育 [M]. 哈尔滨：黑龙江科学技术出版社，1982.

[2] 陆作楣. 棉花"自交混繁法"原种生产技术研究 [J]. 南京农业大学学报，1990，13 (4)：14-20.

[3] 方清，邹世亨，张玉琴. 吉甜201甜菜新品种选育 [J]. 中国甜菜，1991 (1)：21-24.

[4] 刘升廷，郭爱华，李淑平. 甜菜单粒种二环系的选育 [J]. 中国甜菜，1991 (4)：1-7.

[5] 王立方. 抗丛根病甜菜品种在我国的紧迫性和选育技术 [J]. 中国甜菜糖业，1992 (1)：13-18.

[6] 张春来. 甜菜良种繁育的若干问题浅析 [J]. 中国甜菜，1992 (1)：41-46.

[7] 王占才. 甜菜品系及其集团经济性状遗传变异特征研究 [J]. 中国甜菜，1992 (2)：9-13.

[8] 雍占元，陈宁安. 甜菜多倍体新品种宁甜303的选育 [J]. 中国甜菜糖业，1992 (3)：1-6.

[9] 云和义，董立，白晨等. 甜菜新品种内蒙古十号的选育 [J]. 内蒙古农业科技，1992 (3)：20-21.

[10] 韩克飞，孙晖，关淑艳等. 甜菜雄性不育杂交新品种中甜-吉甜202的选育 [J]. 中国甜菜糖业，1992 (6)：13-16.

[11] 郑文哲，董立，白晨. 甜菜新品种内蒙古十二号的选育 [J]. 内蒙古农业科技，1993 (2)：14-15.

[12] 鲁浚，李盛贤. 甜菜新品种双丰14号的选育 [J]. 中国甜菜糖业，1993 (3)：1-4.

[13] 宫前恒，董立，郑文哲等. 甜菜新品种内蒙古11号的选育 [J]. 中国甜菜糖业，1993 (3)：9-11.

[14] 郭爱华. 甜菜新品种——甜研单粒一号 [J]. 中国甜菜，1993 (3)：37.

[15] 孙以楚，杨炎生，王华忠等. 甜菜多倍体新品种甜304的选育 [J]. 中国甜菜，1993 (4)：1-4.

[16] 胡文信，刘升廷，王红旗等. 甜菜雄性不育杂交种甜研306的选育 [J]. 中国甜菜，1994 (2)：1-4.

[17] 刘淑珍，那淑华，马作骥等. 甜菜多倍体新品种双丰309的选育 [J]. 中国甜菜糖业，1994 (2)：1-6.

[18] 韩克飞，周玉文，拱云生等. 单粒型甜菜新品种"中甜-吉甜单一"的选育 [J]. 中国甜菜糖业，1994 (2)：7-13.

[19] 李刚强，贾世华，张国富. 甜菜多倍体新品种呼育302的选育 [J]. 中国甜菜，1994 (4)：20-22.

[20] 周金平，金柱成. 甜菜雄性不育多倍体新品种吉洮301的选育 [J]. 中国甜菜，1994 (4)：13-15.

[21] 刘正，董鸿才等. 新疆甜菜 [M]. 北京：中国农业出版社，1994.

[22] 胡文信，刘升廷，王红旗等. 甜菜雄不育多倍体杂交品种中-甜研305的选育 [J]. 中国甜菜糖业，1994 (5)：18-21.

[23] 杜振江，秦树才，郭殿宝等. 甜菜多倍体新品种包育301的选育 [J]. 中国甜菜，1995 (1)：9-11.

[24] 刘景泉，陈丽，程大友. 高糖抗病稳产甜菜新品种甜研七号的选育 [J]. 中国甜菜，1995 (2)：1-6.

[25] 虞德源. 甜菜新品种苏垦8312的选育 [J]. 中国甜菜，1995 (1)：12-15.

[26] 方清，张玉琴，邹世亨等. 甜菜新品种吉甜204的选育 [J]. 中国甜菜，1995 (3)：1-3.

[27] 孙以楚，杨炎生，王华忠等. 甜菜多倍体新品种甜研307的选育 [J]. 中国甜菜，1995 (3)：4-7.

[28] 邹如清，刘锦锋，张立明. 甜菜单粒型雄性不育杂交种新甜九号的选育 [J]. 中国甜菜 1995 (3)：8-11.

[29] 张玉琴，方清，王世发等. 甜菜新品种吉甜205的选育 [J]. 中国甜菜糖业，1995 (3)：20-23.

[30] 邹世亨，周玉平，孙晖等. 甜菜新品种吉甜206的选育 [J]. 中国甜菜，1995 (4)：6-8.

[31] 杨炎生，孙以楚，王华忠. 甜菜多倍体新品种甜研303的育成与推广 [J]. 作物杂志，1995 (4)：33-34.

[32] 李刚强，贾世华，张国富. 甜菜多倍体新品种呼育301的选育 [J]. 中国甜菜糖业，1995 (4)：9-11.

[33] 孙晖，吴淑艳，项国福等. 甜菜雄不育多倍体杂交新品种吉甜302的选育 [J]. 中国甜菜糖业，1995

　　(5) 18-20.

[34] 王复和，苏毓杰，段生福等．甜菜新品种甘糖三号的选育 [J]．中国糖料，1996（1）：7-9.

[35] 王红旗，胡文信，李宏侠等．甜菜多倍体双交种——甜研 308 的选育 [J]．中国糖料，1996（3）：6-9.

[36] 刘淑珍，那淑华．甜菜多倍体新品种双丰 316 的选育 [J]．中国甜菜糖业，1996（4）：1-3.

[37] 刘升廷等．甜菜遗传单粒型多倍体杂交种新甜（单）9 号的选育 [J]．中国糖料，1996（4）5-9.

[38] 何义，侯兴权，段志燕．甜菜多倍体新品种狼 301 的选育 [J]．中国甜菜糖业，1996（5）：6-9.

[39] 苏毓杰，王复和，董廷秀等．甜菜新品种甘糖二号的选育 [J]．中国甜菜糖业，1996（6）：1-3.

[40] 张惠忠，魏越旺，张长民等．甜菜二倍体雄性不育系杂交种合育 201 的选育 [J]．中国糖料，1997（1）：5-7.

[41] 宫前恒，董立，白晨．甜菜杂交种——内甜 201 的选育 [J]．中国糖料，1997（2）：10-13.

[42] 孙以楚，杨炎生，王华忠等．甜菜多倍体新品种甜研 309 的选育 [J]．中国糖料，1997（3）：1-4.

[43] 张永华，王洪涛，刘永德等．甜菜遗传单粒型多倍体杂交种九甜单一号的选育 [J]．中国糖料，1997，（3）：5-7.

[44] 白晨，云和义．内蒙古甜菜生产概况 [J]．内蒙古农业科技，1997（3）：13-15.

[45] 赵福，刘淑珍，郝琨等．抗（耐）甜菜丛根病新品种中甜-双丰 17 号（张甜 201）的选育 [J]．中国甜菜糖业，1997（4）：4-7.

[46] 薛文莲，王喜平．品种是提高甜菜品质的可控因素 [J]．中国甜菜糖业，1997，（5）：13-15.

[47] 郝琨，赵福，刘淑珍．抗（耐）甜菜丛根病新品种中甜-双丰 317 号（张甜 301）的选育及应用研究 [J]．中国甜菜糖业，1997（6）：1-4.

[48] 滕佰谦，周立华，梁爱萍等．甜菜多倍体新品种黑甜一号的选育 [J]．中国糖料，1997（4）：1-4.

[49] 邹如清，赵图强，王维成等．甜菜丰产优质新品种新甜七号的选育与推广 [J]．中国糖料，1997（4）：5-8.

[50] 邵金旺，田自华，张家骅等．甜菜杂种优势生理基础的实践——甜菜多倍体新品种协作 302 选育的历程 [J]．内蒙古农牧学院学报 1997，18（4）：1-6.

[51] 雍占元，龚建国，吕云海等．耐甜菜丛根病新品种宁甜单优 1 号的选育 [J]．宁夏农林科技，1998（1）12-15.

[52] 王占才，杨光，李占学等．甜菜新品种中甜-吉洮单一的选育 [J]．中国甜菜糖业，1998（1）：19-22.

[53] 曹蒙丽．内蒙古制糖工业"八五"发展状况回顾与展望 [J]．中国甜菜糖业，1998，（1）：20-23.

[54] 王红旗等．甜菜遗传单粒型三倍体杂交种甜单二号的选育 [J]．中国糖料，1998，（2）：12-15.

[55] 杜辅钧，王洪霞，刘巧红等．多倍体甜菜新品种中甜-双丰 319 的选育 [J]．中国甜菜糖业，1998（4）：4-7.

[56] 孙振国．关于甜菜露地越冬采种 [J]．中国甜菜糖业，1998（4）：14-19.

[57] 邹如清，赵图强，王维成等．甜菜丰产优质新品种新甜七号的选育与推广 [J]．石河子科技，1998（4）：11-12.

[58] 王华忠，张文彬，李彦丽．利用甜菜多胚 O 型系对单胚 MS 系及 O 型系的同步改良技术与效果研究 [J]．中国农业科学，1998（6）：7 12.

[59] 赵安译，彭锁堂．作物种子生产技术与管理 [M]．北京：中国农业科技出版社，1998．10.

[60] 乔建民，王维臣，陈惠瑜．新疆甜菜新品种推广应注意的问题 [J]．中国甜菜糖业，1998（4）：50-52.

[61] 王华忠等．利用甜菜多胚 O 型系对单胚 MS 系及 O 型系的同步改良技术与效果研究 [J]．中国农业科学，1998，（6）：7-12.

[62] 漆燕玲．甜菜新品种陇糖 2 号选育报告 [J]．甘肃农业科技，1999（10）：9-10.

[63] 刘景泉，陈丽，程大友．甜菜多系杂交种甜研八号的选育 [J]．中国糖料，1999（1）：1-5.

[64] 漆燕玲．甜菜雄性不育系杂交种陇糖三号的选育 [J]．中国糖料，1999，（2）：7-10.

[65] 刘景泉，陈丽，程大友．耐丛根病甜菜杂交种甜研 203 的选育 [J]．中国糖料，1999（3）：9-11.

[66] 杨万平，苏毓杰，王复和等．甜菜新品种中甜-甘糖五号的选育 [J]．中国糖料，1999（4）：20-22.

[67] 苏毓杰，杨万平，王复和等．甜菜新品种中甜-甘糖 4 号的选育 [J]．中国甜菜糖业，2000（1）：

9-11.

[68] 李文，庞凤仙，徐长宏等. 甜菜高品质杂交种吉洮 202 的选育 [J]. 中国糖料，2000 (4)：16-18.

[69] 王占才，杨光，刘鹏等. 单粒型甜菜杂交种吉洮单 301 的选育 [J]. 中国糖料，2000 (4)：19-22.

[70] 曲文章，虞德源. 甜菜良种繁育学 [M]. 重庆：科学技术文献出版社重庆分社，2000：66-67.

[71] 李文，刘迎春，庞凤仙等. 甜菜三倍体杂交种中甜-吉洮 302 的选育 [J]. 中国甜菜糖业，2001 (1)：15-17.

[72] 李满红，赵凤杰，董文刚. 甜菜雄性不育多倍体杂交种中甜-工农 305 的选育 [J]. 中国甜菜糖业，2001 (1)：18-21.

[73] 秦树才，李春录，白进玲等. 甜菜二倍体新品种中甜-包育 202 的选育 [J]. 中国甜菜糖业，2001 (1)：22-23.

[74] 魏良民. 国外甜菜种子在新疆的表现及应用 [J]. 中国糖料，2001，(1)：25-29.

[75] 凤桐，孙晖，周玉萍等. 甜菜新品种中甜-吉甜 208 的选育 [J]. 中国甜菜糖业，2001 (2)：9-11.

[76] 陈丽，刘景泉，程大友等. 优质抗病甜菜新品种中甜 204 的选育 [J]. 中国糖料，2001 (2)：1-3.

[77] 史淑芝，郝琨，赵福等. 甜菜新品种中甜-双丰单粒 3 号的选育 [J]. 中国甜菜糖业，2001 (2)：12-13，30.

[78] 桂艳，鞠平. 我国甜菜制糖工业五十年回眸 [J]. 中国甜菜糖业，2001 (2)：28-30.

[79] 王维成，刘锦峰. 新疆甜菜糖业发展现状及对策 [J]. 中国糖料，2001 (1)：47-49.

[80] 王红旗. 我国甜菜育种工作回顾与展望 [J]. 中国糖料，2001 (2)：32-38.

[81] 王占才，杨光，张蕾光等. 单粒型甜菜杂交种中甜-吉洮单 302 的选育 [J]. 中国甜菜糖业，2001 (3)：15-17.

[82] 姜明，宾力. 黑龙江省甜菜糖业十年回顾与发展 [J]. 中国甜菜糖业，2001，(3)：31-33.

[83] 张庆霞，刘宝辉，刘桂华等. 甜菜雄性不育杂交种-双丰单粒 2 号的选育 [J]. 中国甜菜糖业，2001 (4)：6-7.

[84] 武俊英，宣俊亮，秦树才等. 甜菜二倍体新品种-包育 201 的选育 [J]. 中国糖料，2001 (4)：18-20.

[85] 臧传江，岳林旭，刘少军等. 我国甜菜种业存在的问题及对策 [J]. 中国糖料，2001 (4)：33-34.

[86] 霍军，杨恩慧，艾比布拉. 优质、丰产、高抗甜菜新品种——新甜 11 号 [J]. 农业科技通讯，2001 (10)：37.

[87] 魏良民. 新疆甜菜生产面临的问题及对策 [J]. 中国糖料，2002，(1)：40-41.

[88] 孙晖，周玉萍，卞桂杰等. 甜菜新品种-吉甜 209 的选育 [J]. 中国甜菜糖业，2002 (1)：14-15，21.

[89] 王红旗，李红侠，郭爱华. 甜菜遗传单粒型多倍体杂交种甜单 302 选育研究 [J]. 2002 (2)：9-12.

[90] 王华忠，张文彬，倪洪涛等. 单胚雄性不育多倍体甜菜新品种甜单 302 的选育 [J]. 中国糖料，2002 (3)：4-7.

[91] 马亚怀，李彦丽，柏章才等. 优质丰产抗病甜菜新品种 ZD204 的选育 [J]. 中国糖料，2002 (4)：8-11.

[92] 马龙彪，张悦琴，邵明文等. 甜菜花培新品种——中甜花培 1 号的选育 [J]. 中国糖料，2002 (4)：12-14.

[93] 武俊英，宣俊亮，秦树才等. 甜菜多倍体新品种——包育 302 的选育 [J]. 中国糖料. 2002 (4)：24-26.

[94] 张永霞. 我国北方地区甜菜糖业发展研究 [D]. 内蒙古农业大学硕士学位论文，2003：21-25.

[95] 王晓丽，张玉珍，顾德锋等. 甜菜单粒型杂交种吉农单 202 的选育 [J]. 中国甜菜糖业，2003 (1)：12-14.

[96] 袁秀海，张杰，王春梅等. 黑龙江省甜菜生产若干问题探讨 [J]. 中国糖料，2003 (1)：55-57.

[97] 陈丽，赵春雷，宋孔官. 甜菜新品种甜研 206 的选育 [J]. 中国糖料，2003 (2)：6-8.

[98] 程大友，徐德昌，鲁兆新等. 利用一年生甜菜快速选育保持系技术的研究 [J]. 中国甜菜糖业，2003 (4)：1-5.

[99] 吕云海. 抗丛根病甜菜新品种宁甜双优 2 号的选育 [J]. 中国糖料，2003 (4)：9-11.

[100] 郑洪，于泳，蔡葆. 甜菜良种繁育体系创新的商讨 [J]. 中国糖料，2003 (4)：55-58.

[101] 杨洪泽，刘华君，王燕飞等. 甜菜新品种新甜 11 号品种特性及栽培技术 [J]. 新疆农业科学，2003，

40 (5)：315-316.

[102]　徐德昌，崔杰，王洪霞等. 丰产优质甜菜新品种工大 320 的选育 [J]. 中国甜菜糖业，2004 (1)：12-13，49.

[103]　赵凤杰，董文刚，王秀荣等. 抗丛根病甜菜新品种中甜-内糖（ND）37 的选育 [J]. 中国甜菜糖业，2004 (3)：7-9.

[104]　王华忠. 建立高效实用育种技术促进甜菜单胚品种推广 [J]. 中国甜菜糖业，2004 (3)：41-43，53.

[105]　王秀荣，董文刚，赵凤杰等. 甜菜抗丛根病杂交种内糖（ND）38 的选育 [J]. 中国糖料，2004 (3)：5-9.

[106]　拱云生，张永峰，王士发等. 甜菜新品种中甜-吉甜单粒二号的选育 [J]. 中国糖料，2004 (3)：10-12.

[107]　王红旗，李红侠，郭爱华等. 甜菜遗传单粒型多倍体杂交种甜单 303 的选育 [J]. 中国糖料，2004，(4)：1-3.

[108]　王维成，赵图强，陈惠瑜等. 甜菜雄性不育多倍体新品种 ST9818 的选育 [J]. 中国糖料，2004 (4)：4-6.

[109]　李文，刘迎春，刘革军等. 甜菜丰产型多倍体杂交种吉洮 303 的选育 [J]. 中国糖料，2004 (4)：7-9.

[110]　赵颖君，孟昭金，祁新等. 甜菜单粒型杂交种"吉农单 301"选育报告 [J]. 吉林农业大学学报 2004，26 (2)：122-124.

[111]　陈丽. 甜菜新品种中甜 205 的选育 [J]. 中国糖料，2005 (1)：13-15.

[112]　杨洪泽，王燕飞，热西提等. 高糖、丰产、高抗甜菜新品种——新甜 15 号 [J]. 新疆农业科技，2005 (1)：35.

[113]　杨洪泽，王燕飞，张立明等. 高糖、丰产、抗病甜菜新品种新甜 15 号 [J]. 农村科技，2005 (2)：19.

[114]　卞桂杰，王清发，张景楼等. 甜菜新品种吉甜 303 的选育 [J]. 中国甜菜糖业，2005 (3)：9-12.

[115]　史淑芝，吴永英，程大友等. 甜菜多倍体新品种中甜-工大 321 的选育 [J]. 中国甜菜糖业，2005 (3)：13-15.

[116]　王燕飞，刘华君，张立明等. 新甜饲 1 号生育特性及栽培技术规程程 [J]. 新疆农业科学，2005，42 (5)：330-334.

[117]　程大友，徐德昌，鲁兆新等. 优良单胚甜菜新品种工大甜单 1 号的选育 [J]. 中国甜菜糖业，2005 (4)：3-4.

[118]　王长魁，陈晓军. 雄性不育单粒型甜菜制种技术与良繁基地的建立 [J]. 中国糖料，2005 (4)：32-34.

[119]　张宇航，王清发，张景楼. 浅析饲用甜菜的发展前景 [J]. 中国糖料，2005 (4)：53-55.

[120]　佚名. 我国甜菜糖基本情况介绍 [N]. 期货日报，2005. 8.

[121]　王红旗，李红侠，郭爱华等. 高生产力饲用甜菜-中饲甜 201 的选育 [J]. 中国糖料，2006 (1)：8-11.

[122]　王长魁，闫斌杰，陈晓军等. 甜菜抗丛根病新品种中甜-张甜 202 的选育 [J]. 中国糖料，2006 (2)：11-14.

[123]　路运才，王华忠. 甜菜多倍体品种骨干亲本的重要农艺性状鉴定与评价 [J]. 中国糖料，2006 (2)：15-16.

[124]　刘焕霞，赵图强，王维成等. 甜菜新品种新甜 16 号的选育 [J]. 中国糖料，2006，(2)：29-31.

[125]　任增明. 国外品种在内蒙古甜菜品种区域试验中的表现 [J]. 中国甜菜糖业，2006，(3)：52-53.

[126]　王红旗，李红侠，郭爱华等. 饲用甜菜杂交种——龙饲甜一号的选育 [J]. 中国甜菜糖业，2006 (3)：14-17.

[127]　王华忠，韩英，吴则东等. 甜菜雄性不育单胚杂交种甜单 304 的选育 [J]. 中国糖料，2006 (3)：22-25.

[128]　李文，刘迎春，任启彪等. 甜菜单粒型三倍体杂交种吉洮单 162 的选育 [J]. 中国糖料，2006 (3)：26-28.

[129] 于虹. 简述黑龙江省"十五"甜菜产业成绩及"十一五"发展展望 [J]. 中国糖料, 2006, (3): 50-52.

[130] 黄妍, 张欣. 黑龙江省甜菜产业发展现状、问题及对策 [J]. 中国糖料, 2006, (3): 56-58.

[131] 马亚怀, 李彦丽, 柏章才等. 优质丰产抗病甜菜新品种 ZD210 的选育 [J]. 中国糖料, 2006 (4): 24-26.

[132] 李安平. 新疆甜菜丰产经验 [J]. 农村科技, 2006, (4): 16.

[133] 张木清, 王华忠, 白晨等. 糖料作物遗传改良与高效育种 [M]. 北京: 中国农业出版社, 2006.

[134] 祁勇. 黑龙江省甜菜产业发展研究 [D]. 中国农业科学院硕士学位论文, 2006: 32-36.

[135] 雷泉, 刘秀杰, 魏晓明. 影响黑龙江省糖业发展的因素和提高甜菜产量的有效途径 [J]. 中国甜菜糖业, 2007 (1): 35-36.

[136] 王华忠, 韩英, 吴则东等. 甜菜多倍体新品种甜研 310 的选育 [J]. 中国糖料, 2007 (1): 18-20, 24.

[137] 李满红. 新时期我国甜菜育种及良种繁育发展策略 [J]. 中国甜菜糖业, 2007 (2): 14-18.

[138] 刘焕霞, 赵图强, 王维成等. 甜菜新品种新甜 17 号的选育 [J]. 中国甜菜糖业, 2007 (3): 8-10.

[139] 任增明. 德国 KWS 甜菜品种在内蒙古的表现及评价 [J]. 中国甜菜糖业, 2007, (3): 52-54.

[140] 卞桂杰, 张景楼, 郑毅等. 甜菜多倍体新品种吉甜 304 的选育 [J]. 中国糖料, 2007 (3): 17-19.

[141] 刘焕霞, 彭司金, 张润琴. 浅谈新疆制糖原料甜菜生产的现状及实现"十一五"目标的措施 [J]. 中国糖料, 2007 (4): 55-58.

[142] 王华忠, 张文彬. 甜菜下胚轴颜色选择对后代品系及杂交组合的影响 [J]. 作物学报, 2007, 33 (6): 1029-1033.

[143] 王华忠, 吴则东, 韩英等. 甜菜单胚雄性不育系及其保持系的生殖期形态学与细胞学研究 [J]. 中国农业科学, 2007, 40 (7): 1550-1558.

[144] 王华忠. 我国甜菜单胚雄性不育品种选育及利用现状与趋势 [J]. 中国农业科学, 2007, 40 (增刊), 119-126.

[145] 付增娟, 白晨, 张惠忠等. 甜菜抗丛根病新品种内甜抗 203 的选育 [J]. 中国糖料, 2008 (1): 28-29, 32.

[146] 王燕飞, 刘华君, 张立明等. 饲用甜菜新品种新甜饲 2 号的选育 [J]. 中国糖料, 2008 (2): 15-17.

[147] 赵尚敏, 白晨, 张惠忠等. 甜菜抗丛根病新品种内甜抗 202 的选育 [J]. 内蒙古农业科技, 2008 (2): 38-39.

[148] 王华忠, 高峰, 吴则东等. 甜菜单胚多倍体品种甜单 305 的选育 [J]. 中国糖料, 2008 (3): 10-12.

[149] 王华忠, 吴则东, 王晓武. 利用 SRAP 与 SSR 标记分析不同类型甜菜的亲缘关系及遗传多样性 [J]. 作物学报, 2008, 34 (1): 37-46.

[150] 孙军利, 赵宝龙, 樊新民. 新疆甜菜生产现状及存在问题与解决对策 [J]. 中国种业, 2008 (5): 37-38.

[151] 陈丽, 赵春雷, 陈连江等. 甜菜新品种中甜 207 的选育 [J]. 中国糖料, 2008 (4): 17-18.

[152] 马亚怀, 李彦丽, 柏章才等. 丰产抗病偏高糖甜菜新品种 ZM201 的选育 [J]. 中国糖料, 2008 (4): 21-23.

[153] 张素珍, 赵图强, 王维成, 刘锦峰等. 甜菜新品种新甜 18 号的选育 [J]. 中国糖料, 2009 (1): 15-17.

[154] 李彦丽, 柏章才, 马亚怀. 丰产优质抗病甜菜新品种 ZM202 的选育 [J]. 中国糖料, 2010 (3): 6-8.

[155] 王荣华. 新疆主要甜菜品种在新疆糖区的表现 [J]. 中国种业, 2010 (5): 65-66.